黒狼の可愛いおヨメさま

登場人物紹介

ルーファス

料亭・旅館を営む「刻狼亭《こくろうてい》」の主人。
狼の獣人で、アカリの番《つがい》。
とにかくアカリのことが可愛くて仕方がない。
若い時は冒険者として活躍していたらしい。

三《み》野《の》宮《みや》朱《あか》里《り》（アカリ）

アルバイトで生計を立てる、18歳の少女。
孤独で辛い人生を歩んでいたが、
ルーファスと出会い、「番《つがい》の儀」をすることで、
新たな人生を歩むことに。

ビビアット
【女帝】という称号を持つ
Sランク冒険者で、
凄腕のトレジャーハンター。
シュテン
狐の獣人で、メビナ・タマホメの兄。
刻狼亭で働いており、ルーファスの
右腕的存在でもある。
ハガネ
貉《むじな》の獣人で、アカリの魔法の先生。
元々、刻狼亭の従業員だったが、
事情があってしばらく身を隠していた。
メビナ／タマホメ
刻狼亭で働く狐の獣人の双子。
見た目は幼女だが…？

第一章

あー……、これは駄目なヤツだなって思ったのは、車に撥《は》ねられたあとにボンネットに打ち付けられて、そのまま地面に転がった瞬間。

助かるだろうか？　無理だろうなー……そんなことを思っていたら地面に吸い込まれる感覚があった。ああ、このまま死ぬんだなって思って、私はそっと目を閉じる。

「……どういうことだ！」

「そんな……召喚魔法の負荷に耐えきれなかったというのか？」

「これであと百年は【異世界召喚】などできないのに、なんてことだ……」

ざわざわと、自分のまわりで複数の人の声がした。

なんだろう？　意味のわからない言葉が投げかけられているけど、体が痛くて話に集中できない。

「仕方がない……もう助からんだろう。捨て置け」

そんな無慈悲な言葉のあと、私は荷物のように全身を布で巻かれてどこかへ運ばれ、捨てられた。

（私が今ここで死んでも、誰も何とも思わないんだろうな……）

孤独なのにはもう慣れているけど、車に撥《は》ねられて、救助もしてもらえず捨てられて……私は誰にも知られないまま死んでいくんだ……

いつの間にか巻かれていた布はどこかへ行き、冷たい土と草の香りを直接感じていた。どうやら森の奥らしく、聞こえるのは木々の騒《ざわ》めく音と複数の動物の鳴き声。

体中が痛い。顔も腫れ上がっているのか、うまく目が開けられない。

(まだ、生きている……でも痛みで動けない……)

何時間そこで意識を飛ばしては戻ることを繰り返しただろう？

ガサガサという、草を掻き分けるような音が段々と近付いてきた。

動物の足音だろうか。私は動物に齧《かじ》られて死ぬのかな？

ぼやける視界に現れたのは一つの人影。その人影が必死に話しかけてくる。

(ごめんなさい。私、喋《しゃべ》れないよ……そんな力残ってない)

「頼むから死なないでくれ。オレの、オレの唯一」

今にも泣き出しそうな声でその人は呟いて、壊れ物を扱うようにそっと私を抱き上げてくれた。

(温かいね……ありがとう。なんだかとても安心する)

そのままどこかへ連れていかれる。

とろとろとした睡魔と現実に戻る痛みが混濁《こんだく》する中で、その人の声だけが心地よかった。

「大丈夫だ。きっと良くなる。大丈夫だ」

何度も呟く声は優しく力強いのに、どこか不安そうだ。たまに上から温かい雫も落ちてくる。

(涙……？　私には泣いてくれる人なんてもういないはずなのに。私のために泣いてくれるの？)

独りぼっちの私の最期《さいご》に泣いてくれる人がいるなんて、幻覚でも見てるのかな？

ふっと意識が覚醒して目を開けると、金色の目が私を見ていた。

（なんて綺麗な目……心配そうに瞳が揺れている）

「目が覚めたか？　大丈夫か？」

（ああ、この優しい声はあなただったの）

口を開けようとしたけれど力が出ない。小さく指を動かすと優しい声の彼は私の手を取り、自分の頬を擦り寄せた。

「もう大丈夫だ。オレがいるから、オレの番《つがい》」

（つがい……？）

またとろとろとした睡魔がやってきて、瞼《まぶた》が落ちる。

「今はたくさん寝て、早く治れ」

（そうだね……でも、治るのかな？　多分、重体だと思うんだけどな）

車に轢《ひ》かれた時に、骨の砕ける音が体の何ヶ所かでした。おそらく治ったとしても元の生活には戻れないだろう。

私の世話をしてくれる人なんて誰もいないから、遅かれ早かれ、私は死んでしまうだろうな。

仮に生き延びてもずっと孤独なままだろうし、大人しくここで家族のもとへ逝《い》く方が幸せかもしれない。

そう思いながら、私は眠りに落ちていった。

しばらくして、また覚醒して、目を開けると見知らぬ天井が見えた。

「ここは……どこだろ？」

ぼそりと呟くと横から声がした。

「ここはオレの家だ。もう起きて大丈夫か？」

あの声の主が横にいた。黒髪で二十代くらいの、着物を着たイケメン……の頭に動物っぽい三角耳が見える。

（まだ私、寝ぼけているの？）

黒いケモ耳がピコッと動いた。しかも、イケメンの後ろで、黒いふさふさとした尻尾がフリフリと動くのが見える。

（いやいや、まさか……ね？）

「どうした？　まだ具合が悪いのか？」

「いえ、あの私……」

ケモ耳を付けた黒髪金眼のイケメン。コスプレにしては出来が凄《すご》いのですがどうしたらいいですか？　とは、さすがに聞けないし、言えない。

悩んでいる間も、パタパタと動いている黒い尻尾をどうしても目で追ってしまう。

「オレの番《つがい》は声が可愛い」

彼はそう言って嬉しそうに目を細める。

「一応、体力が戻ってからでないと回復ポーションが使えなくてな。もう大丈夫だと思うんだが」

回復ポーション……？　うん？　わからない。

少し体を起こして、首を傾げながら彼を見上げてみる。

彼は困った顔をして目を逸らした。

「番《つがい》のしぐさが可愛い……ヤバいなこれは」

何がヤバいのかな？

そう思いながら彼と目を合わせた瞬間、噛みつくような口づけが私を襲った。

「……んっ、んっ」

ぬるっとしたものが舌に絡みついて、悲鳴を上げそうになる。けれど舌の奥まで吸われて、声が出せない。心臓だけがバクバクと音を立てていた。

「んっ、ふぁっ……」

ようやく離れた唇からは透明な糸が引いていた。

「番《つがい》とのキスは甘いな」

満足そうに彼は言うと、私の手を取る。

息が上がって頬も熱い……

「オレはルーファス・トリニア。君の名前は？」

「私、朱里《あかり》……三野宮《みのみや》朱里」

少しぐったりした私を抱き寄せて、彼――ルーファスは耳元で囁《ささや》いた。

「アカリ。オレの可愛いアカリ。もう離さない」

優しい声に背中がゾクッとする。同時に胸がトクンと跳ねた。

(私のファーストキスが……いや、それはおいといて、この人は私をどうするんだろう？　私のために泣いてくれた……のだから、悪い人ではないよね？)

ルーファスは机の上の紙に何かを書くと、フッと口元を緩めて笑い、「アカリか」と声に出して頷いた。そして私を引き寄せたかと思うと、お尻の下に腕を通して、子どもみたいに座った姿勢のまま抱き上げる。

その時、初めて自分が白い薄地の着物を着せられていることに気付いた。

(着物の下に着る襦袢《じゅばん》……っていうものだったかな？)

「小さいし、軽いな。アカリ……何か食べるか？」

「むぅ……」

(小さいは余計だけど、ご飯を買いに行く途中に車に撥《は》ねられたから、お腹は空いたなぁ)

「どうした？　アカリ」

ルーファスは優しく笑いかけてくる。思わず目を逸らすと黒い耳が視界に入った。

「ルーファスさん、耳……」

「ん？　耳がどうかしたか？」

「触っても、いいですか？」

「構わないが、オレもアカリの耳を触っていいか？」

コクリと頷くと、ルーファスは嬉しそうに頭を寄せてくる。私はおそるおそる手を伸ばした。

さわさわ……

（こ……これは本物なのでは？）

「アカリ、オレの番《ばん》だ」

そう言ってルーファスは私の耳をこりこりと弄《いじ》りながら歩き、部屋の扉を開ける。

ドアの外は、豪奢《ごうしゃ》な和風料亭を思わせる造りをしていた。黒を基調としたそこは、どこかレトロで、明治時代の木造建築を彷彿《ほうふつ》とさせる。

広い廊下に並ぶ黒い柱は、中国の装飾を取り入れたような造りで、金色の枝と葉に花が巻き付く装飾が施《ほどこ》されていた。

天井には黒い枠組みで仕切られた四角い絵が並ぶ。絵は幻想的な華や蝶が描かれ、不思議なことに瞬《まばた》きをすると少し動いて見えた。

さらに天井付近には、【刻狼】という文字が白色で書いてある丸くて黒い提灯《ちょうちん》が並んでいる。

黒く艶《つや》やかな木造りの床には、黒大理石のような四角いパネルがところどころ埋め込まれており、ルーファスが歩くと、それが小さく光って足元を淡く照らし出した。

「ようこそ、アカリ。オレの城、【刻狼亭《こくろうてい》】へ」

ルーファスに抱き上げられたまま、私はその建物――【刻狼亭】の中を進んでいく。

「あの【刻狼亭】はお宿か何かですか？」

「宿は別館だな。ここは本館で料亭をしている」

建物内では、鶯色《うぐいすいろ》の着物に白いエプロンをした女性従業員がせわしなく働いている。

「ルーファス、それ誰？」

「ルーファス、それ何？」

和風のメイドドレスを着た、おかっぱ頭の幼女二人が私を指さしてくる。二人とも山吹色の狐耳で、顔立ちもそっくり。きっと双子だろう。

「この子はアカリ。オレの番《つがい》だ」

嬉しそうに私の頭に頬を擦り寄せるルーファスを、幼女二人は驚いたように見つめる。

「ようやく春がきた？」

「長い冬は終わった？」

ルーファスが「ああ。ありがとうな」と言って、二人の手の平に飴玉をのせる。二人は「おっしゃ！」「よっしゃ！」と言って、あっという間に走り去った。

なんと素早い幼女だろう。少し驚いて二人が消えた廊下を見つめる。

「あの、ルーファスさん。『つがい』って何ですか？」

私の問いにルーファスは少し目を細め、「唯一だ」と呟く。

「替えのきかない魂の半身。番《つがい》は魂の安らぎ。一度手に入れた番《つがい》を手放せば魂が壊れる。アカリ、君はオレの番《つがい》だ。わかりやすく言えば嫁だが、番《つがい》は最大の愛の伴侶《はんりょ》だ」

「魂……？　嫁……？」

（色々言われたけど、嫁……ううん？　嫁って、結婚相手の嫁で合ってるのかな？）

コテンと首を傾げると、ククク ッとルーファスは喉を鳴らして笑う。

「いずれわかる」

ルーファスに連れられて料亭の一室に入る。すると目の前に広がっていた十畳ほどの部屋が四畳ほどに縮小され、並んでいた黒いテーブルと椅子も数が減った。

「え？　これどうなってるの……？」

「人数に合わせて魔法で部屋の大きさやテーブルの大きさ、椅子の個数などが変わる仕組みになっている」

「ふぁっ⁉　魔法……？」

思わず変な声を出すと、ルーファスは目を細めて笑い、私の頭を撫でて椅子に座るように促《うなが》す。

黒い円卓に向かい合って座ると、お腹が「くぅ～」と鳴った。恥ずかしさで赤面する私を、ルーファスが楽しそうに見つめている。

「急にガッツリとしたものを食べて胃が驚くといけないから、粥《かゆ》系のもの中心でいいか？」

その言葉に私は慌てて自分の体をペタペタ触り、次いで首を振る。

「あの、私、お財布ない……多分、元々着ていた服の中か、トートバッグの中……」

そういえば私の荷物、どこにいったんだろう？　森に捨てられた時に、他にも何か投げ捨てるような音がしたから、一緒に捨てられた可能性が高い気がする。

「アカリの近くにあったカバンなら、念のため拾って保管してある。だが、服にもカバンにも、財布のようなものは入っていなかったぞ」

車に撥《は》ねられた時に、財布も携帯もどこかに飛んでいってしまったのかもしれない。お財布の中には銀行のキャッシュカードも入っていたのに……私、完全に無一文なのでは？

ショックを受けているにもかかわらず、私のお腹は再び「くぅ〜」と鳴った。

「気にするな。オレの店だ。番《つがい》のアカリから金は取らないさ」

「でも……」

ためらっているとルーファスが口元を緩ませて笑い、「可愛いな」と呟いた。

そして、テーブルの奥にある紐を引っ張り、従業員の女性を呼ぶ。ルーファスが注文をしている間、私は大人しく座っていた。

「私がどうしてここにいるのか、聞いても？」

女性が部屋を出ていったあと、尋ねた。

(車に撥《は》ねられたあと、人が多い場所にいた気がする。そのあと捨てられたのはなんとなくわかる)

「ああ、アカリはここから西にある大陸の、人族が暮らす国——タンシム国の【異世界召喚】でこちらの世界に連れてこられたようだな」

「異世界召喚……？」

それって、地球とは別の世界に連れてこられちゃったってこと……？

確かにここが元いた世界とは違うのはわかる……ルーファスの耳とか尻尾もそうだし、魔法にいたっては、おとぎ話もいいところだしね。

「アカリが着ていた服がこの世界にはない技術で作られていたから、そう判断した。……アカリはこの世界の人間ではないだろう？」

私が着ていた服はジッパーのあるパーカーにジーンズだったはず。この世界にはジッパーとか、ないのだろうか？

「多分、この世界の人間じゃないとは、思います……」

ルーファスが頷いて、私の髪を撫でながら話を続ける。

「この世界には【異世界召喚】の魔法があり、時々実際に行われる。だが……おそらく、アカリは大怪我を負っていたためにすぐに死んでしまうと思われ、森に捨てられたのだろう。人族は魔法が得意ではないからな。特に回復魔法の使い手は、人族にはほぼいない。薬草も高価で品薄だ。アカリに価値があるかわからないのに使えなかった……ということころだろう」

（ああ、やはり「捨て置け」と言われたのは現実だったのか……私は、どこにいても邪魔者なんだ）

そう暗い気持ちになってしまう。

「ルーファスさんは、何で私を拾ってくれたの？」

「それこそ愚問だ。自分の番《つがい》の匂いがすれば、たとえ地の果てでも迎えに行くさ」

ルーファスはそう言って笑うと、私の頭に手を回し、引き寄せてキスをした。

「……っ、あの、なんで、キスするの？」

「アカリ、君が好きだから。君に惹き付けられてる」

その声の優しさと艶《つや》めいた物言いに、思わず喉がゴクリと鳴った。

「お待たせいたしましたー」

ちょうどその時、料理を持った女性の従業員が入ってきた。「残念」と言って、ルーファスが離れる。

「食べるか」

そう言われ、ルーファスと一緒に料理に口を付けた。

(お魚のお出汁《だし》が胃に染みる……人と一緒にご飯を食べたのはいつぶりだろう……?)

ぽろりと涙が零《こぼ》れると、ルーファスが私の頭を優しく撫でてくれる。

「慌てなくていい。ゆっくり食べろ……」

詳しいことは聞いてこないルーファスの優しさに、涙が溢《あふ》れて止まらなかった。

食事の間、私が鼻をすする音と食器の当たる小さな音だけがしていた。

「ご飯が温かいのも、人と食べるのも、三年ぶりかも……」

そう呟いた私に、ルーファスは先程と変わらず優しい目を向ける。

私の家族は今はもう一人もいない。

十八歳の私は月二万五千円、築三十五年のボロアパートに住み、アルバイトをするだけの日々。

「これからは、オレやここの従業員達が毎日一緒だ。食事も一緒にとれるぞ」

「……それは、私をここで雇うって、ことですか?」

「いいや。店に出てもらうことはあるかもしれないが、雇うというわけではない。ただ、ここで暮らしてほしい。嫌か?」

「私が元の世界に帰るまで、保護してくれる……と、いうこと？」

「アカリは元の世界に帰りたいのか？　誰か待っている人がいたりするのか？」

私は首を横に振る。私には元の世界に何もなかったから。待っている人もいないし、居場所もない。

「残念ながら、アカリは元の世界には帰れない。【異世界召喚】の魔法はあるけれど、帰す魔法は聞いたことがない。仮に帰れたとしてもオレが連れ戻す。オレと一緒にここで暮らしてくれるだろう？」

優しい声色なのに有無を言わさない言葉。

「あり、がとうございます……ぐすっ」

何故この世界に召喚されたのかはわからない。でも、私のことを必要としてくれる人がいるのなら、ここで生きていきたい。

またぼろぼろと溢《あふ》れ出した涙を、ルーファスが指で拭《ぬぐ》ってくれる。

「泣くな、アカリ。オレはアカリが笑ってくれたら嬉しい」

ルーファスの言葉に私は泣きながら笑ってみせる。少しぎこちない笑顔になってしまったけれど。

食事が終わると、ルーファスは再び私を抱き上げて歩き出した。

【刻狼亭】の外に出ると、まるで温泉街のような風景が広がっていた。

旅番組の老舗《しにせ》旅館特集で見るような街並みで、建物がどことなくレトロ。和風建造物に似ているけれど、少し違っていて、お土産屋《みやげや》のようなものもあれば、江戸時代風の茶屋のようなものもある。

道路の両脇には小さな川のようなものが流れている。湯気が立っていて、そこに人が腰かけ、足を入れているから、足湯なのかもしれない。

心地いい風が吹いていて、私の腰まである髪が空を舞った。

「どこに行くんですか？」

「ああ、さっき言っていた別館だ」

カロンコロンと小さな下駄《げた》の音と人々の声が響く。

（異世界ってファンタジーっぽい世界なのかと思っていたけれど、洋風じゃなくて和風なのが何とも言えずにいいな）

そんなことを思いながら、再び口を開く。

「ルーファスさんは何者なの？」

「オレか？　ただの【刻狼亭】の経営者だ」

「いえ、お耳があるので……」

「ああ、オレは狼の獣人で黒狼族《こくろうぞく》だ」

（犬じゃなかった！　狼って凶暴なイメージがあるんだけど……）

思わずビクッとして、ルーファスに笑われてしまった。

黒くて高い建物が聳《そび》え立つ。大きなホテルにも見えるその場所は、黒塗りの土壁に囲われていて、広い入り口には【刻】と白文字で書かれた黒い暖簾《のれん》がかかっていた。

暖簾《のれん》をくぐると、赤い絨毯《じゅうたん》の敷かれたロビーが広がる。

「若、お泊まりで？」

【刻】と背中に印字してある着物を着た、蛇のような顔をした男性が声をかけてくる。

「ああ、薬湯《やくとう》のある部屋にしてもらえるか？」

「へい。なら最上階の部屋が空いていますから、そこでいいですか？」

「ああ。あと、この子に合う服を見繕《みつくろ》っておいてくれ」

「若、確か二十四歳でしたよね？　こんな小さな子に手を出すなんて……」

「……この子はオレの番《つがい》だ。変なことを言うな」

「おっ、そりゃお祝いですね。良かったです」

男性に鍵をもらうと、ルーファスは私を抱き上げたままエレベーターに乗り込む。

エレベーターが昇り始める。背筋がゾワゾワして、思わずルーファスの着物の衿を握ってしまった。

「アカリは高いところは苦手か？」

コクコクと上下に首を振ると、ルーファスがギュッと強く抱きしめて背中を撫でてくれた。

「怖い時はオレにいつでも抱きついていいからな？」

さすがにそれは恥ずかしいけれど、衿を握ってしまったので何も言えない……

最上階でエレベーターを降りると、ホッと息をつく。

連れてこられた部屋は、入ってすぐのところが洋室の応接間になっていて、奥に和室と寝室。さらにベランダに露天風呂があった。

ルーファスが私を下ろしてお風呂場に手招きする。

「薬湯《やくとう》の温泉だ。まだ回復ポーションで治っていない打ち身もあるだろうから入るといい」

ルーファスは私の頭を撫でると「ゆっくりしておいで」と言ってお風呂場から出ていく。

その場に残された私は少しためらったあと、着物の帯に手をかけて脱いでいく。

「……っ!?」

(私、下着、穿《は》いてない……!)

ひぇぇっと思いつつ自分の体を見下ろすと、黄色い痣《あざ》ができていた。

内出血の痕《あと》かな？　青い痣《あざ》もまだある。

(派手に車に轢《ひ》かれたはずなのに……生きているのが不思議)

かなりの重体だったと思うのだけど、さっき言ってた回復ポーションというもののおかげなのかな？

ぽちゃりと音を立てて温泉に体を沈める。

「ううっ、染みる……」

黄色く濁った薬湯《やくとう》に浸かって目を細めていると、後ろで声がした。

「アカリ、湯加減はどうだ？」

なんとルーファスが裸で入ってきた。一瞬呆気にとられ、慌てて胸を手で押さえる。

「あの……」

「ん？　隠さなくてもいいぞ」

（いやいや、あなたは隠してください!!　そして私は恥ずかしいのですけど!?）

顔を赤くして硬直していると、ルーファスが温泉に入り、私の横に座った。

「アカリは物静かなんだな」

「あんまり、喋《しゃべ》る相手、いなかったから……」

（心の中では大騒ぎしてますけどね……）

「そのうち気軽に話してくれると嬉しいな」

そう言ってルーファスは後ろから私を抱きしめてきた。今の私は茹でダコ並みに真っ赤になっているに違いない……

（しかし、何かが背中に当たっているのは気のせい？　気のせいだよね……？）

「やはりアカリの体はまだ回復しきっていないな」

私の腕を取って、ルーファスが黄色い痣《あざ》をジッと見る。見上げると、彼は少しだけ困った顔をした。

（心配しているみたいだし、大丈夫……だよね？　変なことしたり、しないよね？）

「あの、私、お風呂、先に出ましょうか……？」

「いや、いい。アカリの体が完治してから『番《つがい》の儀』をしようかと思ったんだが、今やって生命力を分けた方が治りが早そうだ」

「『番の儀《つがい》』……？　って、何ですか？」

「『番の儀《つがい》』というのは番同士《つがい》が番《つが》う儀式のことだ。今、アカリは飯を食って湯に浸かっても体温が低いままだ。おそらく生命力が足りていないのだろう。儀式をすればオレの生命力をアカリに分け与えられ、体の回復が早くなる」

「生命力……ですか？」

コテンと首を傾げると、ルーファスが頷いた。そして私の手を握ってくる。

「それに『番の儀《つがい》』をすると、番同士《つがい》、相手の持っている能力を使うことができるようになる。例えば、オレが覚えている魔法はアカリもそのまま使えるようになる。もしアカリがこれまで魔法を使ったことがないのなら、練習が必要になるだろうが。この世界では魔法が使えた方が何かと便利だからな」

(『番の儀《つがい》』……は、よくわからないけど、魔法が使えるのは素敵かもしれない)

コクコクと私が頷くと、ルーファスの顔が近付いてきた。唇と唇があたって体が硬直する。思わず目と口をギュッと閉じると、唇が離れた。これが『番の儀《つがい》』なんだろうか……？

「終わりました？」

「いや、これからだ。そんなに怯えなくていい……と言っても、初めてのアカリには怖くて当たり前か」

(ううっ……何をするつもりなんだろう？)

温泉の湯面に雫が音を立てて落ちる。

困惑した目で見つめると、ルーファスは優しく笑った。

「オレのことは嫌いか？」

「えっと、まだよくわからないですけど、嫌いじゃ、ないです」

「『番《つがい》の儀』をすれば、オレが魂の半身だと理解できる。アカリは人族だから嗅ぎ分けられないだろうが、オレ達獣人は自分の番《つがい》の匂いを嗅いだだけで胸が切なくなって痛くなる」

ルーファスが私の頬に手を当てて、少し泣きそうな顔をする。

「アカリを森で見つけた時、自分の番《つがい》だとわかって嬉しいと同時に、アカリが死んでしまうんじゃないかと気が気じゃなかった。アカリが回復していくにつれ、オレは嬉しくてアカリを抱きしめたい衝動を抑えるのに必死だった。アカリはまだ抱きしめていいほど回復していなかったからな」

ルーファスはそう言うと私を抱きしめ、肩におでこをくっつけて「治ってくれて良かった」と安堵の声を漏らした。

「あの、泣かないで……？」

「泣いてない。でも、アカリにこうして触れているのに、不安が尽きない」

「『番《つがい》の儀』っていうのをしたら、少しは不安が治まりますか？」

「少なくとも、今よりかはアカリに生命力が付くから安心する」

「なら、私のためでもあるから、その儀式をしてください」

「なるべく、優しくする」

どんな儀式なんだろうとジッとしていると、ルーファスが胸を隠していた私の腕を解いた。思わず体をビクッと揺らしてしまう。

(生命力って言うから心臓が関係あるのかな？　でも恥ずかしい……)

ルーファスが胸に吸いつき、温かい舌で胸の頂《いただき》を円を描くように舐めてくる。

「ひゃっ……」

「アカリの体は小さいのに胸は大きいな。アンバランスさがそそる」

「……んぅ、余計な、お世話……っ」

「オレは褒めているつもりだが」

「褒めて、ない……っ、んっ」

もう片方の手が左胸を揉み上げた時に、あれ、心臓は左なのに何で吸われてるのは右なんだろう？　と思った。

不安がどんどん広がって、思わずルーファスの顔を両手で突っぱねる。

「あの、待って！　『番《つがい》の儀』って何するの……？」

「アカリのココにオレの体液を流し込む」

ふにっと下腹部を手で押されて、さすがの私も『番《つがい》の儀』が何かを理解した。

フルフルと頭を横に振ると、チュッと音を立てて目から溢《あふ》れた涙を吸い上げられ、優しく抱きしめられる。

「理解していなかったのか？」

頷く私に、ルーファスは眉尻を下げて小さく笑い、「仕方のない番《つがい》だな」と瞼《まぶた》の上にキスをした。

頬や首筋にも這《は》わせるように唇を滑らせていく。

耳を軽く噛まれて吸われるとゾクゾクして「あんっ」と甘い声が出た。

「やめておくか？　オレは早くアカリの体を回復させたいが、アカリの気持ちの方が大事だからな」

「あぅ……、や、優しくしてくれるなら」

流されちゃいけない気もするけど、でも出会ったばかりなのにルーファスに強く惹かれている自分もいる。

独りぼっちの私と一緒にいると言って、一緒にご飯を食べてくれる。何より私と一緒に暮らしてくれると言った。

上目遣いでルーファスを見ると、金色の目が優しげに細められた。何度も角度を変えて啄《ついば》むようなキスが繰り返され、息苦しさに「はふっ」と口を開ければ、また唇をふさがれる。息苦しくてドキドキしているのか、キスでドキドキしているのかがわからなくなる。

「アカリ、そんな顔をするな。手加減できなくなる」

「ふぁ……？」

(そんな顔って、どんな顔を私はしてるんだろう？)

再びキスをされて、ルーファスの優しくて大きい手に胸を揉み上げられる。彼の手に収まらない私の胸が、やわやわと揉まれて形を変えていった。

「アカリの胸は吸い付くようにしっとりしていて、柔らかいな」

「んっぅ、恥ずか、しい、よ」

揉まれた胸の頂《いただき》はツンと立っている。それが恥ずかしくて胸を手で隠そうとしたら、阻止するように手を取られ、甲にキスされた。

「アカリの全部を見せてくれ。隠すなんて駄目だ」

「んっ、やぁっ……おっぱい弄《いじ》っちゃ、やだぁ」

胸の尖りを指の腹で摘まれてグリグリと弄《いじ》られると、胸はピリピリするし、お腹の下の方も押されているような、変な感じがし始める。

「んっ、んっ、お腹、変……やぁっ」

ルーファスにそう訴えると胸から手が離れた。少しホッとしたような、残念なような気がしていたら、その手が下半身に伸びて、誰にも許したことのない秘部へ滑り込み、花弁を開いて蜜口に指を挿入してくる。

「ひゃぅっ」

ビクンッと腰が浮くと、もう片方の手で引き戻された。

「やぁ……私、初めてなの！　だから、だから……」

「ああ、痛くないように、よく解《ほぐ》しておかないとな」

ルーファスの大きくて長い指がゆっくりと入ってきて、異物感と痛さで涙がぽろぽろ零《こぼ》れた。

しゃくりあげるたびに、彼は指の動きを止めてキスをしてくる。舌が私の舌を吸い上げ、口の中が甘く蕩《とろ》けるような感覚に胸がきゅんとすると、蜜口に入っていた指がまたゆっくりと動き出した。

「あっ、きゃぅ」

さっきまで異物感と痛みしかなかったのに、今はルーファスの指が動くたびにおへその下あたりがズクズクと鈍《にぶ》く疼《うず》く。

蜜口に指をもう一本増やされて、蜜孔を広げては中を指の腹でゆっくりとなぞられ、抜き差しを繰り返される。

「あ、あっ、いやぁ、ルー、ファスさ……」

体が勝手にビクビクとし始めると、露天風呂の縁に座らされた。

(何を、する気……?)

片足をルーファスの肩にのせられ、気付くと誰にも見られたことのない場所を曝《さら》け出していた。

秘所にルーファスの顔が近付いたかと思うと、蜜口を舐められる。

「きゃうっ、やめてぇ！　汚いから、やめっ」

「アカリ……オレの可愛い番《つがい》」

「――っぁ、ゃ、やだぁ……そこ駄目ぇ……っ」

羞恥《しゅうち》に涙が溢《あふ》れてくる。頭を左右に振ると、ルーファスはわざと音を立てるように蜜口を舐め、指を出し入れした。

ルーファスの指に少し浅い場所を擦られ、ビクンッと体が震えてしまう。すると、執拗《しつよう》にそこを攻められ、声にならない悲鳴が口から漏れた。

「――っ」

「ああ、ここがアカリのいい場所か」

肉壁を擦られ、内部がギュウギュウとルーファスの指を締めつける。

駄目だと思うのに、体が勝手に刺激を欲しがって腰をくねらせてしまう。

やがてわけがわからなくなってビクンッと体が揺れると、頭が真っ白になった。

「ぁぁぁーっ!?」

何が起きたのかわからず、くったりとして肩で息をする。

「アカリ、ご褒美だ」

(ご褒美？　なんの……？)

見ると、ルーファスの雄が猛《たけ》り、立ち上がっていた。彼が私の両足をM字に割り、蜜口にそれを押し付ける。

「いやぁ、怖い……はぅっ……」

涙声でいやいやと左右に首を振ると、優しい声色で囁《ささや》かれる。

「大丈夫だ。力を抜いてオレに身を任せろ」

その声に胸がドキッと跳ね上がる。初めて聞いた時から心地いいと思っていた彼の声。おかげで少しだけ怖さが薄らいだ。

ずにゅっと先端が挿入される。無理やり広げられる引き攣《つ》れた痛みに、今まで下腹部に広がっていた快感のような何かはどこかへ飛んでいってしまった。

「ひぅぅ、んっくぅ、やぁ……」

狭い膣道は異物を押しとどめようとするけれど、強引に入り込まれてしまう。

「い……っ、たいよ……痛いっ……」

「まだ、先端だけだ。怖がらなくていい」

先端……？　こんなに痛いし、いっぱいいっぱいなのに？

「うーっ、あっ、ぐぅ……、痛い、痛いの」

息苦しさのあまり呼吸が難しくなってしまった私に、ルーファスは言う。

「アカリ、息を吸うんじゃなくて、吐くんだ」

（息を、吐く？）

言われるままに息を吐くと、ルーファスの雄がさらに深く侵入した。

一瞬、何かが侵入を押しとどめる。だが、次の瞬間、ルーファスの先端がそこを突き抜けると、あとは滑るように奥に挿入《はい》っていった。

「あ……っ」

「アカリ、これでアカリはオレのものだ」

ルーファスの形のいい唇が弧を描く。

下半身が痛みに疼《うず》く。まるでそこに心臓があるようにドクドクと脈打っていた。

「お願……早く……」

（満足したなら、早く抜いてほしい）

「ああ、オレの番《つがい》はおねだりができて可愛いな」

ズンッとルーファスに強く穿《うが》たれた。

「あああっ！　ひっ、あっ、あっ」

（違ーう!!　早く抜いてってことだったのにぃぃっ!!）

ルーファスが腰を動かすたびに、自分の体の中に変な疼《うず》きが広がる。

痛さだけがあった下腹部にもきゅんっとした疼《うず》きが走った。

「あ、んっ、んっ、やぁ、あっ、あああっ」

心の声とは裏腹に、私の口からは甘い喘《あえ》ぎ声が上がる。

（お腹の中がおかしい。苦しいのに、変）

最奥を突かれるたびに何かがクル感じがする。

「あっ、ルーファスさ、もっとぉ……あんっ、んっ」

（わかんない。気持ち、いい……？）

「っ、ヤバいな、番《つがい》と番《つが》うのがこれほどの刺激だとは」

「あっ、もぉ、駄目ぇ、あっ、あっ、駄目っ」

お腹の奥がギュッとして何かが弾けてしまいそうになる。力を入れて抗《あらが》おうとすると、余計にそれは弾けそうになった。我慢できなくて体が弓なりになった瞬間、それが弾けた。

「きゃぅううっ！」

絶頂の波に呑まれて震えていると、ルーファスの腰の動きが速まる。そして動きを止めると、ブルッと身震いして最奥で熱い飛沫を放った。

熱く広がるそれに、まるで『探していたもの』がようやく見つかったような、そんな感じがした。

やがてルーファスの男根が自分の体から出ていくと、コポリと音がして白濁と一緒に初めて男の人を受け入れた印が赤く滲《にじ》み出た。

(初めてなのに、熱くてお腹が疼《うず》いて、乾いた心に水が染み渡るような感じ。凄《すご》く幸せな高揚感がする。私の体、どうしちゃったんだろう？)

ぐったりとする私を、ルーファスが自分の体に寄りかからせた。

「アカリ、この感覚が番《つがい》だ。わかるか？　魂が、心が満たされた感じ。それにアカリの中に生命力を注ぎ込んだことで、怪我の治りも早くなるはずだ」

ルーファスの言葉にコクリと頷く。

(多分、この不思議な高揚感が――満たされている感じが、番《つがい》の感覚なのかも？)

「よく、わかんないけど……凄《すご》く、ギュッてしてほしい」

そう言うと、ルーファスは私をぎゅっと抱き寄せ、貪《むさぼ》るようにキスをした。最後にペロリと唇を舐め、小さく何かを唱える。

「【乾燥《ドライ》】」

その一言で、ルーファスと私の体を濡らしていた汗やら何やらが一瞬で消えてしまう。

「魔法……？」

「ああ、オレと番《つが》ったからアカリも練習すれば使えるはずだ」

(それは……楽しみ)

ルーファスの声が少しずつ遠ざかっていく。

「アカリ？　気を失ってしまったか……可愛いな」

ルーファスの幸せそうな声が耳に心地よく響いていた。


柔らかな布団の中で目を覚ますと、黒い眼鏡をかけたルーファスが、テーブルに積まれた山のような帳簿と紙束を静かに睨《にら》んでいた。

(眼鏡をかけるとイケメン度が上がる……眼福《がんぷく》)

幸福感に似た気持ちで見つめていたら、彼の視線が帳簿から私に移った。

「ん。起きたのか、アカリ」

優しく微笑んだルーファスにつられて、少しだけ口元を上げて笑い返す。

「お仕事？」

よじよじと布団から這《は》い出てルーファスに近寄ろうとしたら、手で制された。

「ああ。アカリはまだ寝ていろ」

「ん……」

「食事の準備ができたら起こしてやる」

とろとろと夢の中に誘われていく途中、耳に心地いい声がした。

「ふぅ。オレの番《つがい》は無防備で可愛いな」

それから温かくて大きな手が、私の頭をゆっくり優しく撫でてくれる。

凄《すご》く安心できて、もう独りぼっちじゃない気がして——すぐに眠りにつくことができた。

長い黒髪を編み込んで二つのお団子頭にし、赤い花のかんざしと金色の花のかんざしを付ける。上は黒い着物で、下は裾の広がった黒いスカート。スカートには白いレースがあしらわれている。その上にエプロンドレスを付けた。

薄く化粧をして耳飾りを付けてもらう。耳飾りには黒色の小さな珠に【狼】と金文字が入れられていて、動くたびにシャリンシャリンと音を立てた。

「はいな。できたよ」

「はいな。完成した」

狐耳の双子の女の子が左右から私にそう言う。

二人は、タマホメとメビナという名の狐獣人で、【刻狼亭】の従業員。料亭のフロントとロビーで案内役をしているそうだ。

「ルーファスは先に行ってる」

「ルーファスは仕事行ってる」

二人は声を合わせて同じようなことを言うが、微妙に違うので聞き取りづらい。

私は二人に連れられ、別館から【刻狼亭】の本館に向かう。道行く人達の足元からは、カランコロンと下駄《げた》の音が響いている。

「ここは和風なのね」

私が呟くと、前を歩く二人は首を傾げた。

「「わふう?」」

どうやらここでは「和風」とは言わないらしい。自分が着ている着物の上部分を指さして説明してみる。

「こういう、着物みたいな服の多い世界なんだなって……」

「東風ね。ここら辺は東国近いから東風多い」

「東風ね。ここら辺は東国の流れ者多いから」

二人は「ねー」と声を合わせてそう言うと、楽しそうに狐の尻尾を揺らす。

(触りたい、もふもふ……)

やがて見えてきたのは、黒い暖簾《のれん》に【刻】の文字。

【刻狼亭】の料亭の灯《あか》りが、開店していることを告げていた。

「「ただいまー」」

二人は声を揃えて暖簾《のれん》をくぐり、私もそれに倣《なら》う。

フロントにいたルーファスと、銀髪の狐獣人の男性が話をしながら私達に目を向けた。

「「シュテンただいまー」」

挨拶と同時に、タマホメとメビナは嬉しそうに銀髪の狐獣人の足にしがみついた。

「お前ら、まずは若に挨拶しろ」

シュテンと呼ばれた男性は、二人の襟首を掴み、自分から引きはがして溜め息をつく。

「ルーファスただいま」」

二人が元気よく言うと、ルーファスは小さく頷いた。そして後ろにいる私と目を合わせ、軽く尻尾を振りながら微笑む。

「アカリ、おかえり」

「ただいま……です」

三年ぶりに誰かに「おかえり」を言ってもらったし、「ただいま」を言うことができた。

やっぱり「おかえり」と「ただいま」が言えるのは嬉しい。

「シュテン、この子がオレの番《つがい》のアカリだ。アカリ、こいつは帳簿の管理や店の従業員の総指揮を務めているシュテンだ。よろしくしてやってくれ」

シュテンは人の好さそうな顔で薄く笑う。

「私はシュテン。店の裏方みたいなものだがよろしく頼む」

「朱里です。よろしくお願いします」

私が頭を下げると耳飾りからシャリンという音が心地よく響き渡る。

「若、『番《つがい》の儀』も終わったようで良かったですね」

シュテンがそう言い、ルーファスは満足そうに頷いた。

(『番《つがい》の儀』って……何でバレてるの⁉)

「獣人は鼻がいいんだ。オレからアカリの匂いがしているからな」

私の思っていることがわかったのか、ルーファスが耳元でそっと教えてくれる。そしてそのまま私を抱き寄せ、持ち上げた。

「わっ……」

(何故この人は抱き上げるの!?)

「アカリ、今日は団体客が多くて慌ただしいから、オレの部屋で待っていてくれるか?」

「あの、何かお手伝いしましょうか?」

私の言葉にルーファスは一瞬驚いた顔をするものの、すぐに小さく笑って首を横に振る。

「気持ちは嬉しいが、今はまだゆっくりしていてくれ」

少しの申し訳なさを感じてルーファスの肩に頭を寄せると、頬でスリスリされた。

(居候《いそうろう》は心苦しいのだけど……)

「さぁ、お前達は仕事にかかってくれ。オレはアカリを部屋に案内してから戻るとしよう。それまでは任せる」

そう言うと、ルーファスは私を連れてその場をあとにした。


【刻狼亭】の料亭の奥にある、庭園付きの続き部屋。

執務室のような部屋と、給湯室、浴室、トイレがあって、さらに奥には畳の部屋がある。その部屋には箪笥《たんす》が幾つも並び、着物が衣桁《いこう》——着物をかける時に使う竿みたいなものにかけられていた。

私が目覚めた時にいたここは、どうやらルーファスの私室らしい。

「この部屋は好きに使ってくれ」

「ルーファスさん、あの、お仕事頑張ってください」

そう伝えると、ルーファスが私の両頬に手を添えて口づけを落とした。歯列を舌でなぞり、舌を絡ませ、私がこくんと唾液を呑み込むまで続けられる。

「……んっ」

「行ってくるアカリ。あと、さん付けはいらない」

口づけの長さに息が上がったままルーファスを見つめると、彼は少しだけ困った顔をした。

「そんな顔をされると、どこにも行きたくなくなるな」

ククク ッと笑い、最後におでこにキスをして部屋を出ていく。

残された私は、熱くなった頬をもてあましながら唇に手を当てた。


ルーファスの部屋で特にすることもなく、ぼーっと立っていたら、ドアがノックされた。どうしようかと悩んでいる間にドアが開き、一人の女性が入ってくる。

「ああ、アンタだね。若から話を聞いてるよ。従業員用の服は用意が間に合わなかったのかい？　……まあいいか。さぁ、アタシについておいで」

赤い髪を緩く三つ編みにした、気の強そうな顔立ちのその女性は、この料亭の従業員の服を着ている。彼女は私の手を取ると「早く早く」とせかすように部屋から連れ出した。一体どこに行くんだろう？

「アタシはフリウーラ。ここの配膳係だよ」

「あ、はい。朱里です」

ハキハキとしたフリウーラに戸惑いながらもついていく。

「アカリか。東国の名前みたいだね。顔立ちも東国っぽいし」

「はぁ……そうですか……？」

(東国は日本人みたいな人が多いのかな？　着物とかもあるぐらいだし)

フリウーラは私の背中をポンポンと叩いてニッと笑う。

「もっと元気出して。そして笑顔！　これ大事よ？　わかったかい？」

「はぁ……」

私の気のない返事にフリウーラは苦笑いしながら「仕方がないね」と笑った。

いきなりすぎてうまく言葉が出てこないのだ。何やら申し訳ない。

「時間がないから簡単に説明するよ。食事の膳はこのカウンターから出る。膳にのっている番号札を見て、そこに運ぶんだ」

フリウーラはそう言って、調理場の横のカウンターにすでに並んでいる配膳盆を持つ。さらに私にも料理ののった配膳盆を持たせて歩き出した。

私も配膳係として働くってこと？　さっきルーファスは手伝わなくていいって言ってたけど、やっぱり手が足りなくなったのかな。

「料亭内はどこも同じような場所に見えるだろうけど、そのうち慣れるから焦らずに覚えな。あと木の札に番号が書かれているのは個室、紙に番号が書いてあるのはオープンスペースのテーブルだ。

個室はドアの上に、オープンスペースはテーブルに番号が書いてあるから確認して配膳ね」

テキパキと指示を出すフリウーラにコクコクと頷く。

個室の前に着くと、フリウーラがドアをノックし、「失礼致します」と声をかけて開ける。

「お料理をお持ち致しました」

にっこりと笑顔で言い、小声で私に「挨拶」と促《うなが》した。

「失礼致します」

私も小さく挨拶をする。フリウーラが料理をテーブルの上に並べる。私もそれに倣《なら》って並べていった。

「ご注文の品はお揃いでしょうか？」

客の男性二人が静かに頷くのを確認してから、フリウーラと一緒に退室した。

「こんな感じさ。わかったかい？」

うまくできるか不安はあるけど、難しくはない。そう思って頷いた。

「大丈夫。わからなくなったらアタシや他の従業員に聞けばいい。しっかり頑張んな」

フリウーラは私の背中をポンポンと叩くと、「次行くよ」と言って歩き出した。

何度かフリウーラに付き添ってもらったあと、「もう大丈夫そうだね」と言われ、自分一人で配膳をすることになった。

緊張しつつも調理場のカウンターへ行き、新しい配膳盆を受け取ると、指定された個室に料理を運んでいく。

個室のドアを叩き「失礼致します」と扉を開けた瞬間、喉に鈍《にぶ》い痛みが走った。倒れそうになるのを必死で堪《こら》え、なんとかテーブルに配膳盆をのせる。器《うつわ》がガチャンと音を立てた。

何が起きたのかわからないまま目線を上げる。骨ばった若い男性と太めの男性が、こちらを見て意地の悪そうな顔で笑っていた。

痛む喉に手をやると、そこに何かがぶら下がっている。

(……何これ？)

手で取る前にボトリとそれが床に落ちた。

それはシューッと音を上げながら骨ばった男性客の腕に巻きついていく。——蛇だ。

「きゃあっ！」

思わず悲鳴を上げると、男性達は笑い声を上げた。

「きゃあだって。ほらお姉さん、毒を抜いてあげるからこっちにおいでよ」

(毒……？)

骨ばった手が近付いてくる。

「解毒剤は俺の口の中にあるからさ、お姉さんの首に吸いついて解毒してやるよ」

男に腕を掴まれ、引き寄せられる。先程テーブルにおいた配膳盆に腕がひっかかり、ガシャーンと大きな音を立てて料理が床に散らばった。

(お料理が……ああ、どうしよう)

「あーあ、食えないじゃん」

「どーすんの？　お姉さん」

男性達が揶揄《やゆ》するように声を上げる。

そうしている間にも、蛇に噛まれた喉は痛みを増していく。心臓も異様なほどドクンドクンと音を立てていた。

青ざめる私の腕をさらに引き寄せて、男が首筋に唇を這《は》わせようとする。

ぬらぬらした男の口に鳥肌が立った。

「嫌ッ!!　気持ち悪い!!」

男を突き飛ばし、個室から逃げようと一歩踏み出した瞬間、その場に私は膝をついた。足に力が入らない。

こぽっ。ぽたたた……

口から血が滴《したた》り落ちる。

(何……？　喉、熱い……)

男に肩を掴まれ、振り向かされる。私を見た男達は一気に目を見開き、青ざめた。

「おいっ死にかけてるぞ！　これ、そんなに強い毒じゃないはずだろ!?」

男の一人が慌てたように私を突き飛ばして逃げる。残った男も慌てて逃げていった。

ドタドタという足音を聞きながら、必死に助けを呼ぼうとする。

「だ……ゴホッ、ゴホッ……あっ……」

(誰か、助けて……ルーファス……)

ぐにゃりと回る視界。がむしゃらに手を伸ばし、テーブルにのっていた酒器を床に落とす。

ガシャーンと響いた音で誰かが気付いてくれることを祈りながら、私は意識を手放した。

†

料亭内が、急に騒がしくなった。ルーファスは怪訝《けげん》に思いながら騒ぎの方へ向かう。

客が何やら従業員に食ってかかっていた。

「何があった？」

ルーファスがその従業員に問いかけると、従業員より早く客が口を開く。

「女の子が血を吐いて倒れているんだ！　毒じゃないのか!?　ここの料理は大丈夫なのか!?　医者を呼んでくれ！」

客は自分の喉元を押さえながらルーファスに訴えかける。

「お客様、落ち着いてください。女の子が倒れているのはどこですか？　念のため医者の手配をしますから、お待ちください。そこの君、すぐに医者を呼んで。また、状況がはっきりするまで店を一時封鎖しろ」

対応しつつも、ルーファスは心の中で眉をひそめる。

（一体、何があった？　どういうことだ……）

その客を従業員に任せると、他の従業員にも指示を出す。

そして倒れた者がいると思われる騒ぎの中心へと足を急がせた。

「アカリ！　しっかりしな！　アカリ!!」

女性従業員の声に、ルーファスは心臓に氷水を浴びせられたような心地になる。

（アカリ……？　そんなはずはない。アカリがこの場所にいるわけが……）

だが、女性従業員のフリウーラの前で横たわっているのは確かにアカリだった。

（オレの番《つがい》が何故、こんな場所で、血を吐いて倒れている……？）

ルーファスは目の前が真っ暗になった。

（オレの最愛の唯一が、何故……？）

「アカリ……」

アカリを最初に見つけた時の絶望感がルーファスを再び襲う。

番《つがい》は一生に一度会えるか会えないかの相手。

あの時、その番《つがい》の命が消えそうになるのを、どうにかして引き留めたかった。

必死に看病してやっと手に入れた幸せが今、また失われそうになっている。

「若、医者を呼びました」

その言葉にルーファスはハッとする。

「まずはアカリから診《み》てもらってくれ！　医者が足りないようなら他の場所からも呼べ！　あと料理の素材に毒物がないか念のため調べろ！」

指示を出したあとでルーファスは自分の口を押さえる。

こんな時なのに自分のすべきことが口からつらつら出ることに絶望する。

アカリを失っても自分はこうして指示を出していくのだろうか。

「若、アタシがちゃんと付いていてあげれば良かった。申し訳ありません!!」

頭を下げるフリウーラにルーファスは困惑する。

「どういうことだ……お前はアカリがここにいた理由を知っているのか？」

怒りを抑え切れぬルーファスの声に、フリウーラはヒッと息を呑む。

「今日から入った配膳の新しい子ですよね？　仕事を教えていたんですが、呑み込みが早かったので一人でやらせてみたんです。そしたら……」

「今日来るはずだった子は、都合で二日後になったと朝の申し送りで伝えたはずだが？　まさか、間違えてオレの番《つがい》を――アカリを働かせていたのか……？」

フリウーラは自分の勘違いに気付き、一気に青ざめる。

今日は忙しくなることばかりに気を取られて、申し送りを適当に聞き流していたかもしれない。とにかく人手が欲しかったために、新人を迎えにルーファスの部屋へ行き、そこにいた少女を連れ出してしまった――自分の過失に気付いたフリウーラは、ガクガクと震えながらそう言った。

フリウーラを一瞥《いちべつ》すると、ルーファスはアカリの前に膝をつく。

「アカリ、もっとオレが側にいてやるべきだった」

下手に動かして、毒が回ってしまうといけない――その思いからルーファスはアカリを抱き上げることすらできず自分の拳を握りしめる。

「若……っ、アタシの責任です！　この償《つぐな》いはどんなことをしてもします！　だから、アカリを助けてあげてくださいっ！」

「当たり前だっ！」

言われなくても、絶対に助ける。

医者が来て処置を施《ほどこ》すと、ようやくルーファスはアカリを抱き上げることができた。

まだ生きている、しかしこのまま死体になってしまうのではないか？　そんな恐怖が心を黒く染め上げていく。

医務室のベッドにアカリを横たえたあと、ルーファスは手に付いたアカリの血を洗い流した。

「首に蛇の噛み痕《あと》があるだろ？　ここ何週間かで毒蛇を使った婦女子への性的嫌がらせが立て続いていてね。多分今回もそれだろう。それほど強い毒ではないんだが、この子は毒に対する抵抗力があまりないみたいだね」

医者は噛み痕《あと》を消毒しながら、解毒剤をアカリの手首に打ち込む。

「念のため、解毒剤を持ってきていて良かったよ」

医者はホウッと息を吐いて薄く笑う。

「アカリは……アカリは大丈夫なのか!?」

「若様が『番の儀《つがい》』をしていたおかげで生命力が強くなっているからだろう、一命は取りとめたよ。ただ、何日か高熱が続く。あとは回復の様子を見ないと何とも言えないね。喉が壊死《えし》してるから、薄めた回復ポーションと解毒ポーションを三時間おきにかけるといい」

医者の言葉に頷きつつも、ルーファスの心は怒りに黒く染まっていた。

(オレの番《つがい》に手を出した奴らへの制裁をどうしてくれようか……)


月の美しい深夜。

骨ばった若い冒険者の男と、太った冒険者の男が、街中《まちなか》を追い立てられていた。

男達を取り囲むようにしながら、複数の影が建物の上を移動していく。

「ねぇ？　死ぬのと生きるの、どっちが楽かな？」

「ねぇ？　生きるのと死ぬの、どっちが楽かな？」

山吹色の子狐が二人、交互に喋《しゃべ》りながら、男達のまわりを飛び跳ねる。

「生きながら死ぬのが一番いいだろう」

銀色の狐が青白い炎を纏《まと》い、男達の行く手を阻む。

「我々の縄張りで騒ぎを起こしたんだ。覚悟はできているのだろうさ」

巨大な黒い蛇が鎌首を擡《もた》げ、シューと音を立てながら男達にゆっくりと迫る。

「オレの城でオレのものに手を出したんだ。覚悟がないわけがないだろう？」

黒い狼が低い唸り声を上げ金色の目を光らせた。

男達の悲鳴が街中に響くが、窓一つ開かない。

次の日、肌が焼け落ちたり腐ったりしつつも生きている――そんな男が二人発見された。

街の人間は見て見ぬふりをする。

【刻狼亭】で騒ぎを起こせばこうなることを知らない新参者が、制裁を受けたのだろう。

それがわかっているからこそ、街の人間は何も言わないのである。

†

高熱と寒さと息苦しさで何度も歯を食いしばり、何度も嘔吐《おうと》を繰り返した私がようやく落ち着いたのは、毒蛇に噛まれて五日経ってからだった。

それでも全然体に力が入らず、布団で上半身を起こすのが精一杯だ。

「アカリ、起きていて大丈夫か？」

部屋に入ってきたルーファスがそう言いながら私の布団の横に座る。

コクコクと頷くと、小さく笑って手にしていたガラスの器《うつわ》を示した。

「氷菓子なら食べれるか？」

果物は果汁が沁《し》みて、重湯《おもゆ》は塩味が喉を刺激して痛くて食べられず、私はルーファスを困らせていた。彼はあの手この手で何かしら食べさせようと必死になっている。

ルーファスは木匙《きさじ》で白い氷菓子をすくい、私の口元へ持ってくる。

小さく口を開くと、口に氷菓子を入れてくれた。

氷菓子が喉を通る。喉に痛みがなかったので、心配そうにこちらを見ているルーファスに指で丸のマークを作ってみせた。

ルーファスがホッとしたように、また私の口に氷菓子を運ぶ。

私の喉は毒の影響で爛《ただ》れ、声が出せなくなっていた。

異世界召喚の際に一度死にかけたせいか、やけに体の治りが悪い。喉も炎症が治まらずに、息を吸うだけでヒューヒューと音を立てて痛んだ。

だから身振りや顔の表情で意思の疎通をするしかないのだ。そんな私にルーファスは根気よく付き合ってくれる。

「早く良くなって、また可愛い声を聞かせてくれ」

その言葉に少し気恥ずかしさを覚えつつも頷くと、ルーファスが嬉しそうに私にスリついてきた。

尻尾もパタパタと左右に揺れている。

(凄《すご》く格好いいのに、尻尾だけは狼というより犬みたい――って言ったら怒るかな?)

その時、ドアがノックされた。ルーファスが嫌そうな顔をする。

「誰だ」

「若、そろそろ戻っていただかないと業務に支障が出ます」

シュテンの声にルーファスが項垂《うなだ》れる。私はそんなルーファスに『お仕事頑張って』と、両手でガッツポーズをしてみせた。

彼は私の頭を撫で、唇に軽くキスをすると、氷菓子のガラスの器《うつわ》を持たせてくれる。そして名残惜しそうに言った。

「アカリ、行ってくる」

手を小さく振って『いってらっしゃい』を伝える。

ルーファスが出ていくと、部屋から少し温もりが消えた気がした。

元々私は口数が多い方ではないから、話せない状況もさほど苦ではないけれど、やっぱりちゃんと声に出して「いってらっしゃい」を伝えたい。

(早く治るといいなぁ)

氷菓子を食べたあと、また私はとろとろと眠りに落ちていく。

意識の片隅で、ザーッと雨の降る音と土煙の匂いを感じた。


再び目を覚ますと、ルーファスが私の横で帳簿を見つつ算盤《そろばん》を弾いていた。

算盤《そろばん》の音と雨の音を聞きながら、また目を閉じる。

「……アカリ？　起きているのか？」

私が起きたのが気配でわかったのだろう、ルーファスが声をかけてきた。私は目を開けてゆっくり瞬《まばた》きする。

「すまないな。うるさかったか？」

小さく首を振り、ルーファスに手を伸ばした。

「ん？　どうした？」

顔を近付けてくれる彼の頭を撫でる。そして目の下の隈《くま》を指でなぞった。この隈《くま》は、私の看病でちゃんと寝ていないせいだ。

「ああ、大丈夫だ。心配してくれるのか？」

こくこくと頷くと、ルーファスが愛おしそうに見つめてくる。

「早く片付けて、アカリと薬湯《やくとう》に浸かりにでも行くかな」

そう言って私のおでこにキスし、ルーファスは再び仕事に向き直る。

優しい気配に包まれながら、私はまた眠りについた。


「これが『エルフの回復薬』だよ」

光沢のある小瓶の底の方に、薄緑色の液体が少しだけ入っている。

私の主治医となった小柄な老人、ボギー・ボブ医師が、私とルーファスにその小瓶をかざしてみせていた。

あの事件から約二週間。私は今日、回復具合を診《み》てもらうべくお医者様のもとを訪れていた。

診察のあと、ボギー医師が懐《ふところ》から取り出したのが、この小瓶だ。

「『エルフの回復薬』――あらゆるものを治すという万能薬か……アカリの治療に使いたい。入手はできるか？」

ルーファスの問いにボギー医師は首を横に振る。

「難しいね。なんせここは温泉街だろ？　肌を他人に見せることを嫌うエルフ族は滅多に来ないからね。しかも『エルフの回復薬』は秘伝の薬、なかなかに入手は難しいと思うよ」

「冒険者ギルドに依頼してみるか……」

ルーファスの言葉に、ボギー医師は頷いた。

「それが一番早いだろうね。もしくは【刻狼亭】を訪れる客の中に高ランクの冒険者がいるようなら、持っている者もいるかもしれない。彼らは難易度の高いクエストに行く際、『エルフの回復薬』を最低一本は持っていくからね」

その言葉にルーファスが溜め息をついた。

「高ランク冒険者は交渉しづらい奴らが多い。それが問題だな」

そう言ったあと、ボギー医師に感謝を述べ、私を抱き上げて診察所から出ていく。

どうやら私は毒や病気といったものに対して免疫力が弱いらしい。そのため、毒蛇に喉を噛まれた痕《あと》が炎症程度に治まった今も、少し無理をすると熱を出して寝込んでしまう。

「アカリの声が聞きたいな……」

ルーファスが切なげな顔をして、私の頬に自分の頬を寄せる。

結局、私の声は出ないままだ。なんとか出そうとしても、掠れた音のようなものが出るだけで、言葉を発することはできない。そんな状態でありながら、私がそれなりに元気でいられるのは、ルーファスが生命力を分けてくれているおかげだ。

もし『番《つがい》の儀』をしてなかったら、私は毒蛇に噛まれた時点で死んでいたらしい。

でも、ルーファスは私の喉が完治しないこと、声が出ないことをひどく気にしていて、万能薬である『エルフの回復薬』を手に入れようとしているのだ。

「アカリ、絶対に『エルフの回復薬』を手に入れてやるからな」

ルーファスの言葉に申し訳なさを感じて首を横に振るけれど、「遠慮はいらない」と言われ、軽くキスをされる。

「オレの番《つがい》はオレが守る」

十分すぎるほどに守ってもらっているし、大事にしてもらっている――そう伝えたいけれど、声が出ない。でも、ルーファスの優しさが嬉しかった。

チュッと頬に感謝のキスをすると、ルーファスの尻尾が左右に揺れた。

そういえば『番《つがい》の儀』をおこなうと、お互いの能力が使えるようになるため、私も魔法を使えるようになると以前聞いた。なんだか私ばかりが得する感じで、ルーファスにはメリットがないなと思っていたけれど、ルーファスによると、異世界召喚をされた者はこの世界に来た瞬間に何らかの能力が備わるらしい。だから『番《つがい》の儀』をした今、ルーファスもその能力が使えるようになっているはずだとか。

ただ、私自身は何かの能力が備わった感じはしないし、特別何かが変わった気もしない。

今のところルーファスにも私の能力が何なのかわからないらしい。

なんの能力ももらえなかったのか、あるいは元々ルーファスが持っていた能力が私に与えられたせいで、ルーファスに新たな能力が備わらなかったのか。

ただ、ルーファスは、私とキスをしたり体を繋げたりすると、体調が良くなるらしい。最初は気持ち的な問題だと思っていたけれど、それだけとは考えられないくらい調子がいいから、異世界召喚時に私に与えられた能力は魔法ではなく、私の体自体に何か付与されているのかもしれない、とのことだった。

そうした体に付与されたものは、番《つがい》でも使うことができないらしいけれど、ルーファスは「アカリと一緒にいられたらそれでいい」と言う。自分の能力が凄《すご》かったらルーファスにも喜んでもらえると思っていただけに、役に立てなくて申し訳なくなる。

ちなみにきちんと私の能力を調べるには【特殊鑑定】という能力が必要とのこと。ただ、残念ながらその能力を持つ人はこの大陸にはいないので、「そのうち人を呼んで調べてもらおう」と言われた。


夕暮れに染まった温泉街をルーファスに抱きかかえられながら【刻狼亭】の料亭に戻ると、入店を待つお客さんの列ができていた。

基本的に夜の時間帯、【刻狼亭】は予約制だ。けれど、たまにキャンセルが出るために、こうした順番待ちの列ができる。

お昼時は予約をしなくても入れるし、客層も旅行客中心で穏やかなものだけど、夕方から夜にかけては貴族や冒険者が中心になり、店の雰囲気もガラリと変わる。

ここ温泉大陸は、ルーファスの一族トリニア家が所有している大陸で、【刻狼亭】はトリニア家当主が代々受け継いでいる。貴族階級や冒険者にとって、この温泉大陸で過ごすことはある種のステータスとなっていて、中でも【刻狼亭】の料亭で一時を過ごすことは金回りの良さを見せつけるようなものらしい。

ただし、いくら上位ランクといっても冒険者は無頼者《ぶらいもの》も多く、浮かれて騒いだり暴れたりすることがある。そのため夜の従業員はそれなりの腕を持った人員が配置されるのだ。

「「おかえりルーファス、アカリ」」

玄関まわりを掃除していた狐獣人の双子の幼女、タマホメとメビナが尻尾をふりふりと揺らしながら声を揃えて挨拶してくれる。

「今戻った。変わりはないか？」

ルーファスの問いに、双子は「「ないな」」と声を合わせる。

「アカリ、先に飯を食べていてくれ。少し事務所の方へ行ってくる」

ルーファスが私を下ろして頬を撫でると、耳元で耳飾りがシャランと音を立てた。

私がどこにいても、この耳飾りが音を立てればルーファスの耳には届くらしい。ルーファスは私の耳飾りの音を確かめてから事務所へ向かった。

「アカリ、フリウーラがちょうど休憩だからご飯食べるといい」

「アカリ、フリウーラの長いお喋《しゃべ》りに付き合ってあげるといい」

二人がオープンスペースの端っこに案内してくれる。すぐにフリウーラがご飯を配膳盆にのせてやってきた。

「アカリ、一緒に食べよっか」

コクコクと頷いて、フリウーラの持ってきてくれたご飯を食べる。その間にもフリウーラが、働いている従業員を指さして「あの子の名前はね」と名前や性格を教えてくれる。

フリウーラのおかげで従業員の名前は結構憶えてきていると思う。

フリウーラは毒蛇の件で相当厳しくルーファスに叱られたらしい。フリウーラ自身もかなり責任を感じているらしく、ルーファスが仕事でどうしても私の側を離れなくてはいけない時には、率先して私の相手をしてくれる。

【刻狼亭】では、私はまだルーファスの客人のような扱いで、気軽に話しかけてくれるのはフリウーラとタマホメにメビナ、そしてシュテンくらいだ。

(そのうち、他の人にも仲良くしてもらえたら嬉しいなぁ)

照明を落とした店内でフリウーラとまったりしていると、後ろから声をかけられた。

「アカリ、飯は食ったか？」

ルーファスの声だ。嬉しくて笑顔で振り返り頷くと、ルーファスも微笑んでくれる。

「ん？　相変わらず薬草茶は飲んでいないのか？」

その言葉に、申し訳なさで眉尻を下げてしまう。このお茶は私の健康のために出してくれているのだけれど、えぐみと渋みが強く、喉を通る時にヒリつくこともあって、なかなか飲み干すことができない。

「若、アカリ、アタシはそろそろ仕事に戻りますね。じゃあ、アカリ。また一緒にご飯食べようね」

そう言って一礼すると、フリウーラは配膳盆に自分と私の食器をのせて、その場を離れた。

「もう少し飲みやすい薬草茶が手に入ればいいいんだがな」

私の隣の席に座り髪を撫でてくるルーファスを、申し訳ないと思いつつ見上げる。

「責めているわけではない。可愛い番《つがい》に苦い思いをさせたくないからな。できるだけ美味いものだけ食べさせてやりたい」

（今でさえもたくさん食べてるのに……ルーファスは私を太らせる気かな？）

それは遠慮したいとフルフルと首を横に振ると、ルーファスは喉で笑いながら、私の顎《すご》に指をかけて上を向かせ、唇を奪った。私も素直に目を閉じてそれを受け入れる。

「……、っ……」

喉から吐息が漏れると、口づけはさらに深くなった。口の中に甘さが広がって、下腹部がピクピクと甘く疼《うず》く。ルーファスと口づけをすると、いつも甘い味がする。ルーファス曰《いわ》く、これは番《つがい》同士のキス特有のものらしい。

「……っ、っ」

「さぁアカリ、部屋に戻るか」

私を抱き寄せて自分の腕の上に座らせると、ルーファスは足早にホールをあとにした。

そして、料亭の奥にある自分の部屋に入り、抱き上げたまま私の着物の帯紐に手をかける。

「アカリ、君が欲しい」

耳元で囁《ささや》かれる。胸がトクンと跳ね上がって、「好き」という気持ちで胸がキュッと痛くなる。

半ば流されるようにして『番《つがい》の儀』をしたけれど、私はルーファスが好きだ。

まだ口に出して伝えることはできていないけれど。

ルーファスを受け入れたくてコクリと頷くと、次々に着物を脱がされていった。

肌襦《じゅばん》だけになって、心もとなさに胸元の布をギュッと握りしめていると、奥の寝室に連れていかれ布団の上に寝かせられた。

ルーファスが上から覆《おお》いかぶさり、首筋にキスをしながら肌襦《じゅばん》の前身ごろを開く。胸がたゆんと揺れて外気に晒された。

「可愛いよ。アカリ」

そう言ってルーファスが私の太腿を撫で上げる。

「……っ」

ショーツの中に手が滑り込み、秘めた部分に触れられると、くちゅりと水音がした。

「アカリもオレが欲しかったのか？」

耳元で囁《ささや》かれて、真っ赤になってしまう。羞恥心《しゅうちしん》を堪えながらコクコクと頷くと「お利口さんだ」と口づけをされた。その間にも彼の指は蜜口に侵入し、もう片方の手は私の胸を下から上に揉み上げている。

「――っ、……、っ」

指を動かされるたびに下腹部に甘い疼《うず》きが広がり、自分の内壁がヒクヒク動いた。

とろりとした愛液が、蜜口から溢《あふ》れてお尻を伝っていく。お腹がキュウキュウと疼《うず》いて、もどかしさに思わずルーファスの着物の衿を引っ張ると、彼は蜜口から指を抜き、自分の着物を脱いだ。

細身なのに筋肉質なルーファスの体に、胸がキュンとする。

目が合うと、ルーファスは啄《ついば》むようなキスを何度もくれた。

指が再び股の割れ目に入り込む。少しすると指が増やされ、二本の指にゆっくりと肉襞をなぞられた。

「っ、はぁ、はぁ、っ、っはぁ」

「まだ解《ほぐ》れていないからキツいな。早く欲しいだろうがもう少し辛抱だ」

ルーファスの言葉に小さく頷く。互いの唾液がまざって口の中が熱い。

ルーファスは指を出し入れしては上下に動かし、とぷっと蜜壺から溢《あふ》れた蜜を絡めては、まだ行為に慣れていない秘部を解《ほぐ》していく。

「っ、……っ、はぁ、っ、はぁはぁ」

「アカリ、喉を傷《いた》めるといけないから声を押し殺そうとするな。喉に力も入れるんじゃない」

ルーファスがなにかを伝えてくるけれど、意識がふわふわしてうまく理解できない。その間にも彼は胸の蕾に吸いついて舌で転がしてくる。むくむくと起き上がった蕾に軽く歯を立てられて、声にならない悲鳴が上がる。

「……っ！」

蜜腔に入れられた指にちゅくちゅくと攻められ、下腹部がきゅっと締まって熱を帯びる。

快感に耐えるためにシーツを握りしめた次の瞬間、足を大きく開かされた。内腿にチュッとルーファスが吸い付く。

「はふっ、はぁ……ふっ」

「アカリの白い肌に花を咲かせるのはオレだけの特権だな」

そう言って、ルーファスは笑いながら体を足の間に割り込ませてきた。双丘を押し割ったかと思うと、昂《たかぶ》りを蜜口に押しつける。とっさに逃げそうになった私の腰を引き寄せて、一気に挿入《はい》ってきた。

「──っ!! っ、はぁ、っ、ぁ、ぅっ、ぁ!!」

ミチミチと隘路《あいろ》を押し広げて、熱い昂《たかぶ》りが突き進む。ギリギリいっぱいまで広げられて苦しいはずなのに、下腹部はツキンと甘く痺れる。

「ああ……アカリの中は熱くてギュウギュウ抱きついてきて凄《すご》いな」

「はぁ、はぁ……っ、っ、はぁ、っ」

「アカリの中がうねって、奥に誘ってくる。──悪い子だ」

必死に首を左右に振るが、ルーファスは笑って取り合ってくれない。啄《ついば》むようなキスをしたあと、強く穿《うが》たれ、奥にグリッと先端があたって頭が真っ白になった。

「んっ、ふっ、ぁ、ぁ……っ」

ゆっくり腰を引いては、一気に奥まで貫かれて、目の前がチカチカする。

「ちゃんと、アカリに生命力を分けておかないとな」

そう言って腰を打ち付け、中の肉襞をゴリゴリと擦り上げられる。

(奥がきゅんってして、イク、これ以上は駄目っ)

頭を振ってもう駄目だと思いながら目を瞑《つぶ》ると、ズンッと奥まで突き上げられた。

快感が弾け、お腹の中が解放感のようなものでいっぱいになる。

「アカリ、中に出すぞ」

「っ、はぁ、っ、――――っ!!」

腰をグッと押し付けルーファスが身震いすると、お腹の中でドクドクと、とろみを帯びた体液が広がった。

優しいルーファスのキスを受け入れながら、私は意識が遠のくのを感じて目を閉じた。

†

【刻狼亭】の本館、料亭の奥にある個室。そこは歴代の当主が執務室として使っている部屋だ。現在はルーファスの私室であり、アカリと共に住んでいる場所でもある。

扉を開いてすぐのところに応接室兼執務室があり、奥にあるルーファスの執務机の横を右に入ると給湯室と浴室、トイレ、そして畳の部屋がある。

畳の部屋がルーファスとアカリの寝室兼住居だ。十六畳ほどの広さがあるが、着物を数多く収納している箪笥《たんす》や衣桁《いこう》が並んでいるため、実際に使えるスペースは十畳に満たない。

そんな部屋の中で、獣化して狼姿になっているルーファスに包まれるようにアカリが寝ている。

コンコンと扉を叩く音がして、ルーファスは耳をピクリと動かした。

「若、問題発生です」

扉から狐獣人のシュテンが顔を出した。ルーファスはアカリを起こさないようにそっと体を動かすと、彼女のおでこにキスを落としてから立ち上がり、獣化を解いてシュテンに向き合う。

「何があった？」

「【女帝《エンプレス》】が料亭内で仲間の冒険者と共に騒ぎを起こしています」

「チッ、すぐに行く」

ルーファスはアカリに毛布をかけると、幸せそうにむにむにと口を動かしている寝顔を見て、フッと笑う。

部屋を出て長く奥まった通路を進んでいくと、物が壊される音と悲鳴が聞こえてきた。

「もっとよく探しなさいよ！」

ヒステリックな女性の声に続き、「お客様おやめください！」と従業員の悲鳴にも似た声がする。

騒いでいる人物は、【女帝《エンプレス》】という称号を持つSランク冒険者で、依頼すればどんなものでも手に入れるという噂のトレジャーハンターだ。

ウェーブのかかったワインレッドの長い髪に、気の強そうな顔立ち。そしてしなやかで豊満なボディを強調するような大胆なドレスを纏《まと》った、男を魅了してやまない色香を漂わせる女性。

彼女は豪傑《ごうけつ》な女ばかりを集めたアマゾネスパーティのリーダーだ。

美しい容姿とは裏腹に性格はあまりよろしくなく、損得勘定で動く。自分に不利益が出そうになると、手の平を返すこともあるという。

ビビアット・キルティ、それが彼女の名前。

たまに【刻狼亭】に来てはお金を落としていく、何事もなければ上客の一人だ。だが、気まぐれで短気なため、来店時はかなり神経を使う。

【刻狼亭】に客として来たからにはきちんともてなすが、それ以上の関係は御免こうむりたい。そんな間柄だった。

騒ぎが起きているオープンスペースに入ると、テーブルはなぎ倒され、椅子も半壊していた。他の客の席にも立ち入って騒いだのだろう、複数のテーブルが倒れ、床に料理が散乱している。

従業員達が止めに入っているが、その従業員も夜の時間帯は、元Sランク冒険者や腕自慢の者が多いため、血気《けっき》盛んなところがある。急がなければ、従業員も暴れ出しそうだ。

「何事だ！　いい加減にしろ！」

怒気を含んだルーファスの声に料亭内に響き渡る。

従業員とビビアットのパーティメンバーは、一斉に動きを止めた。

「……若、でも、この客達が……」

「ハァ……、見ればわかる。しかし、お前達が一緒になって暴れたら、店が壊れる」

従業員が眉尻を下げながらルーファスに訴えるが、これ以上、店内で騒ぎを大きくしては収拾がつかなくなるために、ルーファスは手は出すなと目で伝える。

「それで？　お客さん、この状況は理由があってのことだろうな？」

ルーファスが騒ぎの原因であるビビアットに向き合うと、彼女はルーファスの怒気にあてられたのか、一瞬、怯んだ表情をした。だが、すぐに我に返り、口を開く。

「この店の中で大事な商品が逃げちゃったのよ！　この店を貸し切りにしてもいいから、今すぐ、従業員総出で探し出してちょうだい!!」

ヒステリックな声で要求してくるビアットに、ルーファスはいささか呆れる。だが、これ以上店内で暴れられたら他の客に迷惑をかける。

「従業員を数人貸し出そう。商品というのはなんだ？」

「カーバンクルよ！　カーバンクルがいなくなっちゃったのよ!!」

ルーファスは記憶にあるカーバンクルの情報を思い出す。

『魔法反射《マジックバリア》の石』を額で育てる魔獣。

石の名のとおり、魔法を全て撥《は》ね返すため、魔法攻撃が一切効かない魔獣である。猫ぐらいの大きさで、緑の多い場所に棲《す》む。確か、この温泉大陸には生息しないはずだ。

カーバンクルは、魔力の豊富な大地で作られた食べ物を好み、その魔力を食べた分だけ良質な『魔法反射《マジックバリア》の石』を作る。

この温泉大陸も大地に魔力が豊富に宿っているが、ここは海で囲まれており、一つの大きな橋によってのみ隣の大陸と繋がっている。そのせいで元々この大陸にいない魔獣が自然と入ってくることはないのだ。

また、カーバンクルは滅多に人前に姿を現さず、人に懐くことも稀《まれ》なため、その額の石を手に入れるのは非常に困難である。

しかも、カーバンクルの意思を無視して額の石を奪うことはできない。もし無理矢理奪えば、石はその瞬間に砕け散ってしまうのだ。

そんなカーバンクルの石をアクセサリー等に加工して身につけると、魔法攻撃を反射できるようになる。つまり、カーバンクルの石は、かなり希少価値の高いものなのだ。

「なんだってそんな貴重な生き物をこんな場所で出したりした」

思わず呆れて言うと、ビビアットは綺麗に手入れされた爪を噛みながら、自身のパーティメンバーの一人を蹴り上げる。

「ったく、ビーストテイマーっていうからメンバーに加えたのに！　手懐けられずにここまでカーバンクルを連れてきたわけ。こいつがドジったおかげで逃げ出したのよ！」

蹴られた冒険者の女は泣きながら「すみません、すみません」と繰り返している。

「もし、見つけてくれたらお礼は弾むわ！　アレは良質な石を持っている個体なのよ！　絶対に逃がさないで！　傷つけるのも駄目よ!!」

「とりあえず、何人か探索の得意な従業員に任せる。代わりにこれ以上店内で騒動を起こすのはやめてもらおう。大人しく飯でも食って待っててくれ」

そう言ったそばからビビアットが喚き散らす。ルーファスは料亭らしからぬ喧騒にうんざりするしかなかった。

†

くしゅん！　と、くしゃみが出て私、朱里が目を覚ますと、既に室内は暗かった。窓の外を見れば夜空に月が出ている。

（月が綺麗……）

目をこすると肩から毛布が落ちた。

（ルーファスが毛布をかけてくれたのかな？）

いつの間に寝たんだろう？　何だか毛布とは違う、凄《すご》くフカフカで柔らかくて温かいものに包まれていた気がしたけど……

それにしても、今日は料亭が賑やかだ。この奥まった部屋まで騒《ざわ》めきが聞こえる。何かあったんだろうか。

不思議に思いながら水差しからコップに水を注いで飲み干すと、ヒリつく喉元をさする。

この世界に来てからの私は非常に体が脆《もろ》く、治りが遅い。

元いた世界ではけっこう丈夫だったと思う。真冬に隙間風の入り込むボロアパートで布団一枚で過ごしても風邪すら引かなかったし、食事もオニギリ一つとお惣菜一パックの一日一食だけで大丈夫だった。

こちらの世界に来てからは毎日三食食べさせてもらって、温かいお布団も用意されているのに、すぐに熱を出したり具合が悪くなったりする。やっぱり一度死にかけたせいで、体力がなくなっているんだろうか。

「ぁー……ぁー……」

試しに声を出してみたけど、音は掠れているし、喉の奥では鉄が錆《さ》びたような味がしてヒリヒリと痛む。

こんなんじゃ、ルーファスに「可愛い声」なんて言ってもらえない。

溜め息を零《こぼ》して部屋の窓際に座り込み、ボーッと庭を眺める。

庭はよく手入れされていて、玉砂利の地面には大理石のような飛び石が置いてある。

そんな庭園の中で、小さな影が動いた気がした。

「……？」

植木の間から何かが顔を出す。よく見ると、月明かりの中で黒い猫が赤い目を光らせていた。額には丸くて赤い石がついている。

(この世界の猫って、初めて見たかも。おでこの赤い石は何だろう？)

黒猫は飛び石にゴロンゴロンと背中を擦り付けたかと思うと、続いて伸びをする。

(か……可愛いっ!!)

触らせてくれないかな？　猫って目を合わせたらいけないんだっけ？

そんなことを思っていたら、黒猫と目が合った。しかも私に近寄ってくる。

「ナーウ」

甘えるような鳴き声に思わず窓を開けると、猫はトンッと地面を蹴って跳躍し、窓枠に降りてスリッと体を擦り寄せてきた。

「ナンナーゥ」

（ふわぁぁ……鳴き声が可愛い）

思わず撫でると黒猫は嬉しそうに目を瞑《つぶ》り、私の膝の上で丸くなってゴロゴロと喉を鳴らし始める。

（……室内に入れちゃって大丈夫だったかな？）

撫で続けていると、黒猫は気持ちよさそうに目を細めながら、耳の後ろを撫でろと言うように耳を手に擦りつけてきた。

（もふもふ柔らか至福〜）

——コロン。

その時、黒猫の額から赤い石が転がり落ちた。

（なんか取れちゃったんだけど!!　大丈夫!?）

慌てて黒猫の額を覗き込むと、そこには既に一回り小さい石が生えていた。

「ナーウ」

ゴロゴロ喉を鳴らしながら、黒猫は額をスリスリ押し付けてくる。

（痛くはないみたい……？　うーん、脱皮とか乳歯の生え変わりみたいなものかな？）

転がり落ちた石を拾い上げ月明かりに照らしてみると、赤い石は不思議な色合いで輝いていた。

（綺麗……猫目石を赤くしたみたい）

その時、庭園から玉砂利を踏む音が聞こえてきた。黒猫は耳をピクピク動かすと、窓枠に前脚をかけて外を眺める。

（誰か来たのかな？）

目をやると、【刻】という文字の入った着物を着た【刻狼亭】の従業員が庭園をうろうろしていた。しきりに地面を見ているところを見ると、何かを探しているようだ。

「ナンナーウ」

黒猫は挨拶をするように一声鳴くと、身軽な動作で庭へ降り、従業員の方へ走っていく。

「あーっ！　ここにいました!!」

「逃げたぞ！　追え、逃がすな!!」

「どこだーっ!!」

（お店の猫だったのかな？　今度また触らせてくれるかな？）

大捕り物の状態に小さく笑いながら、私は黒猫を見送った。

†

――数時間後。

「こいつがお探しのカーバンクルで間違いはないか？」

ルーファスは、従業員が捕まえてきた黒い小さな魔獣をビビアットの前に差し出した。

ビビアットは嬉しそうに受け取ったあと、目を見開き、甲高い声で叫ぶ。

「この子よ！　でも額の石がなくなってる!!　誰かが盗んだのよ!!」

ビビアットは額の石が小さくなっているのを示すように、カーバンクルをルーファスに向けた。

「ナーウー」

「痛っ！」

カーバンクルは不満そうな声を上げ、ビビアットの手を引っ掻いて再び逃げ出す。

「カーバンクルの石は、カーバンクルの意思でもらえるものだろう？　そもそも盗めるものではないし、うちが責任を負うものでもない。もらえた人間がいるのなら、そいつを探し出して自分で交渉するといい。我々はこの件に関しては手を引かせてもらう」

さすがにこれ以上は御免だとルーファスが一蹴する。

「冗談じゃないわ！　あの石にどれだけ価値があると思ってるの⁉　魔力を豊富に含んだ高級食材だけを食べて育った天然物なのよ？　捕まえるのだって命がけだったのに！　危うく『エルフの回復薬』を使うところだったんだから‼」

ピクッとルーファスの耳が動いた。

ルーファスがジッと見つめると、ビビアットはたじろいだように一歩下がる。

「ふむ……そうだな。この【刻狼亭】内で起きてしまったことだ。多少は力を貸してやろう」

いきなり態度を変えたルーファスに、ビビアットが眉間にしわを寄せる。

「どういう風の吹き回しかしら？」

「言ったとおりだ。石を手に入れた者がいるなら、口利きをしてやろうと言っているんだ」

「何か裏があるんじゃないでしょうね？」

訝《いぶか》しむビビアットに、ルーファスは着物の袂《たもと》から扇子《せんす》を取り出し、口元を覆《おお》う。黒地に白で【刻狼】と書かれた扇子《せんす》の向こうで、目を細めて笑った。

「裏も何も、この温泉大陸はオレのものも同然だ。情報は全てオレのもとへ来る。そのオレを動かすのだから、それ相応のものを用意してもらおう」

「なっ！　冗談じゃないわ！　こっちは客よ？」

「今回のこの店の惨状を許している時点で、感謝してほしいぐらいだが？　まぁ、請求はあとで別館の宿代に上乗せさせてもらうがな」

ぐっ……と、ビビアットが唇を噛みしめる。だが、この大陸でルーファスと事を構えるのは得策ではないとわかっているのだろう、それ以上は何も言わなかった。

「今日は店仕舞いだ。大人しくお帰り願おう」

「とりあえず、口利きはお願いしたいけど、変な要求はお断りよ！」

ふんっと鼻を鳴らしたビビアットが腰に手を当て、パーティメンバーに帰ることを告げる。ルーファスは魔獣が逃げた方向を扇子《せんす》で指した。

「あの逃げたカーバンクルはお持ち帰り願いたいのだが？」

「あんな屑石《くずいし》になり果てたカーバンクルに価値はないわ。また一から育てるのに、どれだけ年月がかかると思うのよ？　冒険に役立つ魔獣でもないし、邪魔よ邪魔。適当に処分しておいて。じゃあ宿にいるから、何かあれば来てちょうだい」

そう言うとビビアットはパーティメンバーを引き連れて出ていった。ルーファスはやれやれと肩をすくめて見送る。

「お塩撒《ま》くか？」

「お塩投げる？」

言ったそばから、双子の子狐達は玄関にバサバサと塩を撒《ま》く。

「のちほど、壊された店内のものと捜索に使った人件費の請求書を【女帝《エンプレス》】に送り付けておきます」

シュテンの言葉にルーファスが頷く。そして、逃げ出したカーバンクルを探しておくように伝えると、扇子《せんす》で口元を押さえながら頭の中で算段を付け始めた。

ビビアットが『エルフの回復薬』を持っていることはわかった。先程はカーバンクルから石をもらった人物を探して橋渡しをしようと考えたが、彼女の目的があくまで『魔法反射の石《マジックバリア》』ならば、あのカーバンクルの石にこだわらなくてもいいかもしれない。

そう頭の片隅で考えながら従業員達に店仕舞いをさせ、自分の部屋へと向かう。

部屋に戻ると、さすがに夜遅いのもあってか、アカリは布団の中で丸くなって寝ていた。どうもアカリは猫のように丸まって寝る癖があるようだ。そんなことを考えつつ、ルーファスは同じ布団の中に潜《もぐ》り込み、アカリを腕の中に抱きかかえて目を閉じた。

朝になり、アカリが布団を出た気配がした。自分もそろそろ起きるかと思っていると、自分の顔の近くにアカリの気配を感じる。とっさに狸《たぬき》寝入りを決め込むと、フニフニと、頬に妙なものを押し当てられた。

「……っ！　……」

声の出ないアカリが笑っているような気配がする。我慢しきれずに目を開けると、アカリが黒い小さな魔獣を腕に抱き、ルーファスの頬にその魔獣の肉球を押し当てて笑っていた。

「……アカリ、そいつは……」

昨日のカーバンクルか……と思わず半目になる。

アカリはカーバンクルを抱きしめ、嬉しそうに頬擦りをしている。

「そいつが気に入ったのか？」

アカリが頭を縦に振る。カーバンクルもアカリに頬擦りをし返している。どうやらお互いに仲良くなっているようだ。

「ふむ……」

人に懐きにくい魔獣と聞いていたが、アカリにはかなり懐いているようだし、引き離すのも可哀想かもしれない。

「アカリ、そいつをここで飼いたいか？」

アカリが目をパチパチさせて「いいの？」と言うようにルーファスの顔を覗き込んでくる。ルーファスが笑うと、アカリは嬉しそうに頷いた。

「わかった。そいつはアカリのものとして、ここに置こう」

アカリはカーバンクルを自分の肩にのせると、ルーファスに抱きついて顔をお腹に擦りつけてくる。

「オレは少し用事ができたから出かける。オレが戻るまでに、そいつの名前を考えておくといい」

アカリはコクコクと頷くとガッツポーズを作り、次いで手を振った。『頑張って』と『行ってらっしゃい』かな、と思いつつ、ルーファスは笑顔で手を振り返した。


【刻狼亭】の別館、温泉旅館にある一室『華淡《かたん》の間』。

朱色の欄間《らんま》に紅珊瑚《べにさんご》で装飾を施《ほどこ》し、火の魔石を使った灯りが燃える華のように見えることから名付けられている、上客用の一室だ。他の部屋より広く、寝室のベッドはキングサイズが二つ。露天風呂付きの客間からは温泉大陸が一望できる仕様になっている。

応接室と遊戯室もあり、ここに泊まる客は金持ちの貴族か、一流冒険者が多い。

ルーファスは応接室のソファに座り、昨夜、散々騒ぎを起こした人物を前に、交渉の切り札となるものをテーブルに置いた。

「さぁ、交渉を始めようか？【女帝《エンプレス》】ビビアット・キルティ」

対するビビアットはワインレッドの髪を一纏《まと》めにし、絹でできた光沢のあるガウンを羽織って足を組む。茶色の目が少し面白くなさそうにテーブルの上を見つめる。

そこにあるのは、カーバンクルの『魔法反射の石《マジックバリア》』。

大きさは女性の手の平よりも小さいが、小柄なカーバンクルの額で作られる石の中では最大級の大きさともいえる。

しかし、ルーファスが何を自分に要求するのかがわからないため、ビビアットは手放しでは喜べなかった。

「何をお望みなのかしら？　【刻狼亭】の若様」

この世界は魔法が物を言う世界、当然、『魔法反射の石《マジックバリア》』は金になる。

警戒しながらも、多少の無茶は呑むしかないと思っていた。

「オレが望むのは、『エルフの回復薬』一瓶だ」

ビビアットは片眉を上げる。

「冗談でしょ？　『エルフの回復薬』はSランク冒険者にとって命綱よ？　三年に一回手に入るかどうかの代物だし、このあとも私はクエストで危険な場所に行くわ。私は他の冒険者と違って、トレジャー専門。つまり、未開拓領域のダンジョンに行くことが多いの。危険は他の冒険者より上で、『エルフの回復薬』はまさに命綱。わかるかしら？」

上級の冒険者になればなるほど、危険とは常に隣り合わせで、即時回復できなければ命を落とす。

『エルフの回復薬』はそれが可能で、しかも毒や呪いといった状態異常を治す万能薬でもある。

「だからこそ『魔法反射の石《マジックバリア》』と交換だと言っている。値段は『魔法反射の石《マジックバリア》』の方が上、むしろ『エルフの回復薬』をダースで頼んでも釣りがくる」

実際、『エルフの回復薬』がSランク冒険者の年収で買えるものだとすれば、『魔法反射の石《マジックバリア》』は一生働いても買えるか買えないかの値段である。

「ハッ、馬鹿馬鹿しい。それは、最初から私のもの。そうでしょう？　私の持ち込んだカーバンクルの額にあった石なんだから」

ビビアットがテーブルの上に置いてある『魔法反射の石《マジックバリア》』に手を伸ばす。だが、指が届く寸前にルーファスが石を摘まみ上げた。

「交渉決裂なら、オレはそれでもいい。交渉相手を変えるだけだ」

『魔法反射の石《マジックバリア》』と『エルフの回復薬』の交換を冒険者ギルドに依頼として出せば、こぞって交換希望者が現れるだろう。

それをしないのは、一刻も早くアカリに『エルフの回復薬』を使ってやりたいからだ。喉の痛みをとって、あの可愛らしい声を再び聞きたい。

ビビアットは少し唇を噛んでから吠える。

「だから、それは元々私のものよ！」

「いや、残念ながら【女帝《エンプレス》】、君のものではない。これも、それからこちらも」

ルーファスは着物の懐《ふところ》からもう一つ赤い丸石を取り出し、テーブルに並べる。

二つの『魔法反射の石《マジックバリア》』を前にビビアットは目を見開く。

「嘘……でしょう？」

戦慄《わなな》くビビアットに薄く笑い、ルーファスは鑑定書を出した。

「どちらも【刻狼亭】で所有していたものだ。一応、この街の鑑定士のお墨付きだが？」

上質な『魔法反射の石《マジックバリア》』が二つ。

このチャンスを逃すのは、ビビアットにとっても痛手になる。

「一つは『エルフの回復薬』でいいのね？　もう一つの石の交換条件は？」

「こちらはもっと簡単だ。今後一切、昨日のカーバンクルには手出し無用だ」

ビビアットは目を見開き、ルーファスの瞳を見てゴクリと唾を呑む。

「まさか……特別な個体なの？」

ルーファスは片眉を上げて鼻で笑った。

「そんなわけがないだろう？　あんな魔獣に価値はない」

二つの石を並べて見せる。

「【女帝《エンプレス》】ビビアット、君がこの条件を呑むのならば、一つは無料で手に入るようなものだ。ただ、あのカーバンクルに手出しをしなければいい、それだけだ」

カーバンクルが額の石を育てるのには、何十年と時間がかかる。しかも良質な餌を用意するのは金もかかる。だとしたら、ここで良質な石を二つ手に入れた方が賢い。

ビビアットは頭の中で算盤《そろばん》を弾くと、部屋の隅で待機させていたパーティメンバーに目配せする。

一人が薄緑色の液体が入った瓶を持ってきて、ビビアットに渡す。

「『エルフの回復薬』一瓶よ」

ビビアットはナイフで薄く自分の指を切り、『エルフの回復薬』をそこに一滴垂らす。

傷がなくなったことをルーファスに見せたあと、ナイフを彼に向けた。

「確認が必要なら、若様もどうぞ？」

「いや、そんなものより確実な公正証に記入してもらおう。約束を守っている限り、害のないものだ。書いてくれるだろう？」

公正証は魔法の力をもつ契約書類で、そこに記された取り決めを破れば手酷い目にあう。

ナイフの代わりにペンを向けると、ビビアットはそれを受け取り、フッと笑う。

「こっちこそ願ってもないわ。こちらにとっていいこと尽くしの交渉ですもの」

カリカリとペンを走らせ、お互いにサインをする。

「サインしたんだし、最後に聞いていいかしら？　何故あのカーバンクルに手出し無用なのかしら？」

ビビアットの問いにルーファスは書類を仕舞いながら答える。

「オレの番《つがい》があの魔獣を望んだからだ」

ビビアットは「ハァア？」と間抜けな声を上げるが、ルーファスとしては番《つがい》のアカリが望んだものを手に入れることができたこの交渉は、非常に意味のあるものだった。

†

部屋の中で、黒猫を抱っこして、もふもふの毛を堪能していたら、ルーファスが部屋に戻ってきた。

もう用事は終わったのかな？　随分、嬉しそうにルーファスの尻尾が揺れてる。

黒猫の前脚を手で持って小さく振り、精一杯の『おかえり』をしてみる。

「ただいま。いい子にしてたか？」

それは私に言っているのだろうか？　それともこの猫に？

猫を抱いて首を傾げると、ルーファスの手が私の頭を撫でてくる。どうやら私に対する言葉だったみたい。

「アカリ、そいつの名前は決めたのか？」

コクコクと頭を縦に振って口を開く。だが、喉の奥が引き攣《つ》れ、口から出たのは掠れた、空気が漏れるような音だった。

(私、この子の名前を呼んであげることもできないんだ……)

項垂《うなだ》れると、ルーファスが「口を開けてみろ」と言って木匙《きさじ》を差し出した。匙《さじ》には何かの液体がのっている。

(なんだろう？)

首を傾げると、ルーファスは薄緑色の液体の入った瓶を取り出し、左右に振った。

「これで喉が治るはずだ。そんなに量は飲まなくていいらしい」

(喉が……治る？　もしかしてボギー先生が言ってた『エルフの回復薬』だろうか？)

でも、凄《すご》く入手困難だって言ってたのに……

ルーファスが私の口元に木匙《きさじ》を持ってくる。口に含んだら、口の中に液体が広がって喉の奥へ染み込んでいき、体がふわっと温かくなった。

「どうだ？　効果はすぐに出ると思うんだが……」

（ちゃんと声が出るだろうか？）

口を開き、喉が引き攣《つ》らないか確かめてから息を吐く。

血の味も特にしない……変な声が出たら、怖いな……大丈夫かな？

「……ぁ、ぁー……」

小さく声を出して確かめると、ルーファスが心配そうに耳をぺたんと折り、私の顔を覗き込む。

「……んっ、コホンッ。あー……あ、あ」

違和感なく出た声。大丈夫な感じがする。

「……どう、ですか？　私、声出てますか？」

（大丈夫かな？　ルーファスに、前と同じ声に聞こえているかな？）

見上げると、ルーファスは金色の優しい目で微笑んでいた。

「やはり、オレの番《つがい》の声は可愛いな」

その一言に鼻の奥がツンッとして、涙がポロッと零《こぼ》れた。

「泣かなくていい。よかったな。アカリ」

声が出て嬉しいのに、なんで涙が出てしまうんだろう？　声が戻ったら、いっぱい話したいことがあったのに、口を開くと出るのは嗚咽《おえつ》だけ。

ルーファスはそんな私の目尻に唇を這《は》わせると、涙を舐め取り、「甘い」と言って笑った。私もつられて泣き笑いみたいになる。

ギュッとルーファスに抱きつくと、優しく背中を撫でられた。

「ルーファス、迷惑かけて、ごめんなさい。ありがとう」

「迷惑だなんて思ってない。オレはアカリのために何かできることが嬉しい」

ルーファスの指が顎《あご》にかかり、上を向かされる。唇が重なったかと思うと、彼の舌が口の中へ入ってきた。それに応えようとおずおずと舌を絡めさせる。

「んっ……んっ……ふぁっ、んっ」

逆に絡めとられて、歯列をなぞられ口腔《こうこう》内を舌で蹂躙《じゅうりん》される。唇の端から透明な液がつぅと滴《したた》り落ちた。

ゆっくりと着物の衿が左右に開かれ、上半身を露《あら》わにさせられると、肌寒さに「あっ」と声が漏れる。

チュウッと音を立てて首筋を吸われたので、私もルーファスの肩にチュッと小さくリップ音を立てた。

「んっ、ルーファス……」

「もっと声を聞かせてくれ。可愛いアカリ」

ルーファスの大きくて男らしい手に胸を触られる。肌に吸いつくような感覚と形を変える自分の胸に、恥ずかしさを感じると共に下腹部がきゅんとした。

「ルーファス、駄目ぇ……んっ、揉んじゃ、やんっ、んっ」

「なら、これならどうだ？」

ルーファスに乳首を摘まれる。もう片方の乳房にルーファスが唇を落としたかと思うと、舌で乳首を転がしてチュッと吸い付かれた。子宮の奥がつんっとするような甘い刺激が広がる。

「あっ、やぁん……んっ」

胸を弄《いじ》られるたびにショーツが濡れるのがわかる。着物を汚してしまいそうでギュッと身を硬くする。

「痛いか？」

「……ううん。でも、変。お腹の奥がキュッて、なる……」

「そうか、可愛いな。次はどうしてほしい？」

そう問われ、震えながら口を開く。

「ルーファスを、ちょうだい……っ」

「ああ、もちろんだ」

ルーファスの手が下腹部に伸び、ショーツ越しに双丘をなぞる。次いで、奥に隠された蕾を擦られて、私はふるふると体を震わせながら甘い声を上げた。

「あ、んっ……ふぁっ、あくぅ……んっ、ああっ、はぅっ」

ショーツをずらしてルーファスの指が蜜口に入り込み、くちゅくちゅと粘着質な音を立てた。

「ひゃんっ……んっぅ」

「アカリの中は温かいな」

湿り気を帯びた隘路《あいろ》を押し広げるように指が増やされた。下半身の芯が甘く疼《うず》く。

「ルーファス、何とかしてぇ、んっあっ、お腹じんじんするぅ……っ」

「ああ、もう駄目なのか？」

こくりと頷くと、ルーファスは向かい合うように胡坐《あぐら》をかいて座った。

「アカリ、ゆっくりと腰を下ろして自分で入れてごらん」

「あっ、んっ……恥ずかしぃ……」

「オレが見ていてやるから、ほらアカリ」

ルーファスの肩に片手を置き、胡坐《あぐら》の上に乗る。

ショーツをずらし、彼の雄を受け入れるために自分の手で蜜口を開いて先端を密着させると、震えながら腰を下ろした。少し挿《い》れただけで圧迫感に腰が逃げる。けれどルーファスに腰を掴まれ、下からゆっくりと突き上げられる。

「きゃううぅぅっ、あっ、ひぅっ」

体が弓なりになり、ガクガクと足が震える。胸の谷間にルーファスが顔を埋めたかと思うと、ペロリと胸の先端を舐めた。それだけで体の力が抜ける。すると自分の重さでより深くルーファスを奥へと導いてしまった。

「いやぁっ、苦し……あうぅっ、硬いよ……」

狭い隘路《あいろ》いっぱいにルーファスの剛直が潜《もぐ》り込む。体の中がキュウキュウと収縮している感じがした。

「っ、アカリ締め付けすぎだ。オレを食いちぎる気か？　ククッ」

「くぅん……あっ、ルーファス」

ポロポロと涙が流れる。ルーファスは私の髪を撫で、頬に手を添えて涙を舐め取ると、何度も角度を変えて口づけを繰り返す。

「んっ、ふっ……んっ、ん」

キスを繰り返すうちにだんだん子宮の奥がきゅんとし、とろとろと愛液が溢《あふ》れて下肢を汚し始めた。

それを確認したルーファスがゆっくりと腰を動かし始める。

私は彼の背中に手を回して、突き上げられるたびにしがみついた。

「あ、あっ、あっ、ルー、ファスゥ……ああっ」

「アカリ、オレの可愛い番《つがい》」

「はぁ、んっ、ああっ、もう、駄目、んっ、変なのがきちゃうっ、ああっ、ひぅっ!」

「アカリ、愛してる。オレの唯一」

目の前がチカチカとして、脳が弾けるような感覚が襲う。一瞬の後、ルーファスが最奥で白濁を吐き出したのがわかった。

しばらくお互いの荒い息だけが響く。

その後、布団の上で身を寄せ合った。

ルーファスの胸の上に頭をのせて、声が戻ったら一番言いたかったことを口にした。

「ルーファス、好き」

「オレもアカリが好きだ」

彼を見つめて笑うと、ルーファスも微笑んでくれる。

「アカリから好きだと言われたのは初めてだな」

そう言った彼がとても嬉しそうで、きちんと伝えて本当によかったと思った。

ルーファスが私の頭を撫でながら、ソファで丸くなっている黒猫を見つめる。

「そいつの名前は決めたのか？」

「黒いからクロにしようと思うんだけど、安易かな？」

捻りがないかもとは思ったけど、見事に黒いので『クロ』がしっくりきてしまった。

「アカリがいいと思う名前をつければいい」

「あっ、そういえば……」

力の入らない体でなんとか立ち上がると、寝室の箪笥《たんす》を漁ってルーファスに赤い石を見せる。

「あのね、これ、クロから落ちたの。どうしたらいい？　床下に投げた方がいいかな？　それとも屋根の上に投げた方がいい？」

ルーファスは驚いたようにその石を見つめたあと、柔らかく苦笑する。

「アカリ、それは子供の歯の呪《まじな》いだろ？　それは装飾品にでもしてアカリが身につけるといい」

とても綺麗で投げたりするのはもったいないと思っていたから、身につけていいなら嬉しいな。

ルーファスが職人に頼んで装飾品に加工してくれると言うので、石を預けた。

クロを抱っこしてまどろんでいると、ルーファスが私の頭を撫でてくれる。

「ゆっくり休め」

初めて声を聞いた時から、ルーファスの声は耳に優しく響いて、心地いい。

居場所のない私に居場所をくれて、帰る場所のない私に帰る場所をくれる。

入手困難と言われている薬を手に入れてくれたり、こんな風に一緒にいて優しくしてくれたりする。

ルーファスに頭を撫でられると、胸がキュッとして痛くなる。

温かくて、でも泣きそうなこの気持ちを表現する言葉が見つからない。

「……ルーファス」

「ん？　どうした？」

目を細めて笑うルーファスに、この気持ちを伝えたい。

（ありがとう……は、違うな。うーん）

「……好き」

小さく呟くと、何だかさっき言った「好き」よりも恥ずかしくて、頬が熱くなった。

ルーファスが私の額に唇を押し付けるから、余計に恥ずかしさが増す。顔を隠した私にルーファスは優しい声で「オレも好きだからな」と囁《ささや》いてきた。

胸がドキドキする。

「お……お茶淹《い》れてきます！」

これ以上、一緒にいたら何を口走るかわからないと思った私は、慌てて給湯室に逃げ込んだ。

†

「本当に可愛いな」

逃げていったアカリをククク ッと笑いながら見送り、ルーファスはソファで丸まるクロを見つめる。

アカリがクロに懐かれているのはわかっていたが、『魔法反射の石《マジックバリア》』をもらえていたとは思わなかった。しかも、その石の価値を知らず、床下や屋根の上に投げるべきかと聞いてくるとは。

アカリのために交換材料にした『魔法反射の石《マジックバリア》』は二つ。

一つはアカリの喉を治すための薬と交換し、もう一つは魔獣と交換。

いささか自分でもサービスしすぎたかと思ったが、可愛い番《つがい》の声を取り戻せたのだから良しとしよう。クロと楽しそうに過ごすアカリの笑顔がこれからも見られるのだから、お釣りがくるぐらいだ。

それに、装飾品として『魔法反射の石《マジックバリア》』を持たせておけば、少しは安心できる。

早急に職人に加工させなければ――そう思いながら、給湯室からお茶を淹《い》れて戻ってきたアカリにルーファスは笑いかけた。

第二章

朝の早い時間、私は温泉大陸の温泉街を、魔獣のクロと一緒に歩いていた。

あのあと、猫だと思っていたクロが実は魔獣なのだと知らされて、凄《すご》く驚いた。でも、正直なところ、猫と魔獣の違いがよくわからない。

今日の私は白い着物を着て、手には小さい籠《かご》を持っている。

白い着物は代々【刻狼亭】の当主の妻だけが着ることができる色らしい。私はまだ妻ではないけれど、ルーファスの番《つがい》だから身につけることを許されていた。

ルーファスから与えられた白い着物は、一見無地に見えるけれど、実際には白い絹糸で模様が入っている。それは花だったり鳥だったりと、着物によって異なっていた。さらに、襟首の後ろには金糸で【狼】の文字が刺繍《ししゅう》してある。

帯は白いものに草木染めで絵柄が入っていたり、赤いものに白い柄が入っていたりと、毎回違う。

着物はルーファスが毎日用意してくれて、朝起きると衣桁《いこう》にかけてある。

最初の頃は女性の従業員さんが着付けを手伝ってくれていたのだけど、今では自分一人で着られるようになった。

ただ、結婚もしていないのに番《つがい》というだけで白い着物を私が着ていていいのかな。

番《つがい》は嫁だとルーファスは言っていたけれど、実際に婚姻を結んだわけではない。

（恋人以上家族未満……かな？）

歩くたびに耳飾りがシャラン……と音を立てる。

この耳飾りが音を立てると、私がどこにいてもルーファスの耳に届くように魔法がかかっている。この大陸で【刻狼亭】の当主であるルーファスに歯向かう者は少ないけれど、一概に安全とは言えないらしく、耳飾りをしなければ外出は許可されないのだ。

「クロ、朝は気持ちがいいね」

「ナンナーン」

私の言葉に足元のクロも尻尾をピンと立てて応える。

朝の早いこの時間帯は、まだ旅行客が出歩いていない。そのため温泉街の通りも、お店の人が店の前を箒《ほうき》で掃除する音や戸を開ける音、そして私が歩く下駄《げた》の音がしているだけ。

しばらく歩くと温泉街の奥まったところに、森が見えてきた。その森の中に間欠泉《かんけつせん》が多くある。

私達はその中の一つを目指しているのだ。

目的地に着くと、お湯だまりから出ている紐を引っ張る。紐の先には、網がかかった籠《かご》がついていた。網を外すと中には白い卵がたくさん入っている。

「温泉卵～」

「ナーン」

持ってきた籠《かご》に温泉卵を移し替え、空になった籠《かご》をお湯の中に戻しておく。

この温泉卵は温泉大陸にしか生息しない『温泉鳥《おんせんどり》』という鳥の卵だ。温泉鳥は黒くて、まん丸ボディの羽先がオレンジ色をした、鶏《にわとり》よりも小さな鳥達だ。

間欠泉《かんけつせん》のお湯だまりを利用して卵を孵化《ふか》させる特性を持っていて、お湯だまりに籠《かご》を置いておくと、卵を産み落としていく。孵《ふ》化《か》する卵は黒い色、その他の卵は白い色をしているので白いものは自由に持っていくことができるのだ。

ちなみに黒い卵に手を出すと、親鳥や仲間の温泉鳥が集団で襲ってくるらしい。

しかし、よくこんな熱いお湯の中で孵化《ふか》できるなぁと思う。

温泉卵は、これまで従業員の人が取りに来ていたんだけど、少しでも【刻狼亭】の役に立ちたくて私の仕事にしてもらった。

とはいえ、たまに体調が悪くなる時があるので、その時は籠《かご》を調理場に置いておけば、代わりに従業員の人が取りに行ってくれることになっている。

「クロ、今日も大漁だね～」

「ナンナーン」

卵の入った籠《かご》を抱えて、来た道をクロと一緒に戻る。

すると、【刻狼亭】の料亭前に、背の高い男の人が立っていた。お客さんだろうか。だが、開店までまだしばらく時間がある。

灰色の髪をしたその男性は、着物を少しだらしない感じで着崩し、器用なことに片足でもう片方の足を掻いている。足元には大きな荷物が置いてあった。

少し上を向いて目を閉じている……と思ったけど、よく見たら糸目なだけでうっすらと開いていた。

私が近付いていくと、男性はこちらをジッと見たあと、白い歯を見せて笑い、手を上げる。

「よう。白い着物ってことは、お前が若旦那の番《つがい》か」

「えっと、はい……どちら様ですか？」

「俺はハガネだ。よろしくな」

「朱里です。よろしくお願いします……？　ハガネさん」

「ハガネでいいって、これから仲良くしていこうぜ」

何が何だかわからないながらも小さく頭を下げると、ハガネはニッと白い歯を見せて笑い、私が抱えていた温泉卵の籠《かご》を片手で持った。さらにもう片方の手で足元の荷物を持ち、「んじゃ、入るか」と言って暖簾《のれん》をくぐる。

（えっと……結局、ハガネって何者？　卵、持ってくれてるけど、従業員じゃないよね）

混乱しながらもあとについて店内に入ると、ちょうど狐獣人の双子の幼女、タマホメとメビナが目をこすりながらカウンターに入るところだった。

「よう。チビ共、元気だったか？」

ハガネが声をかけると、二人は目を見開いて「「あーっ!!」」と声を上げる。

「放火魔のハガネ！」

「借金王のハガネ！」

「おいおい。そりゃねぇだろ」

ハガネが眉尻を下げる。だが、次の瞬間、カウンターから飛び出してきたタマホメとメビナに左右から蹴りを食らって悲鳴を上げた。

（放火魔に借金王って、この人、本当に何者なんだろう？）

首を傾げていると、ロビーに黒い着物を着たルーファスが現れた。騒がしい双子とハガネにやれやれという顔をしてから、こちらに近付き、手を伸ばして私の頬に触れる。

「おかえりアカリ」

「ただいまルーファス」

ルーファスの手に頬を擦り付けると、抱き上げられる。

足元にいたクロが「ナーウ」と声を上げてルーファスの足に擦り寄り、『ただいま』と言わんばかりに甘えた。

「クロもご苦労だったな。今日もアカリを連れて帰ってきて偉いぞ」

「ナンナーン」

クロは得意そうな顔をすると、スタスタと調理場にご飯をもらいに行ってしまった。

私に付き合って温泉卵を取りに行ったあとは、調理場でご飯をもらうのがクロの日課だ。

なんとクロは野菜しか食べない、ベジタリアン魔獣だった。聞くところによると、魔獣は魔力の高いものを食べる傾向があるという。この温泉大陸の土地は魔力が豊富で、そこで作られた野菜は魔力を多く含むので、クロはとてもお気に召しているらしい。

土地や食べ物にまで魔力があるなんて、さすが異世界という感じ。

「ハガネ、久しぶりだな」

「おう。若旦那お久しぶりです……って、いてぇーな。お前ら俺に手加減しろよ」

「うるさい！　バカ狸《たぬき》！」

「黙れ！　このアホ狸《だぬき》！」

タマホメとメビナがハガネの腕にぶら下がりながら、蹴り続けている。ハガネは眉間にしわを寄せているが、口元は笑っていた。

「俺は狸《たぬき》じゃなくて貉《むじな》だ。一緒にすんな」

「貉《むじな》も狸《たぬき》も一緒！」

「狸《たぬき》も貉《むじな》も一緒！」

「一緒じゃねぇーよ。貉《むじな》はアナグマ族だ。狸《たぬき》は犬族、ついでに言えばお前らも犬族に分類されんだかんな？」

二人はプイッと左右にそっぽを向き、「狐族は狐なの！」と言ってプクッと頬を膨《ふく》らませる。

「アカリ、紹介しておこう。昔、うちの従業員だったハガネだ」

「はい。先程、玄関先で挨拶しました」

ハガネは「また世話になんぜ」と笑うと、少し頭を下げて私と目を合わせる。

身長がルーファスより高く、私とは四十センチは離れていそうだ。

……少しばかりこの世界の人達は背が高すぎではないだろうか？

私が百五十センチしかないのはこの際おいといて、この温泉街のお客さん達を見る限り、女性も含めて全体的に身長が高い気がする。

「アカリ、どうした？」

いつの間にか眉間にしわを寄せていたのだろう、ルーファスが私のおでこを撫でる。

「ううん。何でもないよ。それより『放火魔』とか『借金王』とか言われているけど、ハガネは危ない人なんですか？」

「ククッ、それについてはあとで説明してやろう。とりあえずハガネは荷物を宿舎に置いてこい。大広間で朝食にするぞ」

「了解。んじゃ、俺は卵を調理場に置いてくっから、チビ共は俺の荷物を宿舎に置いてきてくれ」

「えーっ、タダ働きやだ！」

「もーっ、なんか寄越せ！」

ハガネが懐《ふところ》を探って二人に饅頭《まんじゅう》を握らせる。すると二人はハガネの荷物を頭の上にのせて「えっさほいさ」とかけ声を上げながら走っていった。

ハガネも卵を持って調理場の方へ行き、私はルーファスに抱き上げられたまま大広間へと入っていく。

大広間は、朝の時間帯だけ従業員が朝食をとる場として使われている。

従業員の宿舎にも食堂はあるが、ルーファスが朝食くらいはみんなで一緒に食べようと言い出し、一ヶ月前から大広間で食べることになったのだ。

多分、ルーファスは私が寂しい思いをしないようにそうしたんだと思う。申し訳ないと思う反面、一人で食べることがないようにしてくれたことが嬉しい。

大広間にはまだ従業員がちらほらとしかいなかった。ルーファスに下ろしてもらい、座布団の上に並んで座る。

「今日の朝ご飯なんだろうね？」

「楽しみにしておくといい」

ルーファスに耳を触られて、くすぐったさに身をよじっているとハガネが大広間に顔を出した。

「よっ！」と声をかけて私の横に座る。

「アカリ、ハガネについて説明しておこう」

ハガネを見上げると彼は白い歯を見せて笑い、片手をヒラヒラと振る。

「東国の【幻惑《イリュージョン》】使いのハガネって言やぁ、俺のことだ」

（東国というのは、この大陸近辺にある島国だったかな？）

「ハガネは東国の出身でそこそこ有名な魔法使いだったんだが、仕えていた相手――主君が亡くなってな。路頭に迷っていたのを【刻狼亭】で拾った」

「主君……？」

「主君つーのは、番《つがい》と似たようなもんだ。ただ、主君は自分で選べる。そんで主従契約つーのを結ぶんだが、番《つがい》と違って主君は運命共同体っつーわけじゃねぇ。番《つがい》は失っちまえば終わりで替えはきかねぇが、主君が死んじまっても、従者はまた新たに主君を選ぶことができる。まぁ、主君が本気で命じたら命令に背くことはできねぇんだけどよ」

ニシシと笑いながらハガネが私の頭をポンポン叩き、ルーファスに手をペシッと払われる。

「まぁ、ハガネは主君と昔、色々やらかしてな。多方面から恨みを買っていたようで、【刻狼亭】で雇ってからも恨みを晴らそうとする訪問者が絶えなかったんだ。いっそハガネは死んだことにして、しばらく身を隠しておくよう計画を練ったんだが……」

ルーファスが片眉を上げると、ハガネは目を逸らして肩をすくめる。

「宿舎のハガネの部屋を少し燃やして遺体がわからないようにするだけのはずが、こいつ、威勢よく油を部屋に撒《ま》きすぎて宿舎を全焼させた」

(放火魔ってコレのことだったのね……)

ルーファスが眉間に指を当てながら、ハァーと溜め息をつくが、ハガネは「んなこともあったよなー」と笑っている。

「おかげで宿舎は建て直しになるわ、従業員の家財も一緒に燃えるわで多額の支払いが生じてな。ハガネは今現在【刻狼亭】で借金王の名を欲しいままにしている」

「いやいや、借金王の名は俺もいらねぇから」

(なるほど……双子の言ってる借金王も合点がいった)

「姿を消している間に、ハガネの命を狙っていた者もいなくなったし、潜伏中に新たに雇われていたところから解雇されたのもあってな、アカリの世話役として再び【刻狼亭】で雇うことにしたんだ」

「私の世話役……？」

何故私に世話役が必要なんだろう？　と、首を傾げると、答えはすぐにルーファスから教えてもらえた。

「アカリは異世界人だから、この世界のことがよくわかっていないだろう？　この世界の常識のようなものはおいおい覚えていけばいいが、魔法を覚えるのにはコツがいる。ハガネは魔法に造詣《ぞうけい》が深い。アカリの役に立つはずだ」

「えと、つまりハガネは、私の魔法の先生ってこと？」

「ああ、ハガネはいい加減な性格だが面倒見はいい。教えることにも慣れているからな」

「まぁ、ちっと前の雇用先で強い魔法は使えないように呪いをかけられたから、昔みてぇに大きい魔法は使えなくなったんだけどな」

(呪いなんてものも、この世界にはあるんだ……)

ハガネを見上げると、彼はヘラッと締まりのない顔で笑って私に手を差し出す。

「改めてよろしくな。アカリ」

「はい。よろしくお願いします」

ハガネの手を握り返したところで、ちょうど朝食の準備ができたのか、配膳盆を持って従業員のみんなが大広間に集まり始めた。

彼らもハガネを見つけると「あーっ！」と声を出して寄ってくる。

「ハガネ、お前生きてたのかよ！」

「ハガネ、あんたのせいであたしのお気に入りの服が駄目になったのよ！」

「お前、この三年間どこで何してたんだよ！」

「宿舎の建て替えで俺達は野宿したんだぞ！」

従業員達に揉みくちゃにされつつも、ハガネは笑っていたのだが――

「ハガネ。宿舎の建て替え代金はお前持ち、家財の焼失についても借金として加算しておいた。精々《せいぜい》こき使われて早く返すようにな？」

ドスの利いた声で銀色の狐獣人、シュテンが紙束をハガネに突き付けニッコリと笑う。あの紙束はおそらく請求書だろう。

（うわぁ～目が笑ってない）

「えーと、シュテン……そりゃあ、ちと俺に厳しくねぇかな？」

ハガネがたじろぐとシュテンが「全然。なまぬるいぐらいだ」と笑顔で返す。

「借金王！　早く金返せ！」

「借金王！　増やすなよ！」

タマホメとメビナがシュテンの足の後ろから左右に顔を出してニッと笑う。

「お前ら、シュテンに俺が帰ってきたことばらしたな!?」

「シュテンに嘘はつけない」

「シュテンに事実を話した」

「私の妹達は素直だからな。狸《たぬき》如きが私を騙《だま》せると思うな」

「だから、俺は貉《むじな》だっつーの！」

ハガネが叫びながらシュテンから逃げようとするが、タマホメとメビナに足をかけられて転びそうになる。するとハガネは慌てたように獣化した。大きな錆色《さびいろ》のアナグマが従業員達の足元を駆けまわって逃げていく。

「ハガネ！　待てー！」

「誰が待つかっつーの！」

ハガネが逃げ回り、シュテンとタマホメとメビナが追い込みをかける。それを見ながら従業員のみんながヤジを飛ばす。

「まったく、朝から賑やかな奴らだな」

そう言うルーファスも楽しそうだ。

【刻狼亭】は大きな家族の集まりみたいだ——そう思ったら、少しだけ寂しくなった。

早くこの輪の中に入りたい。

今はまだ番《つがい》という関係に躊躇《ためら》いもあるけれど、ルーファスと一緒にいたら、いつかはこの輪の中に入れるだろうか？

私の家族はもういないけれど、新しい家族をここで作れるだろうか？

そう思いながら、笑い合う人達の中で私も少しだけ笑みを浮かべた。

ルーファスの部屋の縁側にハガネと並んで座り、私は眉間にしわを寄せる。

「魔法っつーのは、まぁ早い話、イメージだよ。この空のコップに水を入れるためには、このあたりの空気中にある水分を集めてこのコップに入れるってイメージするんだ」

ハガネはそう言ってコップを手に持つ。少しすると、コップの中に水滴が集まっていった。それは段々大きな水の塊《かたまり》になり、やがてコップから水が溢《あふ》れそうになるぐらい集まる。

「凄《すご》い……」

「んで、この中の水を蒸発させるイメージで【乾燥《ドライ》】の魔法ができる」

今度はコップの中の水がなくなる。

「やってみな」と言われてコップを持たされた私は、言われたとおり水が集まる様子を思い浮かべる。

「うーっ……できません……」

「諦め早ぇなぁ。コツさえ掴めば早ぇんだけどな。まぁ、元々人族は魔力が低いからなぁ。若旦那と『番《つがい》の儀』をしたから魔力は上がってるだろうが、そこらへんが原因で難しいのかもな」

ハガネに頭をぽふぽふと叩かれる。

初歩の魔法一つ使えないまま、すでに一週間が過ぎていた。

近々『星降り祭り』という、年に一度のお祭りを控えているために、従業員もまわりのお店も忙しくしている。暇なのは私と、私の世話役になったハガネくらいだ。

(そういえば、この一週間、ルーファスとまともに会話していないかも?)

魔法が使えれば、お店のお手伝いの幅も広がって役に立てると思うのだけれど、いまだに初歩の初歩すらできない。そんな私に、ハガネも少し困っている感じだったりする。

「ごめんね。ハガネ……」

「謝んなくていいって。魔法には魔力だけでなく、精神力や体力も必要だ。アカリは何か知らねぇけど、体力がすげぇないんだよな。無理すると、すぐに具合が悪くなるし。異世界人がみんな体力がないってわけじゃねぇだろうし……そもそも召喚時に異世界人は大抵『特殊能力』が付与されてる。アカリの特殊能力が体力を削る代わりに、何かを生み出しているのかもしれねぇし……それが何かわかりゃ、少しは解決するかもしれねぇけどな」

「特殊能力って、本当に異世界召喚されるともらえるの？」

「そう聞くけどなあ。『星降り祭り』ってのは元々勇者に感謝をする祭りなんだが、その男者は異世界人で、特殊能力のおかげで死んでも生き返ったっつー逸話があるんだぜ？　ただ、特殊能力は割とリスクが高い能力も多い。アカリもそういう部類で、体力がないのかもしれねぇな」

私にそんな能力あるんだろうか？　全然まったく何もできないのに？

コップを手にしたままふぅと息を吐く。ハガネが給湯室から麦茶の入った瓶を持ってきて、私の持っているコップに注いでくれた。

「まっ、精神的な問題かもしれねぇから、あんまし気負いすぎんなよ。アカリはこの世界に召喚されて一ヶ月ぐれぇだろ？　まだ気持ちが落ち着いてねぇのかもしれねぇしな」

「そうかな……私、元の世界よりこの世界の方が好きだけどなぁ」

元の世界では独りぼっちだった。でも、この世界にはルーファスがいるし、従業員のみんなも優しくしてくれる。

「でも生まれ育った場所から違う場所に来るっつーのは、本人が自覚しなくても負担になってるもんだぜ？　家族とか残してきてたりはしねぇのか？」

その一言で私の心は静かに沈んでいく。私の家族は……もうどこにもいない。元の世界に帰っても家族の笑顔はどこにもない。

「家族は、もういないの」

「……そっか、何か悪《わ》りぃこと聞いちまったな」

私の表情から何かを読み取ったのか、ハガネが申し訳なさそうに謝った。

そしておもむろに懐《ふところ》から温泉饅頭《まんじゅう》を取り出し、私に差し出す。受け取って半分に割ると、片方をハガネに差し出した。

「半分こか？　全部アカリが食ってもいいのに」

「ううん。いっぱい食べるとお昼ご飯、食べられなくなっちゃうから」

「まぁ、あんがと」

二人で庭園を見つめ、温泉饅頭《まんじゅう》を食べて沈んだ心を甘いもので満たしていく。

饅頭《まんじゅう》を食べ終わったハガネが、急にハッとした顔をした。かと思うと、今度はしきりに首を傾げている。そして、温泉饅頭《まんじゅう》の包み紙をジッと見て何かを考え込んだかと思うと、急に「ふぅん？」と言って庭に立ち、手を高く上げる。

何をしているんだろう？　不思議に思いながら私も温泉饅頭《まんじゅう》の最後の一口を麦茶で流し込む。

やがてポツポツと雨が降り始めたかと思うと、あっという間にバケツをひっくり返したような土砂降りになった。

縁側に下ろしていた足を、慌てて部屋の中へ引っ込める。ところがハガネが手を横に振ると、雨がピタリとやんだ。

ハガネはずぶ濡れになってしまったのに、どこかスッキリしたような顔をしている。

「アカリ、悪《わ》りぃ。今日はここまでな」

「あ、うん。お疲れさまです」

ハガネは自分に【乾燥《ドライ》】をかけると、軽い足取りで庭園から出ていった。

今の雨はハガネの魔法だったんだろうか。それとも雨を降りやませたのが魔法？

（魔法って意外と何でもできるんだなぁ）

そんなことを思いながら、麦茶を飲み干したあとのコップをじっと見つめ、水がいっぱい入るイメージを浮かべる。けれど、蛇口をひねって水が出る印象が強いせいか、コップには相変わらず何も入っていなかった。


お昼ご飯のあと、二時間だけ私が【刻狼亭】の料亭のお手伝いができる時間帯が来る。

昼の忙しい時間が終わり、お客さんもまばらで、デザートタイムと呼ばれる甘味が多く注文される時間帯が私のお手伝い時間。

白い着物の上に白いエプロンドレスを着けて、配膳係として働かせてもらっているのだ。

一応、少しだけお給金ももらっていて、このお給金が私の全財産になる。もしルーファスに捨てられて、ここから追い出されたら、このお給金が私の生命線になるのでしっかり働いて貯めておきたい。二時間という短い時間だけど、無一文で路頭に迷うよりかは手元にお金が少しでもあった方がいい。捨てられるなんて思いたくないけど、万が一に備えてしまうのは、この世界に来る前、全てを奪われて酷い目にあったからかもしれない。

料亭の調理場に挨拶をしてから、甘味の注文があるかをチェックする。

私が任されているのは甘味を運ぶことだけなので、他の配膳盆は持っていけない。ルーファス曰《いわ》く、甘味を注文するのは女性客が多いから安心できるが、他の注文は男性の時もあるので、毒蛇の時のような危険がないようにという配慮らしい。そうそうあんな事件は起きないと思うのだけど、無理を言って働かせてもらっている以上、文句は言えない。

「これ持っていきます」

「はいよ。間違えないように気を付けてな」

「はーい」

甘味ののった配膳盆を手にすると、お盆の上の木札を確認して配膳先の個室に向かう。ノックをして「失礼致します」と言ってから、静かに扉を開いた。

「ご注文の『冷やしあんみつ』です」

黒塗りの器《うつわ》に綺麗に盛りつけられたあんみつをテーブルに置くと、何故か手を握られ引き寄せられた。

「わぷっ……！」

間抜けな声と共に、お客さんの胸に顔から突っ込んでしまう。慌てて顔を上げると、そこにいたのは楽しそうな顔をしたルーファスだった。

「アカリ、お疲れさま」

「ルーファス！　わわっ、何してるの？」

「最近アカリと一緒に過ごせていなかったからな。会いに来た」

「えっと、ルーファスがお客様なの？」

ルーファスは私の額にキスをすると、そのまま私を膝の上にのせる。

嬉しそうなルーファスを、私もギュッと抱きしめ返す。この一週間、私が寝たあとにルーファスが戻ってきたり、朝も挨拶をするだけだったりと、すれ違い生活で寂しかったから。

「アカリも一緒に休憩だ」

「駄目です。私、働いて十分も経ってないから」

フルフルと頭を横に振って膝から下りようとすると、首筋にルーファスが頭を埋めてきて噛みつくように吸われた。

「はぅ、何を……？」

「アカリの首が脈打つたびに番《つがい》の匂いが広がって、ついな」

（ついって何ーっ！）

ペロッと首筋を舐められて思わず目を瞑《つぶ》ると、覆《おお》い被さるように唇が重なってきた。

慌てて目を開けると、ルーファスの金色の目がジッとこちらを見つめている。唇が離れたとたん、鼻にかかったような声が自分の口から漏れた。

「んぅ……」

「オレは一週間もアカリに触れられなくてアカリ不足だ」

背中に回された手がスルスルとエプロンドレスの紐を解いていく。

「ルーファス！　駄目！　お仕事中なんです！」

「だからアカリは休憩だと言っただろ？」

「私は二時間しか働かないから、休憩なんていりません！」

納得のいかない顔でルーファスが小さく溜め息をつく。少し垂れ下がってしまったルーファスの三角耳を見て申し訳なく思うけど、少しでもみんなのお手伝いがしたかった。

「なら、このあんみつをアカリが食べ終わるまで、オレと一緒にいてくれ。それぐらいはいいだろう？」

「働いている最中の飲食はどうかと思うんだけど……」

そう言いつつも、ルーファスがあんみつののったスプーンを私の口元まで持ってきて「あーん」と言うので、仕方なく口を開ける。寒天にかかった餡《あん》と黒蜜の上品な甘さに自然と口元が綻《ほころ》んだ。

「どうだ？　うちの料理長アーネスの自慢の甘味だ」

「美味しい。今まで食べた寒天ってなんだったの？　と、言いたいぐらいに凄《すご》いね」

口元を手で押さえつつ感想を伝えると、ルーファスが微笑んで私の手にあんみつの器《うつわ》を持たせた。

食べ終わるまでは解放してくれなさそうだ。諦めて自分でスプーンを使って食べ始めると、ルーファスが私の頭を撫でた。

「魔法の方は、少しは使えるようになったか?」

「ううん。何かイメージがうまくいかなくて、ハガネに申し訳ない感じ」

「まぁ焦るな。ゆっくり覚えていけばいい」

この世界では本当に魔法が生活に根付いている。たとえば、温泉に入ってもバスタオルを使う人は少なくて、だいたいは【乾燥《ドライ》】の魔法で一瞬にして乾かしてしまうのだ。お皿洗いも水魔法と清浄魔法、そして【乾燥《ドライ》】でやっているので、私が皿洗いを手伝うと手間をかけるだけになる。

とはいえ、魔法が使えないと生活できないわけではない。

ハガネも言っていたけれど、この世界でも人族は魔力が少なく、魔法を使えない人も多いらしい。だから、もし私が魔法を使えない状態で路頭に迷ったら、人族の国で暮らせばいい。ただ、人族の国は生活水準が低く物資の流通もそれほどないので、生活は苦しいという。

だからこそ異世界召喚をして、異世界人の持つ知識や特殊能力で国を豊かにできないかって考えたんじゃないかな。

結果、召喚されたのは重傷を負った私で、役に立たず、捨てるほかなかったのだから、人族の国としては踏んだり蹴ったりだったかもしれない。

ハガネ曰《いわ》く、人族が召喚魔法を使うには、百年近く魔法陣に魔力を溜める必要があるため、一度失敗してしまうと長い間召喚ができない、とのこと。

しかも召喚魔法は、体力も魔力もごっそり持っていかれる。体力回復ポーションや魔力回復ポーションは魔法で混ぜ合わせて作るため、人族が作るのは難しいし、魔力を含んだ土地が少ない人族の国は薬草も生えにくい。

私を召喚したあと、召喚した人達は用意した高価なポーションを使って回復をしたのだろうけど、結局、来たのは死にかけの役立たずなので、お金だけが飛んだことになる。

私のことを人族の国の人が覚えていたら、私は借金を背負わされて一生働かされるかもしれない。

「アカリ？　どうした？　ぼうっとして」

ルーファスの声に、はっと我に返る。

「ごめんなさい。ちょっと考えごとしてて……」

「オレと一緒にいる時はオレのことだけ考えていてほしいな」

チュッと音を立てて頬にキスをされる。言われ慣れていない言葉とスキンシップに心臓がドキドキした。

恥ずかしいのもあるけど、それよりもルーファスが私を「好き」というのが全身から滲《にじ》み出ていることにドギマギしてしまうのだ。

誤魔化すようにあんみつを食べると、ルーファスがクスッと笑って、私の髪を一房手に取り、口づけを落とした。

（うーっ、普通の人がやったらキザすぎて笑えるレベルなのに、これが自然にできてしまうイケメンの破壊力！）

「……あれ？　もし私以外の人がこのあんみつを届けに来たらどうしてたの？」

「ああ、コレはアカリに持ってきてもらうように最初から調理場に言ってある」

「うぐっ……もしかして今サボってるの、バレてる⁉」

「ククッ、だからアカリは休憩だと最初から言ってるだろ？」

仕組まれていたことに口を尖らせると、頭の後ろに手が回されて引き寄せられた。唇をふさがれ、エプロンドレスが外される。着物の胸元からルーファスの手が忍び込んで胸をやわやわと揉みしだき始めた。

「んんっ、んぅっ」

角度を変えてキスを繰り返されているうちに、着物が少しずつ着崩れていく。抗議するようにくぐもった声を出すと、ルーファスが楽しそうに笑って唇を離した。

「アカリ、声を出したら廊下を通る者に気付かれてしまうぞ？」

「わ、私、お仕事中……」

「別に働かなくてもいいのに、アカリは何を必死になっているんだ？」

ルーファスはそう言うけれど、働かなければルーファスに寄生するだけのお荷物になってしまう。

フルフルと頭を横に振ったのに、着物のあわせを左右に開かれて、胸が外気に晒された。

（こんなお店の中で……昼間なのに）

ルーファスにテーブルの縁に座らされる。今度は着物の裾から手が入り込んできて、するんと下着が剥《は》ぎ取られた。

内腿をぎゅっと寄せてテーブルから下りようとするけれど、ルーファスがテーブルに両手を置いて囲い込むようにし、阻む。

「あの、ルーファス、お店だよ？」

「ああ、だから声は出さないようにな」

ルーファスがいい笑顔でそう言って胸に吸いつく。胸元に赤い花のような痕《あと》がついた。

「っ、ルー、ファス……駄目だよ」

ペロリと胸の頂《いただき》を舐められ、口に含まれる。ルーファスの口の中で胸の尖りが硬くなっていくのがわかった。

胸の鼓動を聞かれるのが恥ずかしくて、ルーファスを引き剥《は》がそうとするけれど、彼はそんな私の手を取って指を甘噛みしてくる。

「悪い手だな」

「ひゃうっ！」

指の間を舐められ、恥ずかしいのとくすぐったいのとで身をよじる。「あっ」と思った時にはテーブルの上に押し倒されていた。

噛みつくようなキスが首筋や鎖骨に繰り返され、胸を下から上に持ち上げるように揉まれ——。指の腹で胸の先端をぐりぐりと弄《いじ》り回されて嬌声《きょうせい》が漏れた。

「んっあ……あっ、やぁ」

お店の中で、しかも働いている最中なのに、ルーファスに触られると自分でも抑えが利かない。

ルーファスを求めてしまう自分がそこにいて、駄目だとわかっているのにお腹の奥が切なくなっていく。

(他の人に迷惑かけちゃうから、駄目なのに)

口づけを交わし、口の中に広がる番《つがい》特有の甘い味を感じると、心が騒いで泣きたくなってくる。

こんなに「好き」が溢《あふ》れて胸が痛くなるなんて初めてで、どうしていいのかわからない。

「アカリ、オレの可愛い番《つがい》」

耳元で囁《ささや》く声が優しい。ルーファスの手が胸から脇腹、お腹をなぞり、下腹部の上を通る。その感触に、子宮がきゅんと小さく疼《うず》いた。

足のつけ根に割り込んだ手が肉襞を押し割り、陰核を摘まみ上げる。強い刺激に声が出そうになるのを下唇を噛んで我慢した。

「～っ、んっうぅ」

指が動くたびに下腹部に熱がズクズクと溜まっていく。息が乱れて自然と涙が溢《あふ》れた。

「きゃううっ！」

指でキュッと陰核を摘まみ上げられると快感が弾け、ビクビクと足が痙攣《けいれん》する。体から力が抜けて、ぐったりとした。

その間にも濡れそぼった蜜腔に指を出し入れされ、ちゅくちゅくと粘液の音を立てられる。

「んっ、ん、あっ、ひゃぅっ、くぅ」

体中が熱くて、お腹に心臓があるみたいにヒクつく。

ルーファスの長い指で蜜壺の中をかき混ぜられ、愛液が蜜口から溢《あふ》れ出して着物を濡らした。

「アカリ、もう一本増やすぞ」

「あくぅ、ふぁっ、やぁ……んっ、動かしちゃ、やだぁ」

二本に増やされた指が肉壁を撫でまわしたかと思うと、ゆっくり円を描くように動く。お腹の中がキュウキュウと切なくて、腰が勝手にくねった。

しばらくして、ようやく指がズルリと抜き取られる。ルーファスはぬらっと濡れた指を口元に持っていき、こちらに見せつけるようにそれを舐めた。

「やっ……なんで、舐めてるの」

「アカリの匂いが一番濃い場所だからな」

当然とばかりにルーファスが言う。そして、私の両足の間に体を割り込ませると、着物の裾から凶悪に反り立ったものを出した。

「あぅ……入らないよ」

「十分解《ほぐ》してあるから大丈夫だ。それに一週間もしてないんだ、オレも限界だ」

明るいところで見たソレはあまりに大きくて、物理的に自分の中に挿入《い》れるのは無理な気がする。でも、既に何回かしているのだ……

意を決してコクリと頷いたものの、つい目を逸らしてしまう。蜜口を指で広げられて先端を押し込まれる。引き攣《つ》れる肉壁の痛みに頭を左右に振ってルーファスを見上げると、彼も眉間にしわを寄せていた。

「うーっ、ルーファス、やめてぇ、んっくぅ」

「アカリ、体の力をもう少し抜いてくれ」

「んっ、うっ、無理ぃ」

ハッハッと息をしながら涙目で訴えると、余計にルーファスの硬いものが大きさを増した気がした。

唇をふさがれて舌で歯列をなぞられたかと思うと、舌を絡めとられ吸いつくされる。酸欠で頭がぼうっとしている間に、グッとルーファスの猛《たけ》りが膣内へ侵入してきた。

「あぐぅ、硬……いっ」

お腹の中を押し上げられる感覚にふるっと震えると、ルーファスが苦しげな声を出す。彼の汗がぽたりと私の胸に落ちた。

(……エッチって私ばかりがキツイ思いをしてると思ったけど……ルーファスもキツイのかな？)

ぼんやりとした頭でそんなことを考える。手を伸ばしてルーファスの頬を撫で「大丈夫？」と聞くと、彼は眉間にしわを寄せ、絞り出すように声を出した。

「アカリ、オレを試すようなことをするんじゃない」

「試す……？」

意味がわからなくて彼の顔を覗き込むと、腰を両手で持たれて、入りきっていなかった硬いものを一気に根元まで挿入《い》れられた。

「きゃうっ!!　……あっ、あ、あ」

「オレの忍耐力を試すからだ」

(忍耐力？　何のことだかわからないけど、私、何かしちゃったんだろうか？)

息をするたびに膣内に入っているルーファスの肉棒を生々しく感じて、お腹がきゅうっとしてしまう。

「ふぁ、ルーファス、ごめんな、さい。んっ、あ、きゃぁ……っ」

「っ、謝らなくていい。悪いとすれば、アカリが可愛いのが悪い」

「ふぁ？　かわ、いい？」

ゾクッとした何かが背筋を走る。ずるずると肉棒が引き抜かれていき、先端のカリ部分で肉襞をこすられた。

「オレの可愛い番《つがい》、オレだけのアカリ」

「あっ、あっ、あ……きゃんっ！」

ズンッと再び勢いよく奥まで挿入《い》れられた。立て続けに腰を打ち付けられ、亀頭の先が子宮口に押し当てられると声にならない悲鳴が出る。口をはくはくと開閉させると、さらに腰を打ち付けられ、じゅぷじゅぷと音が響いた。

「あっ、ルーファス。もぅ、だめ、あんっ、あっ」

キスで口をふさがれたと思ったら、亀頭が最奥の子宮口に特に強く押し当てられる。ルーファスの肉棒が脈打ち、ドクドクと液体を出して私の中を満たしていった。

唇が離れると透明の糸が唇の端から流れ落ちる。ふわふわした感覚と全力疾走したみたいな感覚にぐったりとした。

「相変わらずアカリは体力がないな。まぁそこも含めて可愛いが」

おでこにキスを落としてから自分の着物を正すと、ルーファスは私の脱げかけた着物を簡単に直して抱き上げた。

「はぁ、うぅ……声いっぱい出ちゃった……どうしよ」

「ああ、それならこの個室に結界魔法を張って音が出ないようにしていたから大丈夫だ」

(か……確信犯だ!)

涙目で睨《にら》むとルーファスは機嫌よさそうにキスをして、清浄魔法で部屋をきれいにした。

個室から出ると近くにいた従業員に私を連れて帰ると言い、料亭の奥にあるルーファスの部屋へ連れ戻される。

お風呂場で体を綺麗に洗ってもらって部屋のソファに座った直後、体が休息を求めて私は眠りに落ちた。

†

アカリがソファの上で眠り始めてしばらくした頃、ハガネがルーファスの部屋に顔を出した。

「よっ、若旦那。アカリは……寝てんな」

「ああ。何か用があるのか?」

ハガネが懐《ふところ》から温泉饅頭《まんじゅう》が入った袋を出してニッと笑う。

ルーファスが片眉を上げると、ハガネはもう一つ、厳重に封印を施《ほどこ》された箱を取り出した。

「おい。その物騒なものはなんだ？」

「んー。呪われた装飾品だよ。【刻狼亭】の蔵漁ったら出てきたぜ？」

「お前は何をしているんだ！　すぐさま戻してこい！」

ルーファスが怒鳴るが、ハガネは「まぁまぁ」と言って封印の札をぺりぺりと剥《は》がし、箱を開ける。中からは黒ずんだ、呪いがかかっていることが丸わかりのブローチが出てきた。

ハガネが温泉饅頭《まんじゅう》を袋から出してブローチの上に置くと、白い温泉饅頭《まんじゅう》が黒く染まり、呪われた。

「おい」

「あれ？　おっかしいな」

「ハガネ、お前は何をしたいんだ？　呪いの饅頭《まんじゅう》を作ってどうする」

ハガネが頬をポリポリ掻きながらヘラッと笑い、ルーファスの額に青筋が浮かぶ。

「いやいや、でもさっき、この饅頭《まんじゅう》を食ったら、オレにかかってた呪いが解けたんだって」

「そういえば、雇用先で呪いをかけられて大きい魔法は使えないとか言っていたな」

「そそ。それがさっき解けたんだよ」

「ちょうど饅頭《まんじゅう》を食ったタイミングで、呪いをかけた術者が死んだとかじゃないのか？」

「いや、王家の呪いだから、永久に続く呪いだったはずなんだが。アカリに魔法を教えてた時は確かに呪われてたてよ。アカリと饅頭《まんじゅう》を半分こにして食ったら呪いが消えたんだよな。だから、この呪いのブローチも饅頭《まんじゅう》に触れさせれば、呪いが解けるかと思ったんだけど……んーっ」

ハガネが、ソファの上で子猫のように身を丸めて寝るアカリを見つめる。そして「まさかなぁ」と言いながら、袋から温泉饅頭《まんじゅう》をまた一つ取り出すとアカリの額にのせた。

「おい」

「実験だって。案外アカリが聖属性持ちかもしれねぇーだろ？」

「うーっ」

アカリは寝ぼけたまま眉間にしわを寄せ、温泉饅頭《まんじゅう》を額からペシペシと叩き落とす。ハガネはそれをキャッチして、今度は呪いの饅頭《まんじゅう》の上にのせた。

「呪いの饅頭《まんじゅう》を量産するつもりか？」

ルーファスが半目で見ていると、呪いの饅頭《まんじゅう》がオパール色に光り、呪いが消え失せた。

「ハァ!?」

「なんじゃこりゃ!?」

ルーファスとハガネは顔を見合わせたあと、まじまじとアカリを見る。アカリは口をむにむに動かしながら眠っている。

「いやぁ。冗談半分だったんだけどなぁ……」

ハガネが頭をポリポリと掻き、肩をすくめた。ルーファスは「ふむ」と少しだけ考えたあと、給湯室に行き、コップに水を入れて戻ってきた。そしてそのコップの水に、アカリの指を浸す。

再びアカリの眉間にしわが寄り、「うーっ」と唸って嫌がった。ルーファスがコップから指を出すと、アカリは自分のお腹の方へ手を丸め込んでガッチリガードした状態で眠る。

少し申し訳なく思いながらアカリの頭を撫でたあと、ルーファスはコップの水を呪いのブローチにかける。するとブローチはオパール色に輝き、澄んだ水色に変わった。

「間違いなさそうだな」

「アカリは呪い解除の能力持ちってことかな？　聖属性持ちなら回復魔法も教えりゃ使えるかもな」

「どちらにしろ、早めに【特殊鑑定】のできる奴を呼び寄せるべきだな」

「若旦那には、この呪い解除の能力はついてねぇのか？」

「どうだろうな……呪いのアイテムがないか、蔵を漁ってみるか」

このあと呪いのかかった品で試してみたが、ルーファスには呪い解除の能力は使えなかった。どうやらアカリだけが使える特殊能力らしい。

もしアカリが聖属性を持っていれば、それはアカリの危険を意味する。

聖属性と闇属性持ちは非常に稀少で、ほとんどが血筋で受け継がれている。特に聖属性は回復魔法に特化した魔法を得意としているため、戦争などに駆り出され、戦場で死を迎えることも多かった。そのため、ただでさえ少なかった聖属性持ちはますます数を減らし、今では大きな教会や王族に囲われている数人くらいしかいない。

アカリが聖属性持ちで、今後聖属性の魔法を覚えれば、番《つがい》であるルーファスも使えるようになるだろう。

今はまだアカリが聖属性を持っているのか定かではないが、アカリの体に触れるだけで呪いを解呪できるというのは十分使える能力だ。今後、悪用されないように守らなくてはいけないと、ルーファスとハガネは丸くなって眠るアカリを見つめつつ思うのだった。

†

その昔、凶悪な魔獣の王が人々を苦しめていた。

東国は【異世界召喚】をし、【勇者】ヒイロ・ツグモを召喚することに成功する。

勇者は魔獣の王を討ち取った。その際に魔獣の王が体に溜め込んでいた魔石が世界中に飛び散り、その魔石により土地は魔力を含み、潤《うるお》った。魔力の豊富な土地は常に豊作になる。また、その土地で作られたものを食べた人々は魔力を体に取り込み、その人々の子孫はやがて魔法が自由に使えるようになったという。

『星降り祭り』は、そんな勇者の働きと魔力の恩恵への感謝を忘れないためにおこなわれるお祭りで、魔石が砕け散った際に流れ星のように降り注いだことから命名された――というのが、ルーファスに教えてもらった『星降り祭り』の概要だ。

私としては、【勇者】というのが結構気になる。

ルーファスに話を聞いて最初に思ったのが、勇者って日本人かも？　ということだった。名前的にそんな感じだし、勇者が黒目で黒髪だったと聞いて確信した。異世界召喚されやすいのかな、日本人は。

でもずっと昔の人らしく、今では子孫が【勇者】の称号を持っていて、しかも王子様なのだとか。

本とかでも勇者と姫はくっつくものだよね。それで勇者の血が王族に入ったんだろう。王道の展開というやつかな？

そんな『星降り祭り』が、もうすぐ開催される。

今、温泉大陸は、一週間後に迫った『星降り祭り』の準備で忙しさに拍車がかかっていた。

【刻狼亭】では、初代から今に至るまで『星降りへの感謝を忘れてはいけない』と言われているらしい。なんでも、魔石が降ってきたことによってこの土地に温泉が湧いたのだとか。そのため温泉大陸の『星降り祭り』は非常に盛大で、それを楽しもうと各地からここに人が集まるそうだ。

来る人が多ければ多いだけ、温泉大陸の主《あるじ》であるルーファスも忙しく、その主《あるじ》の店である【刻狼亭】も忙しさは倍増。

少しでもお手伝いをして【刻狼亭】の人達の役に立とうと思いながら、従業員の休憩室の前を通りかかった時、中から不満げな声が聞こえてきた。

「若もさ、番《つがい》が現れて嬉しいのはわかるけど、あの白い着物はもう少し考えるべきだよね」

「白い着物着てるから、客も若旦那の番《つがい》だってわかって、余計に声かけるしね」

「白い着物は目立つからねー。せめて着物の色を変えないと事件が起きそう」

（私のこと……だよね？）

そういえば、最近やたらとお客さんに声をかけられることが多かった。うまく対応できなくて従業員の人が助けに来てくれることが多いから、迷惑をかけているのは確かだ。

「この忙しい時期に大変なことにならなきゃいいけど」

彼女達が言っていることは正しい。

そうわかっているのに、溜め息まじりの声に涙が込み上げてきた。滲《にじ》んできてしまった涙を手で拭《ぬぐ》うと、シャランと耳飾りが鳴ってしまう。そのとたん、休憩室内のお喋《しゃべ》りが止まり、シンッと静かになった。

気が付いたら、私は逃げ出していた。

料亭の奥にあるルーファスの部屋に駆け込むと、涙が溢《あふ》れて止まらなくなる。

迷惑をかけないようにしようと思っていながら迷惑をかけていた自分も情けないし、あの温かい人達の輪に入りたかったのに、それができなかったこともつらかった。

「……私、駄目だなぁ……」

ルーファスと一緒にいて幸せだなって思っていたけど、ルーファスは私の家族じゃない。一緒に暮らしているだけの恋人で、そんな人間が我儘《わがまま》言って二時間しか働かないのにお給金をもらってるなんて、他の人から見たら嫌な奴でしかない。私が白い着物を着ていることも反感を買うだろう。どうしてそういうことに私は気が付かなかったんだろう？

帯紐を解いて着物を脱ぐ。ルーファスが用意してくれた箪笥《たんす》を漁って、白いブラウスとクリーム色のフレアスカートを取り出し、身につけた。箱から茶色のブーツも取り出して縁側に置く。ルーファスが念のために用意してくれていた洋服があってよかった。

今は誰にも会いたくない。居場所がばれないよう耳飾りを机の上に置くと、元の世界から私が持ってきたトートバッグに今まで貯めたお給金を入れた。縁側から庭園に出て、音を立てないように注意しながら門扉《もんぴ》をくぐって外に出る。

「……少し、頭冷やしてこないと……」

言い訳がましくそう呟いてみたけど、本当はただ逃げ出しただけだ。

（やっぱり、私には居場所なんてないんだろうか？）

この時間帯に一人で外に出たのは初めてだけれど、温泉街は様々な人が行き交い、改めてここは異世界なのだと思い知った。

着物を身につけている人以外にも、ファンタジー映画で見るような鎧《よろい》姿の屈強な男の人や民族衣装のようなものを着た人、魔法使いみたいな杖を持っている人、人族でも獣人でもなく、岩でできた肌を持っている人や木がそのまま人間になったような人もいる。

そんな人々の頭上には、星の形をした提灯《ちょうちん》が魔法で浮いている。

『星降り祭り』の飾り提灯《ちょうちん》をこんな近くで見たのは初めてで「わぁ」と思わず声が漏れた。

温泉街の大通りにはところどころに足湯があって、気持ちよさそうに入っている人達がいる。

饅頭《まんじゅう》屋さんの前には大きな蒸籠《せいろ》が置いてあり、蒸された饅頭《まんじゅう》の匂いが漂う。

いつの間にか先程までの鬱屈《うっくつ》した気持ちが薄れ、様々なものに目を奪われながら人の流れに身を任せていた。

やがて、大きな橋がある場所まで出た。

橋の両脇には露店が建ち並び、剣や短剣を売っている店や、雑草にしか見えないものを大量に瓶に入れて売っている店などがある。

「ふぁー……凄《すご》い。異世界ファンタジー……」

そのまま人波に流されて橋の上を歩いていくと、橋の端にある門みたいなところに出た。どうやらこの流れは門を出ていく人達の列だったらしい。

まずい、このままだとこの大陸を出ることになってしまう。

「出ます！　すみません！　どいてください！」

声を出して、慌てて列から抜け出そうとしたものの、この世界の住民はみんな背が高く、私は埋もれてしまって抜け出せない。結局そのまま通行門の建物の前まで行ってしまった。

どうしようと焦っているとと門番のような人に「通行証を」と言われる。素直に「持ってないです」と言うと、笛を鳴らされ、建物の中へ連行された。

(あわわわ……どうしよう)

テーブルと椅子のある小部屋に通される。まるでテレビの取り調べのようだと思いながら椅子に腰を下ろした。

「通行証がないということだが、どうやってこの中へ入り込んだ？」

強面《こわもて》の、肌の色が赤い男の人に聞かれる。ルーファスに連れてこられたのだと思うが、どうやって？　と問われるとわからない。

「この大陸に入った目的は？」

そんなことを言われても目的なんてない。

「親や兄弟、誰か家族はいないのか？」

「ルーファス……」

家族と言われて、思わずルーファスの顔が浮かんだ。

「ルーファス？　【刻狼亭】の若様か？　お前は若様の何なんだ？」

「……恋人、です」

男の人は私の頭をポンポンと叩いて笑うと、「そりゃない」と一蹴した。

「【刻狼亭】の若様は婚姻を結んだ相手がいるからな。それに浮気をするようなタイプじゃない」

「え……？」

ゴキュンと鉛《なまり》を呑み込んだように胸が重くなって、目の前が真っ暗になった。

（婚姻？　婚姻って結婚してるってことだよね？）

男の人が何か色々話しかけてくるが、自分の胸の痛さと心臓の音で何も耳に入ってこない。

私は、ルーファスの恋人だと思っていた。

でも、そうじゃないんだ。恋人じゃなくて、不倫相手？　愛人？　番《つがい》は嫁だって言ってたけど、実際のお嫁さんにしなかったのは、すでに結婚した相手がいたからだったの？

男の人に書類を書くように言われ、何も考えられないままサインをしたら、門の外——温泉大陸の外へ追い出された。空は夕暮れ色に染まっている。

門の外から見た温泉大陸の街の明かりは煌《きら》びやかで幻想的だった。

右も左もわからない平地が広がる中、私は一人ポツンと立っていた。

「私、また独りぼっちに、なっちゃったぁ……あはは」

従業員の人達に不満を言われて衝動的に家出みたいな形で飛び出して、挙句、ルーファスと自分の関係を知り、どこにも自分の居場所がないことに気付いた。

笑っているはずなのに、涙が溢《あふ》れて止まらない。胸がズキンと疼《うず》くたびに、指先まで痛さが広がる。

「うっ、うえっっぇぇっ、私、また、一人……ふっえっ、ぐすっ」

泣きながら彷徨《さまよ》っているうちに、あたりは夜の闇に包まれていた。

どの方向へ向かっているのか、自分が歩いてきた道すらわからず、急に怖くなって立ち止まる。

この世界に自分の居場所なんてない。それがわかっているのに、ルーファスのところへ帰りたいと思ってしまう。

ルーファスには結婚している人がいて、私は知らないうちによそ様の家庭を壊そうとしていた。

ルーファスに対して抱えていた、言葉にすることが難しい感情が、「好き」というものだったのだと自覚して、大事にしたいと思っていた。なのに、それは持ってはいけないものだったのだ。

不倫相手なんて嫌だ。それだけは死んでも嫌だ。

私から家族を奪った忌《い》むべきものになるのだけは嫌だ。

心の中がぐちゃぐちゃで泣きながら歩いているうちに、少しずつ今後のことを考えられるようになってきた。

ルーファスが私を拾ったという人族の国へ行けば、魔法が使えなくても生きていけるだろうか？

一応、召喚されたのだから今から行って、召喚した人族の国――タンシム国でお世話になるという手はあるだろうか？

人族の国で、私は温かい居場所を得られるんだろうか？

【刻狼亭】で温かさを知ってしまったあとで、つらい思いをするのは、嫌だなぁ……

二時間くらい歩いた頃にようやく道らしきものが見えた。

あまり整備されていない道の脇にあった大きめの石に腰かけて休む。足先がジンジン痛んだのでブーツを脱いで確かめると、素足で履いていたのが悪かったのか、足の皮がべろんと剥《む》けて血が滲《にじ》んでいた。

「痛いなぁ……」

温泉に足を入れたらヒリヒリしそうだなと思って、そんなことを考えた自分に苦笑する。

(もう帰れないのに。温泉なんて贅沢、もうできないよ)

異世界に召喚されていきなり捨てられたけど、ルーファスに拾ってもらって、温かいご飯を食べさせてもらって、毎日温泉に入って――凄《すご》く贅沢な生活だったんだなぁと空を見上げながら思う。

ルーファスのことが好きなのに、私はルーファスの家族にはなれない。

今は恋人でも、いつかはお嫁さんにしてもらえたらいいなぁって夢見ていたんだけど、お嫁さんがいるんじゃ駄目じゃない。

番《つがい》は嫁だって言ってたのに、一体なんだったのかな？

まぁ、格好いいルーファスだもの、お嫁さんがいない方がおかしかったんだ。

お家だって【刻狼亭】の料亭の奥の部屋だけって、今思えば変な話だよね。

きっと、ちゃんとしたお家ではルーファスのお嫁さんが待っていたんだろう。私はあの部屋でお嫁さんに見つからないようにされていただけなのかも？　だって、外に出ることも規制されて、許されたのはひと気のない朝だけとか……

でも、それでもいいから、ルーファスの側にいたかった。

「ルーファスの家族になりたかったなぁ……」

口に出したら、また目の奥が痛くなって涙がぽろぽろ零《こぼ》れてきた。

知らないうちにこんなにルーファスを好きになっていて、でも、私には一緒にいる資格がなくて――

「独りぼっちは……もう、嫌だよ……」

「一人にはしない。オレはアカリの家族だ」

突然聞こえた声に顔を上げると、私の倍以上もある大きな黒い狼が金色の目を光らせていた。

ビクッとして座ったまま後退《あとずさ》ると、ズイッと狼が前に出てくる。そして、フンフンと鼻を鳴らして私の足の匂いを嗅いだかと思うと、皮の捲《めく》れたところをペロンと舐めた。

「痛っ……」

「足以外に怪我はしていないか？」

狼が私の顔を見つめて心配そうに言う。それはルーファスの声だった。

「……ルーファス？」

「ん。何だ？　どこか痛いのか？」

私の顔をペロペロ舐めながら、狼が体を擦り付けてくる。

そういえばハガネもアナグマに獣化していたし……ルーファスも狼に獣化できるのか。

「どうして、私がここにいるってわかったの？」

「アカリの匂いを辿ってきた。血の匂いがしたから焦ったが、大した怪我じゃなくて良かった」

追いかけてきてくれたこと、心配してくれたことが嬉しくて抱きつきたくなる。それを理性で止めて、顔を背けた。ルーファスが「アカリ？」と首を傾げる。

「私を拾って助けてくれて、ありがとうございました。今までお世話になりました」

頭を下げると涙が溢《あふ》れて、顔を上げられなくなる。うつむいたままでいると、ルーファスが私のお腹に頭をぼすっと入れてきた。

「従業員から話は聞いた……。あいつらに悪気はなかったようだが、浅はかな言動でアカリを傷つけた。今後このようなことがないよう、きちんと鍛えなおしておく。オレも配慮が足りなかった」

私のせいで従業員の人達が怒られるのは可哀想……役に立たなかった私がいけないのに、また迷惑をかけてしまうなんて。

「従業員さん達は悪くない、私がいけないの。それとね、ルーファス、お嫁さんを大事にしないと駄目だよ？　本当に、大事にしてあげて」

「それはもちろんだ。オレは嫁を大事にする主義だ」

ズキンと胸が痛んだ。やっぱり私はルーファスの一番になれないんだ。

「なら、お嫁さんのところに帰ってあげて。私のことは、もういいから」

「ん？　オレの嫁はアカリだが？」

「門番さんに聞いたよ？　ルーファスが結婚してるって」

「ああ。アカリと婚姻を結んだが？」

ちぐはぐなやり取りに私が首を傾げると、ルーファスも首をひねる。

「私とルーファスは恋人みたいなものでしょう？」

「いや、夫婦だが？」

(あれ？　番《つがい》は嫁とは言っていたけど、結婚の話は出てないよね？)

ルーファスが眉間にしわを寄せながら、私のお腹にグイグイと鼻を押し付けてくる。

「私、いつルーファスと夫婦になったの？」

「『番《つがい》の儀』をした時だな。形式的なところで言うなら、名前を聞いた時に書類を書いて出しておいた」

「ふぁっ⁉　私、それ聞いてない！」

そういえば、初めて名前を聞かれた時にルーファスが紙に何か書いていた気もする。

「悪いとは思ったが、アカリは異世界人だからな。身分証を作るのも大変だから、うちの事務員のテンに頼んで婚姻証明書を作ってアカリを温泉大陸の住民として登録した。身元がはっきりしないと、何かあった時に保護することもできない。アカリが生きていることがわかったら、タンシム国の奴らが返せと騒ぐだろうしな」

確かに……異世界人の私が身分証なんて持っているわけないし、私を捨てた国へまた戻されるのは嫌かも……

「でも、ルーファス……お家があるんじゃないの？」

「家は【刻狼亭】のあの部屋だけだが？　オレに家族はいないし、従業員が家族のようなものだったからな。まぁ、アカリが望むなら、二人の家を建てることも考える」

温泉大陸の主《あるじ》ともあろう人が自宅を持っていないのには少し驚いたけど、独身男性なんてそんなものなのかなとも思う。

「私が外に自由に出かけられないのは、会わせたくない人がいるから……とかじゃないの？」

「むしろ見せびらかしたいが、大事な番《つがい》だ。万が一何かがあったら困るから、家の中で安全に過ごしてほしい。まぁ、安全が確保できるようになったら、もう少し自由に行動できると思うが」

もしかして──もしかしなくても全部、私の勘違いなんだろうか？

「私はルーファスの家族……なの？」

「ああ。アカリはオレの家族でオレの番《つがい》でオレの嫁だ。『番《つがい》の儀』の時に嫁だと説明しただろ？」

コクリと頷くと、ルーファスが「困った番《つがい》だ」と言って鼻先でつんと唇をつついてくる。

「私の、勘違い……？」

「何を勘違いしたか知らんが、部屋に戻ったらアカリがいなかったから探し回った。耳飾りはいつもしておけと言っただろう？　テンが通行門の書類にアカリの名前があるのに気付いて知らせてくれてな、大陸の外にアカリが追いやられたことを知った時のオレの気持ちを考えてくれ……凄《すご》く心配した」

ルーファスの首に抱きつき「ごめんなさい」と謝ると、ルーファスの尻尾が大きく揺れた。

「アカリ、帰ろう」

「私、帰っていいの……？」

「家族が帰る場所は家しかないだろう？　アカリはオレの家族だ。帰ろう」

「うん。家出して、ごめんなさい……」

ルーファスが少し笑って、背中に乗るように言ってくる。

ルーファスの背中に乗せてもらって、ゆっくりと温泉大陸へ帰った。彼の背中は温かくて柔らかくて、太陽と森みたいな匂いと、爽やかな柑橘系の香りがした。

以前から、眠りから覚めて「なんだかふわふわしたものに包まれて寝ていた気がするな」と思ったのだけれど、きっとルーファスが狼姿で私を寝かせてくれてたんだな。


【刻狼亭】の料亭が見えてきて、ルーファスと一緒にホッと一息ついた時。

暖簾《のれん》がバッと左右に開くと、中から誰かが勢いよく飛び出してきた。

「何だ？　子供……？」

ルーファスが首を傾げ、私も同じ動きをする。【刻狼亭】に子供だけのお客さんは珍しい。

暖簾《のれん》が再び開き、ハガネがその小さな人影を追いかけるように走り出る。また暖簾《のれん》が開くと今度はメビナが飛び出してきた。

「メビナ！　何かあったのか！」

「ルーファス！　大変なの！　料亭が襲われたの！」

「どういうことだ！」

メビナがその場で足踏みをしながら、ハガネの走り去った方角とルーファスを交互に見て眉尻を下げる。

「客として入り込んでいたヤツが料亭の中で【幻惑《イリュージョン》】の魔法を使ったの！　そのせいで従業員もお客さんも暴れて、あげく痺れ薬も焚《た》かれたから店内が滅茶苦茶なの！　それで、今逃げたヤツをハガネが追っていって、ヒナも追うところだったの！」

メビナがルーファスに状況説明をしながら頬を膨《ふく》らませる。暖簾《のれん》をくぐるとフロントには血飛沫《ちしぶき》が飛び、シュテンがカウンターを背に座り込んで、タマホメを抱きしめていた。

タマホメの肩は真っ赤に染まっている。その肩の怪我を止血しようとしているのか、シュテンの手も真っ赤に染まっていた。

小さな体に赤い血……

——あの日、祖母に抱きしめられたまま動かなかった妹と重なる。

ドクンと心臓が大きく脈打ったあと、胸が締め付けられるような気がした。

「若、申し訳ありません。少々後れを取りました。すぐに事態の収拾に努めます」

ルーファスに気付いたシュテンが、厳しい表情で言った。

「それよりお前達は大丈夫か？」

「お気遣いなく。怪我人は多少出ていますが、大事ないと思われます。念のため今、医師を呼んでおります。客の被害は最小限に抑えましたが、今日の営業は無理かと思われます」

「わかった。犯人の目星はついているか？」

「【幻惑《イリュージョン》】と痺れ薬の使い方から、ハガネの関係者かと。おそらく東国ですね」

ルーファスがハァーと溜め息をつき、私を背中から下ろした。そして人の姿に戻り、私に医師が来るまでシュテン達とこの場で待つように言って店の奥へと入っていく。

しばらくしてボギー医師が現れた。【刻狼亭】の医務室で怪我をしているお客さん達を診《み》てもらい、従業員は製薬部隊と呼ばれる、ポーションや薬品を作っている五人組に治療をしてもらった。

私は足の皮が剥《む》けていただけなので遠慮したけれど、ヒヨコヒヨコ歩いていたら捕まって、何やらピリピリ染みる薬品を塗りたくられ包帯を巻かれてしまった。

しばらくして【刻狼亭】の入り口に白い紙が貼られる。

『本日、臨時休業』

ルーファスが従業員達を料亭のオープンスペースに集める。それぞれ怪我や痺れ薬の影響でぐったりしており、お互いに寄り添うように座っていた。

「痺れ薬さえなきゃ……くそっ！」

そんな声がちらほらと聞こえてくる。

「みんな、とりあえず大事に至らなくて良かった。今回の件に関しては犯人を捕らえ次第、報復をする。【刻狼亭】の威信にかけてな」

ルーファスが宥めるような口調で言った。

今現在、ハガネが犯人を追っていること、そしてハガネの術のやり方に似ていることから、ハガネの関係者かもしれないことを伝えると、従業員達は少しざわつきはしたものの、「ハガネに今回の修繕費を請求して、改めて借金王と呼びましょうか」と軽口を挟むくらいには動じていないようだった。

「今日はみんな、体をしっかり休めてほしい。明日は朝から被害の状況を確認し、午後から営業ができるかどうかを決定したいと思う。それと、今日の営業で使う予定だった食材は賄《まかな》いを作るのに使ったから食ってくれ」

そうルーファスが言うと、料理長と弟子の料理人達が料理を運び入れてくる。

「お前ら、今日の賄《まかな》い料理は豪華だぞ！」

料理長のアーネス・ネイトがしわの深い笑みを浮かべて言うと、従業員から歓声が上がった。

料理が配られ、従業員達が競うように食べ始める。自然と笑みが零《こぼ》れて和気藹々《わきあいあい》とした雰囲気になった。

ルーファスが端っこに座っていた私の横に座って手を握ってくる。

「アカリ、顔色が悪い。手も震えているが大丈夫か？」

ルーファスの優しい声にポロッと涙が零《こぼ》れた。「怖かった」と漏らした途端、涙が溢《あふ》れて止まらなくなる。

「従業員の人達が無事で良かった……誰も、死ななくて良かった」

「ああ、うちの従業員はそれなりに戦える奴らばかりだからな。心配はいらない」

フロントやロビーに残った血痕と、シュテンとタマホメがぐったりしているのを見て、誰か死んでしまったのではないかと凄《すご》く不安だった。また、家族を失ってしまうんじゃないかと怖くてたまらなかった。

「置いていかないで」

「何を怖がっているんだ？　アカリを置いていったりしない」

ルーファスが私の背中を撫で「安心しろ」と優しい声で囁《ささや》く。

「怖いの……また一人で残されるのは、嫌なの……」

「大丈夫だ。みんないる、アカリは一人じゃない」

ルーファスの胸に顔を埋めると、抱き上げられて彼の部屋へと連れていかれた。

静かな部屋の中、ルーファスの膝の上に座って、自分の手を見つめながら私は自身の過去を口にする。

「私の家族はね、三年前に私を一人残して死んじゃった……。私、その日は友達と遊んでいて家に帰るのが遅かったの。家に帰った時には……家の中は血の海だった……」

目を閉じると、あの日の光景が、血を流していたシュテンとタマホメと重なる。

「家に帰って『ただいま』って言っても、誰も『おかえり』を言ってくれないの。もう誰も動かないのは嫌なの。怖い」

ルーファスがおでこにキスを落とし、私の頬の涙を指で拭《ぬぐ》いながら優しく微笑む。

「アカリが帰ってくるたびに『おかえり』を言おう。オレが帰ってきた時にアカリが『おかえり』を言ってくれたらオレは嬉しい」

「うん。私、『ただいま』を言ってくれたら『おかえり』を言う。だから、一人にしないで」

「ああ。約束しよう。オレはアカリを一人にはしない。アカリの帰る場所はここだけだ」

「約束、絶対だよ……」

「ああ、絶対だ」

二人で約束を交わしてキスをする。そして、おでこをくっつけて料亭から聞こえる従業員の賑やかな声を静かに聞いていた。


私、三野宮朱里は当時十五歳。高校に合格してあとは入学式を待つだけの時期だった。

季節は春、入学式まであと三日。

私は中学の友人二人と駅前で待ち合わせをして、朝から映画やショッピングにカラオケと楽しんでいた。

「朱里と一緒の高校行きたかったのになぁ」

「ごめーん。だってサチと同じ高校にすると女子高なんだもん」

サチこと柚名紗千香《ゆずなさちか》は私に抱きついて「一緒に女子だらけのウハウハパラダイスに飛び込もうよぉー」と騒ぐ。

「私は朱里と同じ西華《せいか》高校だから、サチは一人寂しく女の園を楽しんできなさい」

「うわぁーん。朱里ぃ、カナッペが苛めるよぉー」

「うわぁ！　胸揉まないで、やーめーてー！」

「こら！　変態！　やめなさい！」

カナッペこと佐々木香夏子《ささきかなこ》が、私の胸を揉む痴女《サチ》を引き剥《は》がしてくれる。

「もぉー！　サチの変態ぃぃ」

「朱里のオッパイが誘惑してたんだよ！　わたしのせいじゃない！」

「なに痴漢の言い訳みたいなこと言ってんのよ！　朱里、もっと怒っていいよ！」

三人で騒ぎながらカラオケ店から出ると、もうあたりは暗くなっていた。

空を見上げて紗千香が「ヤバッ」と零《こぼ》し、カバンからスマートフォンを取り出す。ピコンピコンと音が鳴り響き、紗千香は「うわぁ……親から連絡きまくってる」とうんざりした声を出した。

それを見て、私も映画館で携帯の電源を切っていたことを思い出した。カバンから取り出し、電源を入れるとメールが一件届いていていた。

『お姉ちゃん、牛乳一本買ってきて』

母親からのメールに、帰りにスーパーに寄って帰らなきゃと思いながら携帯を仕舞う。

「ゴメン！　朱里、カナッペ！　急いで帰らないと。今日お父さんが早く帰ってくるらしいの！」

「うん。わかったー。気を付けて帰ってね」

「サチ、気を付けてねー」

「朱里、カナッペ！　じゃーねー！　バイバーイ！」

「サチ、バイバーイ！」

「ばいばーい」

香夏子とは家が同じ方向なので、途中まで一緒に帰ることになった。

「朱里の受験、大変だったよねー」

「うん。うちのミナちゃんとタカくん、凄《すご》く大変でした！」

「シスコン極まれりって、感じだったよねー」

「あの子達はお姉ちゃんを高校に行かせたくないのか！　とか、本気で思ったよー」

「あはは。朱里のとこ姉弟仲良すぎだよね」

「笑いごとじゃないよー」

香夏子と笑いながら少し前のことを思い出す。

高校受験真っ只中の私が勉強を始めると、八つ下の妹・美波《みなみ》と九つ下の弟・貴広《たかひろ》が「お姉ちゃん遊んで」と騒ぎ、勉強がなかなかはかどらなかったのだ。

ずっと一人っ子だった私にとって年の離れた妹と弟は可愛くて、ついつい構ってしまうので、妹弟が全部悪いというわけでもないのだけど。香夏子や紗千香達と一緒に勉強していても、部屋に入ってきてお邪魔虫をしてきた時には、さすがに私も「駄目ったら駄目！」と言って部屋から追い出した。

そんな状態でよく合格できたなぁと自分でも少し驚いたくらいだ。

「それじゃ、朱里。入学式に会おうね！」

「うん。またねカナッペ！」

香夏子とスーパーの前で別れ、私は母親に頼まれた牛乳を買いに行く。妹と弟と一緒に食べようとお菓子も一緒に買って家に戻った。

私の家は祖母の持ち物で、祖母と両親、そして私達子供三人の六人で暮らしている。

妹の美波が生まれる前まで母親も働いていたので、子どもの頃は祖母が私の面倒を見てくれた。祖母と一緒に料理をしたり、お菓子を作ったりすることも多かったから、私は母よりも料理ができる。

母は美波を産んだあと、仕事を辞めて専業主婦になった。ガーデニングを趣味にしていて、花を見ながら絵を描いたりして過ごしている、のんびりした人。

父は爽やか系のサラリーマン。ただ、子供には過保護で、私が西華高校に行くと言ったら、「共学で、電車を三本も乗り継ぐ学校なんてやめろ。紗千香ちゃんと同じ女子高なら自転車で通える距離だし、そこにしよう」と私の受験が終わっても言うぐらい。

妹の美波は、お喋《しゃべ》りで甘えたがり屋。弟の貴広は、活発でいつもじっとしていない、少し困った子。

みんな、愛すべき私の家族だ。

ただ、その日、玄関に足を踏み入れた瞬間、やけに違和感を覚えた。

「ただいまー……」

家の中に入り、いつもどおりキッチンに顔を出し――手に持っていた荷物を床に落とした。

キッチンの流しにもたれるようにして、母が血を流し、座り込んでいた。

一目で死んでいるとわかったのは、母の手が真っ白で有り得ない色をしていたから。

テレビや映画で見る死体だって、もう少し肌色をしているのに、現実はそうではなかった。

キィ……と、他の部屋で物音がして、私は弾かれたようにリビングに走った。

テレビのあるリビングには点々と血が落ちていて、その血は祖母の部屋でもある仏間に向かっていた。

「お祖母ちゃん……ミナちゃん……タカくん……お父さん……」

薄暗い仏間に足を踏み入れながら、私は小さな声で祖母と妹と弟、そして父を呼んだ。

そこに祖母と妹はいた。

祖母に庇《かば》われるように抱きしめられた妹の美波は動かない。祖母も、もう動くことはなかった。

涙でぼやける目を手で拭《ぬぐ》いながら、せめて弟だけでも助けなければと家の中を探して歩いた。

「タカくん……タカくんを探さなきゃ……」

どの部屋を探しても見つからず、リビングに再び戻る。その時自宅の固定電話が目に入って、ようやく「あ……救急車、呼ばなきゃ」と思った。

十分ほどで救急車が到着し、自宅の様子を見た救急隊の人が息を呑んで警察に連絡を入れてくれた。パトカーが三台到着したあと、部屋の中を捜索した警察の人によって弟と父が発見された。

私が見過ごしていたお風呂の中だった。

司法解剖が終わり、清められた家族の顔を見た時、自分が本当に一人になったことを実感した。

それから一週間後に犯人が見つかった。

犯人は、近所の林の中で首を吊っていた。遺書に残された殺害動機も笑ってしまうものだった。

『不倫相手の家族と間違えた』

間違いで殺されたなんて誰が思うだろう？

本当の不倫相手は、うちの裏に引っ越してきた家族の奥さん。なんとその人は、自分の夫や子供に不倫がバレないように、不倫相手にはうちの家を自分の家だと偽り、帰る時もうちの庭を通って、裏にある自宅に向かっていたらしい。

別れ話がもつれ、相手の男の人は、不倫相手の家族を全て殺し、最後に不倫相手である奥さんを殺す気だったらしい。

しかし、私の家族を殺したあとで、奥さんから『家族と旅行に来ています。やはり、私は家族を取りたい』というメールが届いた。驚いた男は、奥さんに『じゃあ自分が殺した、この家族は誰だ？』と、問いただしたらしい。

そこで初めて、間違って無関係な家族を殺害したことに気付いたそうだ。

五人も人を殺しておいて、間違えたなんて冗談ではないし、許せるはずもない。なのに、犯人はもう死んでいるし、裏の奥さんは事件のあと、すぐに家族と共に引っ越して姿を消した。

不倫なんて身勝手なことをする人達のせいで、私は家族を失った。残ったのは、やり場のない怒りと悲しみだけだ。

その後、母方の親戚が九州から関東まで来て色々と世話を焼いてくれ、私を引き取りたいと申し出たけれど、父の弟夫婦が関東に住む自分達が世話をした方がいいだろうと主張した。高校に合格したばかりだったこともあり、親戚間の話し合いで私は叔父夫婦のところにお世話になることが決まった。

葬儀が終わり、一息つくと、母方の親戚は全員九州へ帰っていった。

そして、私は叔父夫婦に荷づくりするように言われた。言われるまま荷物をまとめた私は、「アパートを契約したから、今日からここがお前の家だ」と、家賃二万五千円のボロアパートに放り込まれた。

祖母の家は売ることになったと言われ、父に金を貸していたのだと主張する叔父夫婦によって、両親の貯金も全て奪われた。

騙《だま》されたことに気付いたのは、全てを失ったあとだった。

高校に行く暇などあるわけがなかった。

叔父が十万だけ残していったけれど、それだけで生活できるはずがない。アルバイトをして必死に生きていくしかなかった。

働いてわかったことは、自分のお気に入りのシャンプーは普通のものより贅沢なものだったこと。水道代、ガス代、電気代、携帯代――それまで親が支払っていた、なんてことないと思っていたお金を稼ぐのがどれだけ大変なのかを思い知った。

一人で食べるご飯は味気なく、「いただきます」と言っても「召し上がれ」と言ってくれた祖母の優しい声は返ってこない。

幸せそうに学校に通う高校生達を見るたびに自分が惨めで悲しくて、でも同情もされたくなくて、心配してくれる友人達からも自分から距離をおいてしまった。

気付けば二年が過ぎて、十七歳の誕生日もバイトに追われている間に終わった。

そして十八歳の誕生日の次の日、夕飯を買いに出かけた私は車に撥《は》ねられ瀕死の重傷を負い、異世界召喚され、森に捨てられた。

ルーファスと出会い、三年ぶりに人の温かさと誰かと一緒に食べるご飯の美味しさを実感した。

私の家族はルーファス。

独りぼっちだった私が安心して過ごせる居心地のいい場所が、この【刻狼亭】なのだ。

襲撃を受けた翌日、【刻狼亭】は安全面に配慮して、『星降り祭り』が終わるまで料亭を休業にし、旅館のみ営業することを決めた。

ルーファスは朝から『星降り祭り』の会合に参加している。私は昨日から両足に包帯を巻かれた状態のため動き回らないように言われていた。

なので、膝にクロをのせて、縁側で足をブラブラさせながら温泉街の喧騒を聞いていた。

「ナーウン」

「んー。クロ可愛いねぇ」

喉をゴロゴロ鳴らし、クロが前脚で私の太腿を揉んでくる。さらに浴衣を噛んで甘えてくる姿が可愛くてニマニマしていると、後ろからぬっと手が伸びてきて抱きしめられた。

「アカリ、ただいま」

「おかえりなさい。ハガネから連絡はありましたか？」

「まだ連絡は来ていないな」

「そう、ですか……」

「なに、心配いらない。あいつはアレで【刻狼亭】でも魔法に関しては随一だ」

ハガネは昨日、【刻狼亭】を襲った犯人を追ったまま帰ってこなかった。

従業員さんもルーファスも「あいつなら平気だろ」という感じで、心配しているのは私だけな気がしてしまう。

「会合、随分早く終わったんですね」

「ああ。『星降り祭り』の間、うちの従業員を他の店に貸し出して、安全面の強化をすることで同意した。うちの従業員は即戦力になるから、各店で取り合いになったがな」

料亭が休業なのに、従業員さん達は休む暇なしなのは少しだけ可哀想な気もする。

「それより、前に注文しておいた物が出来上がったから、アカリに早く渡したくて帰ってきた」

ルーファスはそう言って、私に二十センチほどの細い木箱を渡してくる。

木箱を開けると、クロと出会った時にもらった赤い石がネックレスになって入っていた。

赤い石の上には、金細工の蓋がしてある。蓋には猫が透かし彫りで入れられていた。

蓋を開けて光にかざすと、【刻狼】という文字が影となって映し出される。

「わぁ！　可愛い！」

「これは『魔法反射の石《マジックバリア》』で高級品だからな。狙われないように蓋をしてみた。それに蓋に【刻狼】と入れておけば、勝手に売り払われても【刻狼亭】の所有物だとわかる」

「そんなに高価なものなの？」

「まぁ、値段は関係ない。アカリがクロと出会った記念の品だから、大事に肌身離さず持っているといい」

「うん。ありがとうルーファス」

ネックレスを手に取って自分の胸元に持っていき、「どう？」と聞く。すると、ルーファスが私の首にかけてくれた。

「可愛いアカリによく似合う」

「嬉しいな。でも、浴衣より洋服の方が似合うかな？」

「そうだな……。『星降り祭り』が終わったら洋服でデートでもするか？」

「デート……うん！　する！　楽しみにしてるね！」

（初デートの約束になるのかな？）

ルーファスに笑いかけ、啄《ついば》むようなキスを交わすと、膝の上からクロが「ナウー」と不満そうな声を出して走り去っていった。

「クロ、行っちゃった……」

「ん？　アカリはオレよりクロの方がいいのか？」

「クロはクロ。ルーファスはルーファスだよ？」

（ペットに嫉妬するルーファスは少し可愛いかもしれない）

そんなことを思っていたら、ルーファスが得意そうな顔をして「オレが一番だろ？」と押し倒してきた。

笑い声を上げると首筋をチュウチュウ吸われたり、舌で舐められたりする。

「くすぐったーい」

「生意気な番《つがい》には、お仕置きだな」

「ひぇぇぇ」

そんな風にじゃれ合っていると、部屋の扉をノックする音が響いた。

「若、今大丈夫ですかぁ～？」

のんびりした声に誰だろうと首を傾げる。入ってきたのは、薄い黄色の髪をした、水色の瞳のニコニコ顔の男性従業員だった。

「何かあったのか、テン」

（確か事務の人だったかな？）

テンと呼ばれた男性が、笑顔のままボロボロになった女性従業員二人を部屋に投げ込む。

「仕事を舐めている新人の教育をしておきましたぁ～」

一体何事なのだろう？　怪訝《けげん》に思っていると、その二人が土下座をしてきた。

「「申し訳ありませんでした！」」

「えっと、なにごと……？」

ルーファスを見上げると、渋い表情で返される。

「アカリが聞いた、愚痴《ぐち》を言っていた奴らだ」

「えっ⁉　あの、私も悪かったんですよ？　確かに私、お客さんに捕まることが多くて配膳がちゃんとできてなかったし、従業員の皆さんに迷惑をかけてたのは事実なんだよ⁉　暴力はいけない！」

これはいけない。私のせいで暴力沙汰が起きるなんて寝覚めが悪い。

私が慌てると、ルーファスがクククッと笑った。テンもニコニコしている。

「暴力というわけじゃない。それに、こいつらもアカリを嫌っているわけじゃなくてな。あれは、オレの番《つがい》だと狙われやすいのに、考えなしに白い着物を着させたら危ない、安全が確保されるまでアカリに白い着物を着させるのをやめてほしいという、オレに対する不満でもあったんだ」

「えっと、でも、それなら……どうして、ボロボロに？」

「この【刻狼亭】で人一人守れない従業員はいらないからな。そう言ったら『頑張ります』というので、試しに魔獣退治を頑張らせてみた」

頑張るの意味合いが違う気がするのは私だけだろうか？　【刻狼亭】の従業員はそれなりに戦える人が多いとは聞いたけど、魔獣も相手にしなきゃいけないのはどうかと思う。

「アカリさん、うちの従業員はこのくらい普通ですからぁ～気にしちゃ駄目ですよ～」

ニコニコしているテンが用済みとばかりに二人を部屋から追い出し、手をパンパンと叩く。

「事務員さん……えっと、テンさんも強いんですか？」

「あっ、自己紹介していませんでしたねぇ～。事務のテン・サマードです～よろしくお願いしますねぇ～。事務ですので、大した強さはありませんから～」

なんともマイペースな人だと思いつつも、なんだかこの穏やかさに怖さを感じる。

そんなことを考えていると、ルーファスが私の頭の上に顎《あご》をのせてきた。

「アカリ、気を付けろ。テンは元軍人で拷問官だった男だ。【刻狼亭】の【恐怖《ホラー》】使いと呼ばれている」

恐怖《ホラー》使いって字面《じづら》がすでに危ない感じしかしない。

目が合うとニコッと微笑まれるが、私の中でテンは危ない人と認識された。

「あっ、そうそう。忘れてましたぁ～ハガネから連絡が来ましたよ～」

「そうか。ハガネはどこに？」

「港の倉庫にいるようですよ～」

「あそこか……」

「まぁ、ドジって簀巻《すま》きにされて転がされてるみたいですけどぉ～」

ルーファスが立ち上がり、私の頭を撫でて「行ってくる」と言う。私は彼の着物の裾を引っ張った。

「私も、行く」

「危ないかもしれんぞ？」

「一人で残されて不安になるより、一緒に行きたい」

ルーファスを危ない場所に行かせてしまうのが怖い。何より一人になりたくなかった。

「わかった。オレから離れるな」

こくりと頷くとルーファスに抱き上げられた。テンと共にロビーに出ると、ちょうどシュテンと双子達が休業を知らせる文章を白い紙に書いていた。

「若、出かけるのですか？」

「ああ、ハガネを連れ戻しに行ってくる。少しの間【刻狼亭】をお前に任せる」

「わかりました。若、お気を付けて」

シュテンが軽く頭を下げ、タマホメとメビナが元気よく手を上げる。

「タマもいく！」

「ヒナもいく！」

二人は声を合わせて「『報復するの！』」と息巻いている。

「タマホメは怪我の具合はもういいのか？」

「大丈夫！　もう治った！　かすり傷！」

【刻狼亭】にも警備が必要だから、どちらか一人でお願いできるか？」

ルーファスに言われて双子は即座に答える。

「タマがお姉さんだから【刻狼亭】にはタマが残る！　ヒナちゃんの帰る場所守る！」

「ヒナが妹だから【刻狼亭】にはヒナが残る！　ヒナはタマちゃんの帰る場所守る！」

珍しく意見がバラバラだけど、お互いがお互いの場所を守るという主張は同じらしい。

「美しい姉妹愛ですねぇ〜」

テンがうんうんと頷きながら二人の頭を撫でる。結局、シュテンがメビナの背中を押して前に出した。

「メビナを連れていってください。タマホメより無茶はしませんので」

シュテンは銀色の尻尾から鎖鎌《くさりがま》を取り出すとメビナに持たせ、頭を撫でて「行ってこい」と言う。

メビナは山吹色の尻尾を振って鎖鎌《くさりがま》を手にガッツポーズをした。

「ヒナ頑張る！」

こうして、ルーファスと私、テンとメビナの四人で出発した。


初めて歩く港までの道のりを、私はルーファスに抱き上げられながらキョロキョロと見てしまう。

すると、ルーファスがフッと口元を緩ませて言った。

「そのうち港の方にもゆっくり連れてきてやろう」

「デート……？」

「そうだな。海辺のデートなら、もう少し暖かくなってから来るのもいいかもな」

そんな会話をしている間に、大きな倉庫のある場所に辿り着いた。

この倉庫は船を修理するために建てられたものらしい。なんでも、この世界の海には海獣が多く棲《す》んでおり、航海は操舵士《そうだし》と呼ばれる船専用の特殊能力を持つ人達がいなければ、とても危険だという。能力のない人が船を扱うと十日以上かかるところを、操舵士《そうだし》は三日くらいで渡れる上に、海獣にも遭遇しにくくなる……が、その分、船の傷《いた》みは早く、そのための修理倉庫が港には所狭しと並んでいるのだとか。

倉庫は船が収容できるだけあって広く、窓はガラスの代わりに鉄格子がはめられた小さなものがいくつかあるだけだ。『星降り祭り』の客が間違って入り込まないようにしているのだろう、船が出入りする場所も今は鎖と錠がかけられ、厳重に封鎖されている。人ひとりが出入りするのがやっとの、小さい非常扉を通るしかなさそうだ。

メビナが格子の付いた窓を覗いて「ハガネ、いた」と小さく声を出す。

「どうする？　ルーファス」

「そうだな。やられたらやり返す……というのはどうだ？」

やられたらやり返す？　日本でも同じようなフレーズを聞いたな。目には目を、だったかなぁと思っていると、メビナとテンが頷き、小さな壺に何かを入れ始めた。

「何をしているんですか？」

メビナとテンは、壺に薄い紙を貼り付けて私に掲げて見せる。

「あいつらが痺れ薬を撒《ま》く時に使った壺に、新しい痺れ薬を入れてるの。しかも倍量。やられたら倍返し」

「自分達が使った方法で報復されるのって屈辱ですよねぇ～」

ニッと笑った二人にうすら寒いものを感じてルーファスにギュッと抱きつき、縋《すが》るように見上げれば、ルーファスの目も笑ってなかった。スーッと体を離そうとすると、グッと腕に力を入れられて密着させられる。

「アカリ、どうした？」

「いえ、なんでもないです――……」

ブンブンと頭を左右に振る。その間にも、テンが非常扉をふさぎ、人が出入りできないようにした。次いで、メビナが鉄格子の内側に壺を置いて、貼り付けた紙に火をつける。そして、風魔法を使って倉庫の中に煙を拡散させていった。

「ネズミ捕りといくか」

ルーファスが涼しい顔で歩き出す。メビナは鎖鎌《くさりがま》をジャリッと鳴らしながら、跳ねるように倉庫の入り口を押さえているテンのところまで行った。

中から呻き声と、人が倒れるような音が何度かする。ルーファスは懐《ふところ》から薄紫色のポーション瓶を三本出し、テンとメビナに一本ずつ渡すと、最後の一本を自分の口に含み、私に口移しで飲ませた。

「んっ、んーっ！　……えふっ、コホッ、何、これ？」

ビックリして変なところにポーションが入ってしまった。咳き込みながら聞くと、「痺れ薬を中和させるポーションだ」と言ってルーファスが笑う。

非常扉を開けて中を覗き込むと、修理中の船と船の間の、木箱や網が放置された場所に、縛られて転がっているハガネと、忍者に似た服を着た随分若い――というか、子供が四人倒れていた。

「ハガネ、大丈夫ですかぁ～？」

テンとメビナが倉庫内に入りながら、声をかける。私もルーファスに抱きかかえられたまま倉庫に入った。すると、ガタンと音がして、木箱の上から小さな影が降ってきた。

真珠色の髪にシルバーピンクの瞳の少女で、手には小刀を持っている。

少女は着地するなり地を蹴ってこちらに襲いかかってきた。メビナが鎖鎌《くさりがま》で少女の小刀を弾き飛ばす。少女が飛び退いて距離をとると、メビナが鎖鎌《くさりがま》の鎖を投げつけて少女の腕に巻き付けた。

「【刻狼亭】の従業員をなめないでほしいの！」

フフーンと笑うと、メビナは驚くほど速い動きで少女の頭上を飛び、鎖鎌《くさりがま》の鎖で少女を縛り上げた。

「お前達、命令です！　全力でこいつらを排除するのよ！」

縛り上げられた少女が叫ぶと、床に倒れていた四人の子供達が起き上がり、一斉に飛びかかってきた。

「主従契約か！」

「主従契約だと、痺れ薬が効いていても無理やり体を動かしてくるから厄介ですねぇ～」

テンはニコニコしたまま、子供達の攻撃をいなしている。

「アカリはここで待っていろ。すぐに終わらせるから」

ルーファスはそう言って私を木箱の上に座らせると、着物の帯から黒い扇子《せんす》を取り出し、一人の子供が持っている武器を払い落とした。その後はテンと連携しながら動いている。

(何か役に立たなくちゃ！　でも私に何ができるだろう？)

兄弟喧嘩すらまともにしたことがない私に、この戦闘に割って入る勇気はない。

何かできることがないか必死で考えていたら、一瞬、頭がクラッとした。慌てて頭を振ると、私を呼ぶ声がする。

『アカリ』

声の方に顔を向けると、縛られて転がっているハガネが私に向かってヘラッと笑った。

「ハガネ！　大丈夫？」

『大丈夫。それより縄を解いてくれる？』

私は急いでハガネに近寄り、彼を縛っている縄に手をかける。

(あれ？　ハガネの口調はこんな風だったっけ？)

そう思った時には遅かった。目の前には先程の真珠色の髪の少女がいて、私は少女の体に巻き付いていた鎖を解いていた。そして私の足にはメビナがしがみついている。

「アカリ、しっかりして！　【幻惑《イリュージョン》】にかかってる！」

「ご苦労さま」

少女がそう言って、自分の髪に挿してあったかんざしを握り、私を突き刺そうと振りかざした。

悲鳴を上げる余裕もなく、とっさに目を瞑《つぶ》って身を固める。

次の瞬間、衝撃が体を襲う。だけどそれは痛みではなく、誰かに力強く抱きしめられる感覚だった。

「ルーファス……」

「アカリ、うろちょろするんじゃない」

気が付くと、私はルーファスの腕の中にいた。そのことに安堵したものの、すぐに私は目を見開いて悲鳴を上げる。

「きゃあああ！　ルーファス、腕、腕にっ」

ルーファスの腕に少女のかんざしが刺さっていた。

「大丈夫だ。――っと」

ルーファスが自分の腕からかんざしを引き抜き、床に投げ落とす。少女は唇で弧を描くと、高らかに笑った。

「あはははは。そのかんざしにはね、毒が仕込んであるのよ！　昨日はお前達二人がいなかったから作戦は失敗したけど、これで計画どおりよ！　解毒薬が欲しければ温泉大陸の所有権を私に寄越しなさい！」

(かんざしに、どく……？)

ルーファスを見上げると、彼は自分の腕を見て肩をすくめていた。

「即効性のある毒でないなら心配ないな。メビナもう一度締め上げておけ」

「はいな！」

メビナが少女の顔を両手で掴み、膝で顎《あご》を蹴り上げてギチギチに鎖で締め上げた。

「ルーファス！　毒、どうしよう？　どうしたらいい？」

「アカリ、落ち着け。おそらくそれほど効き目の高いものではない。ほんの少し腕が熱い程度だ」

「でも、ルーファス、死んじゃう……ひっく、どう、しよう、ぐすっ」

泣いている場合じゃないのに涙が溢《あふ》れてしまう。

かんざしで刺されたところから血が流れ続けているし、傷口のまわりの肌はうっすらと紫色になってきている。

「泣かないでくれ。これぐらいなら【刻狼亭】の製薬室に行けばなんとかなる。オレはアカリより毒に強いから平気だ」

ルーファスは私の目尻に溜まった涙を唇で吸うと、薄く笑ってスリッと私の頭に頬を擦り付けた。

「じゃあ、早く帰ろう、ふぇっ、ぐすっ」

「そうだよ！　ルーファス早く帰ろう！　すぐにテンがこの女を締め上げて解毒薬の在《あ》り処《か》を吐かせるから！」

メビナが少女の襟首を持って揺すりながら喚く。

テンも他の子供達を手加減なく叩きのめし、こちらへやってきた。

とにかく早く【刻狼亭】に帰ろうと、ルーファスの腕を引っ張るようにして歩いていると、急に彼が立ち止まり、刺された方の手を、握りしめたり開いたりし始めた。

「若、何か違和感でも出てきましたかぁ～？　この場で解毒薬の在《あ》り処《か》を吐かせます？」

テンが着物の袂《たもと》から鉄の棒のようなものを出し、少女の首元に押し付けようとする。

「いや、待て。毒が消えたかもしれん」

ルーファスの言葉に、全員が目を見開く。

「そんなはずないわ！　それはね、東国の暗殺用の毒なのよ？　五分後には体中に痛みが走り、十分もすれば声も出せなくなるわ。助けてあげられるのは私だけ！　だからこの大陸の権利を寄越しなさい！　命には代えられないでしょう？」

少女は口の端から血を流しながらも勝ち誇った顔で言う。メビナとテンが殺気立った目を少女に向けた。

「残念ながらオレは番《つがい》を残して死ぬつもりはないし、大陸の権利を譲る気もない」

ルーファスが水魔法で腕の血を洗い流すと、紫色に変色していた肌が元の色に戻っていた。

そして、まだ溢《あふ》れ続ける私の涙を手で掬《すく》い取り、舐める。彼は「ん。甘いな」と言って笑い、私を片手で抱きしめた。

「アカリが番《つがい》でオレは運がいい」

「ルーファス、こんなことしてる場合じゃないよ。毒が消えるなんて、ないよ。早く、ひっく、お医者さん……グスッ」

「いや、オレにはアカリの涙だけで、充分効果があるからな」

何にも解決していないのに、ルーファスはケロッとしている。

「そんなことを言っても、お前は確実に死ぬわよ！」

少女が金切《かなぎ》り声でそう言うが、ルーファスは鼻で笑って相手にすらしない。

「ルーファス、早く帰ろうよ……うーっ……ぐすっ」

ルーファスの尻尾が機嫌よさげに揺れているのを見ていると、本当に大丈夫なんじゃないかと思いそうになるが、そんなはずはない。

「アカリ、心配そうな顔をするな。アカリのおかげでオレは大丈夫だ」

ルーファスは私の頭をポンポンと優しく触り、優しい金色の目で見つめてくる。

「もう時間がないわよ！」

少女の声に、一気に不安が押し寄せてくる。ルーファスを失いたくなくて、私は地面に落ちていたかんざしを拾い、少女に向けた。

「解毒薬を出して！　でないと、あなたも刺すわ！」

他人によって家族を失った私にとって、人に危害を加えるのは簡単なことではない。自分があの犯人と同じことをしているのではないかという恐怖感に襲われるのだ。

でも、また家族を失うことだけは耐えられない。

あんな思いをもう一度するくらいなら、自分の手を汚してでもルーファスを守る。

少女を睨《にら》みつけると、彼女は目を弓なりにして笑う。

「解毒薬は一人分よ。あなたが私を刺せば、私は自分に使うわ」

「だったら、あなたが使う前に解毒薬を奪うわ！　絶対、ルーファスは殺させない！」

「あはは！　こうしている間にもその男は死ぬわよ！」

もう五分経ってしまっただろうか？　不安になって後ろを振り返った瞬間、ルーファスに引き寄せられた。私の立っていた場所を少女の蹴りが襲う。

「アカリ、無茶をするな」

「だって、ルーファスが死んじゃう！　もう一人で残されるのは嫌なの！」

「アカリの気持ちだけで、あと百年は生きていられる。それに言っただろう？　毒は消えていると。あとで説明するからいい子にしていろ」

そう言って私の手からかんざしを取り上げ、ポイッと地面に投げ捨ててしまう。

「若、本当に大丈夫なんですかぁ～？」

「ああ、大丈夫だ。そいつを黙らせて尋問室へ連れていってくれ」

「は～い。では……よっと」

テンが少女の首を片手で掴み圧迫すると、少女は力なく倒れた。

「……殺しちゃったの？」

「まさかぁ～。首を両脇から圧迫すると気を失うのは常識ですよぉ～」

そんな常識は知らないが、後味の悪いことにはなっていないらしい。

メビナが「ハガネ、ココにいるよー！」と大きな声を上げる。そちらに向かうと、倉庫の床に縄で縛られ芋虫状態で転がっているハガネがいた。

メビナが縄を切ると、ハガネは自分で猿轡《さるぐつわ》を取り、大きく伸びをする。

「うへぇー、参った。助けてくれてあんがとさん」

「ハガネ、お前は何をしているんだ……ったく、手こずる相手でもないだろうに」

ルーファスの言葉に、ハガネは頬をポリポリ掻きながら「こいつら、俺が【幻惑《イリュージョン》】の魔法を教えた元弟子なんだよ」とバツの悪そうな顔で言った。

倉庫にあった荷車に気を失った子供達を乗せ、【刻狼亭】へ運んで事情聴取することになった。

同時に製薬部隊に毒の成分の解析を依頼。確かにかんざしからは毒が検出されたのに、ルーファスの体内には毒が残っていなかった。

「アカリのおかげだ」

「私、何もしてないよ？」

ルーファスが私にキスをして「これで解毒できる」と言う。

キスで解毒？　そんな馬鹿な。それに、あの時キスなんてしていないはずだけど？　と首を傾げると、ルーファスは「涙にも効果がある」と言って目元にもキスしてきた。

「アカリには毒や呪いといったものを消せる能力があるようだ」

「そうなの？」

とはいえ、ルーファスも完全に能力についてわかっているわけではないらしい。詳しく調べるにはやはり【特殊鑑定】の能力が必要なので、『星降り祭り』が終わり次第、能力者を呼ぶと言われた。

私の能力はともかく、ルーファスを助けられたのは良かったと素直に思う。

事件から一日経って、ハガネが事の顛末《てんまつ》を話すためにルーファスの部屋を訪れた。

ハガネと向かい合ってソファに座る。私はルーファスの膝にのせられ、後ろから抱きしめられた状態だ。

ハガネは【刻狼亭】で火事を起こしてから、東国に身を隠していたらしい。そして、ルーファスの伝手《つて》で、魔法講師として東国の姫君パールディア・ヒイロ・ツグモに魔法を教えていたとのこと。

そして、なんと、今日襲い掛かってきた真珠色の髪の少女こそが、その東国の姫君パールディアだという。

さらに、一緒に捕らえた子供四人は姫の護衛で、姫と共にハガネに【幻惑《イリュージョン》】の使い方を習っていたそうだ。

東国の王族を教えることになった時、万が一にも王族に危害が加えられないよう、ハガネは強い魔法は使えないように王家に呪いをかけられたらしい。魔法講師として教えることもなくなったところで、お役目御免とばかりに解雇された。しかも王家に逆らうことができないように呪いをそのままにされて。

少しばかり困って、ルーファスに連絡を取ったところ、【刻狼亭】に私の世話役として戻ってこい、と言われた。そんなわけで私の世話役として生活していたら、姫君達が【刻狼亭】を襲撃してきたというわけ。

「いや、俺もビックリしたのなんのって……まぁ、そんで話を聞くために追いかけたら、あの状態になったわけだけどな」

弟子にボコボコにされるのはどうかと思う。私を膝にのせているルーファスも半目になっていた。

「そんな目で見んなよ。俺だって好きで縛られたわけじゃねぇーよ？　俺は魔法専門で武術はそんなに得意じゃねぇーんだよ。あいつら、いつの間にか武闘派になってっし、無理」

ハガネが眉間にしわを寄せながら首を振る。

「しかし、東国の姫君が他国の領土を欲しがるとは、どうなっているんだか」

ルーファスがやれやれと言いながら、私の頭の上に顎《あご》を置いてふぅと息を吐く。

「他国の領土ってことは、温泉大陸って一つの国なの？」

ちょっと疑問に思って聞いてみると、ハガネが答えた。

「確かに温泉大陸は国に近いな。大陸とは言われているが、そこまで大きくはないし、一種の島国みたいなもんだ。でかい橋が西にあんだろ？　あれで隣の大陸と繋がってはいるけど、門では通行証の提示が必要だし、入国審査もある」

ルーファスが机の引き出しから地図を出して、指をさす。

海に囲まれた大陸、それが温泉大陸らしい。

「これが温泉大陸。操舵士《そうだし》次第だが、東国は東に船でだいたい二日ほどの位置にある島国だ。東国は温泉大陸が二つ入るくらいの大きさだな」

東国は、温泉大陸と比較しても十分大きいと思うけど、何でここが欲しいんだろう？

首を傾げるとハガネがまた説明をしてくれる。

「温泉大陸は他の土地に比べて魔力と資源が豊富なんだよ。魔力の多い土地ってのは狙われやすいが、この大陸は大昔に魔法契約で不可侵条約が結ばれていて、若旦那の一族トリニア家の許可がなけりゃ手に入れられねぇ。今は若旦那しかトリニア一族はいねぇから、若旦那を殺せば魔法契約は破棄される……んだけど、若旦那もここの住民や従業員も猛者《もさ》ばかりで手が出せねぇ。だからみんな、地味に暗殺を仕掛けたり、色仕掛けで若旦那の気を引こうとしたり色々してたんだよ。そこへアカリ、お前が現れた」

「私？」

ハガネが私の鼻先を指でツンとつつき、白い歯を見せて笑う。

「若旦那の一族は奇跡の一族なんて言われるぐらい番《つがい》が現れる。だけど、若旦那は二十四歳になっても独り身だし、もう番《つがい》は無理だろうなって話も出てたから、他国から花嫁をもらうんじゃないかって盛り上がってた。東国の姫さんもその候補だった……が、番《つがい》のアカリが現れて若旦那が結婚しちまったもんだから、この大陸を狙ってた奴らは焦ってる。――若旦那は、まぁわかってると思うが、アカリはよく聞いとけ。今、アカリは狙われてる。重々気を付けろ」

「なんで私が？」

私を狙ってもあまり意味がないと思うんだけど……？

「若旦那に温泉大陸の権利を寄越せって脅すなら、アカリを人質にしちまえば早い。だからだよ」

そういうことか。コクコクと頷くと、ルーファスがギュウッと抱きしめてくる。

「アカリはオレが守るから安心していい」

「うん。守ってね。私はルーファスの側にずっといるから」

ルーファスの胸に頬をスリ寄せて甘える。

ハガネが咳ばらいをして「独り身の俺には目の毒だ」と文句を言い、部屋から出ていった。

「ルーファス、腕は大丈夫？」

「ああ。回復ポーションをかけたから、傷もふさがってる」

「良かった。でも傷残っちゃうかな？」

「このぐらいなら目立たないし、アカリを守ってできたのだから名誉の負傷だ」

顎《あご》を指で持ち上げられ、目を閉じると唇が重なった。お互い貪《むさぼ》るように口づけを交わしながら、着物を脱がし合う。素肌を滑る大きな手が熱くて、火傷《やけど》してしまいそうな感じさえした。

「ルーファス、ルーファス、好き、んっ」

感じるままに名前を呼ぶ。ルーファスが私の体の隅々までキスをして、触れていないところなんてないんじゃないかと思うほど唇を這《は》わせていく。

私の太腿ははしたなく蜜口から溢《あふ》れる愛液でびっしょりと濡れていた。

「アカリ、オレの唯一、愛してる」

「私も、ルーファスだけを愛してる」

後ろから抱きしめられながら、蜜口にゆっくり指を入れられる。水音を立てて抜き差しされ、それだけで私の腰は小さく揺れて子宮の芯がホコホコ温かくなっていく。

「んっふぁっ、ルーファス、指ぃ、んぅっ、ああっ」

「いつもより濡れてるな。オレも我慢できそうにない」

ルーファスが少し息を乱していることにすらゾクゾクとしてしまう。

いつの間にか増やされた指が、蜜壺を掻き回して卑猥な音を立てている。

「ルーファス、早く、んっんっ、はぁ、んっ、欲しいの、んっあっ」

指が抜かれ、ルーファスの剛直が秘裂を割ってずぶずぶと挿入《はい》ってくる。圧迫感に息が苦しくなるけど、一方で切ないほど胸がドキドキした。

「あっ、ああっ、ルーファスが中に入ってる……っ」

「オレの可愛い番《つがい》。オレをココでいっぱい受け止めてくれ」

強直を咥え込んだ私の下腹部を、ルーファスが上から手で押してくる。

「きゃうぅぅっ！」

「アカリのココが凄《すご》くヒクついてる。素直で可愛いな」

ルーファスが腰を深く突き上げると、体が浮いてしまう。バランスを崩しそうになると、ルーファスが胸をぎゅむぎゅむと揉みながら支えた。

「やぁあんっ、あっ、あっ、だめぇ、足、下ろしてぇ、ああっ」

ルーファスの突き上げを体全体で受け止めることで快感がダイレクトに伝わってくる。

あまりの気持ち良さに途中で達してしまうと、首の後ろを噛まれる。そして、またルーファスに後ろから攻め立てられ、イくと首の後ろを噛まれる、というのを何度も繰り返した。

「ひぅっ、ああっ、もう、無理ぃ、またイくから、んっんっ、あうっ」

「オレも、もうイくから一緒にイこうな」

ガブッと首の後ろを噛まれた瞬間、最奥をルーファスの剛直が押し上げた。目の前が真っ白になって体を震わせると、ルーファスも動きを止めて吐精する。

体力不足の私はそのままコテンと力尽き、ルーファスの腕の中で眠りに落ちていった。

あとから聞いたところによると、私が眠っている間に、東国から使者がやってきたらしい。訪れたのは、東国の第二王子にして【勇者】の称号を持つ、カイナ・ヒイロ・ツグモという少年。

現在、東国では第一王子と第二王子との間で王位を巡っての対立があり、パールディア姫は第二王子派らしい。第二王子は、「妹はこの温泉大陸を手に入れて、私に有利にことが進むようにしたかったようです。本当に申し訳ありませんでした」と終始土下座状態だったとか。

元々パールディア姫は、ルーファスと結婚することで温泉大陸を手に入れて、カイナ王子の後押しをしたかったらしいが、私が現れたことでそれが白紙になった。そこで、『星降り祭り』の準備で人の出入りが多くなるこの時期を狙って入国し、私を人質にしてルーファスを脅すつもりで【刻狼亭】で騒ぎを起こした。ところが、私はプチ家出してて料亭にいないわ、ルーファスも私を探しに行って不在だわで、結局騒ぎを起こしただけで終わってしまった。けれど、ハガネが追いかけてきたので、好都合とばかりに彼を監禁し、私達が助けに来るのを待っていた、という話だった。

話し合いの結果、【刻狼亭】の休業中の補償と、お客さんと従業員の怪我の治療費を東国に請求。パールディア姫とその護衛の子供達は、本人はもちろん、親戚縁者全てが温泉大陸への入国を禁止されたという。

温泉大陸で過ごすことは、貴族や王族にとってある種のステータスなので、地味に痛手を負うことになるらしい。

私やルーファスへの殺人未遂に関しては、兄であるカイナ王子が責任をもって処罰をするので、今後も温泉大陸とはいいお付き合いをさせていただきたい、と言われたそうだ。

私が目を覚ました時には、【刻狼亭】の従業員もルーファスもいつもどおりの日々に戻っていた。

私の足も大分良くなったので庭園でクロと遊んでいると、黒髪にアーモンド色の瞳の少年がこちらを見ていることに気が付いた。

「お客様ですか？　今【刻狼亭】は休業中ですよ」

そう伝えたけれど、少年は何も言わずに私の顔をまじまじと見てくる。ついこちらも少年を見ていると、どことなく日本人っぽいことに気付いた。

「あの、オレ、いや、私は東国の第二王子、カイナ・ヒイロ・ツグモといいます！」

「ああ！『星降り祭り』の勇者さんの子孫の人！」

なるほど、日本人っぽいわけだと納得していると、庭園にハガネとルーファスが現れた。

「いた！　カイナ、お前のその方向音痴どうにかしろよな！　ったく手間かけさすなよ」

「申し訳ない。それより、この子は？」

ハガネがカイナと私を交互に見て、ニマ～ッと笑った。次の瞬間、ルーファスに足を踏まれて悲鳴を上げる。

どうしたんだろうと思いながら、私は自己紹介をするべく口を開いた。

「えっと、ルーファスの番《つがい》の朱里です」

「え……番《つがい》？　番《つがい》なんですか⁉」

「はい。ルーファスのお嫁さんなんです」

ついお嫁さんアピールをしてしまった。私がへにゃっと笑うと、急にルーファスに抱き上げられる。

「小僧、いらんことを考えるなよ？　アカリはオレの番《つがい》だ」

「うわっ、若旦那ってば大人げねぇー」

ハガネはまたもやルーファスに足を踏まれ、悲鳴を上げてピョンピョン跳ねまわる。

何だかよくわからないけど、結局カイナ王子はハガネに連れられ庭園を出ていった。どうやらその日のうちに、東国に帰ったらしい。

戻ってきたハガネは「初恋は実らねぇって言うよなー」と楽しそうに言い、ルーファスに「余計なことを言うな」と怒られていた。

何が何やら？　という感じではあるけれど、『星降り祭り』の元になった勇者の子孫に会えたのは少し得した気分でもある。

そして迎えた『星降り祭り』当日！

私は黒いぶかぶかの男物のシャツを着て、ルーファスの部屋の縁側に座り、温泉街の賑やかな様子に耳を澄ましていた。手にはお祭りの屋台で売られている食べ物を持っている。

なんとパールディア姫のように、このお祭り騒ぎに乗じて私を人質にしようとしている人達が入り込んでいるらしく、安全のためにここから出ないように言われてしまった。

その代わりなのか、従業員さんがひっきりなしにやってきて、私に屋台のお菓子や食べ物をくれる。

ルーファスもたまに戻ってきては「若！　また出ました！」と言われて出ていく。

どうやら私を狙っている人を捕縛するため、従業員さんが私の白い着物を着て囮《おとり》になっているらしい。というわけで、私の着物は今現在、一着もありません！

ルーファスのシャツを着せられているのだけど、身長差がありすぎてワンピース状態。

まぁ、ルーファスが着物以外の服を持っていたことにも驚いたけど。

「アカリさん、揚げ菓子どうぞ～」

「ありがとうございます！」

こうなったらここからでも『星降り祭り』を楽しもうと、従業員さんからもらったお菓子を私は笑顔でパクつく。

夜になるとルーファスが私を連れ出して、ひと気のない大きな木が生えている場所に連れてきてくれた。

「本当は木の上で見る方が眺めはいいが、アカリは高いところが苦手だからな」

「ううっ、すみません……」

ルーファスに抱っこされ、少しだけ目線が上がる。

その時、夜空に大きな花火が上がった。

ドラゴンの形をした花火は、火を噴き、無数の花火を生み出す。それは私の知っている花火とは違っていて「わぁ！」と素直に驚いた。また新しい花火が上がる。

次の花火は武器の形で、十二種類の武器がそれぞれの技を花火として打ち上げていた。

「凄《すご》いね！　ルーファス、花火が武器だよ！　どうやってるんだろう！」

花火を指さして興奮気味に話しかけると唇が触れ合った。三発目の花火は、ルーファスの瞳越しに見る。

(船の花火が大砲を撃って、それがまた花火になってる)

口づけが深くなって自然と目を閉じてしまったので、花火は見えなくなった。

「……んっ、ふっ、んっん」

濃厚なキスに翻弄されているうちに、抱っこされたまま下着が脱がされていた。秘部に指を入れられて、ちゅくちゅくと水音を立てられる。

「あっ、外だよ。だめっ、あんっ」

抱っこされているせいで自由に身動きがとれない。いったんイかされたあと、地面に下ろされて木と向かい合うように幹に手をつかされた。そのまま片足を持ち上げられて、後ろから蜜口にルーファスの熱く滾《たぎ》った塊《かたまり》を押し当てられる。

「ルーファス、やっ、まだ、早……っ、んきゃぁ」

熱い塊《かたまり》がみちみちと狭い蜜道に押し入ってくる。いやいやと頭を横に振るけれど、首の後ろを噛まれると、条件反射のように下腹部が熱くなり、愛蜜が溢《あふ》れてきた。

「きゃうう、やぁ、硬いの、奥、挿入《はい》ってくるぅ……あふっ」

最奥まで亀頭が押し込まれ、ヒクヒクと内壁が痙攣《けいれん》するように動く。

「アカリ、凄《すご》く気持ちいい」

「はぅ、お腹、んっんっ、いっぱい、くぅん」

ルーファスがうっとりと呟く声に、また蜜壺から愛蜜が溢《あふ》れ出た。

「愛してるアカリ」

「私も、ルーファスが好き、あっ、はぁ、はぁ」

後ろから腰を打ち付けられて体が仰《の》け反る。草の上にぽたぽたと愛液が零《こぼ》れ落ちていった。

「アカリ、オレだけの可愛い番《つがい》」

後ろから突き上げられ、激しさと強引さに翻弄されながらも体はルーファスを欲しがって奥へ奥へと誘うようにヒクつく。

「あっはぁ、激しっ、もう駄目なの、あっ、イっちゃうの、駄目ぇ」

蜜肉がきゅうっと切なく締まると、お腹の奥がグッと押される。

イった余韻に浸る間もなく、ルーファスに穿《うが》たれてまた新しい快感の波に呑まれる。

「あっ、あっ、あっ、イったの、もう駄目なの、きゃうっ」

「何度でもイっていい。オレにだけ、その可愛いところを見せてくれ」

「あんっ、やあ、ルーファスも、一緒がいいの、お願い、んっ、んっ」

「オレの番《つがい》は可愛いな。たっぷり出すからいっぱい生命力を受け取ってくれ」

じゅぷじゅぷと音を立てながら、激しさを増して肌がぶつかり合う。何度目かの快感が体を突き抜けた瞬間、ルーファスに腰を引き寄せられた。熱い体液がルーファスの先端から私の胎内に広がっていく。

荒い息を吐いていると、ルーファスが体を魔法で綺麗にしてくれた。

最後の花火を見届けると、ルーファスがキスをしてくる。「来年はちゃんと祭りに参加できるようにしよう」という言葉に私も頷いて、「その時はルーファスと一緒にお祭り見て回りたいです」と答えた。


次の日。私とルーファスは二人で約束のデートをした。

今日の私は、ルーファスに贈ってもらった、東国織物という特別な布で作られた薄桃色のワンピースに、白い靴、クロにもらった赤い石のネックレスを身につけて、少しだけお化粧もした。

耳飾りは今日の服には合わないと思って部屋に置いてきた。ルーファスと一緒だから、必要ないよね？

「ルーファス、お洋服ありがとう！」

「ああ。よく似合ってる。着物はまた新しいものを用意する」

私の白い着物は従業員が囮《おとり》になった時に使ったので、汚れたりほつれたりしたらしい。専門の業者に修繕を依頼しているそうだけど、そのお詫びだと言ってルーファスが大量にお洋服をプレゼントしてくれた。

「ふふっ。気にしなくてもいいのに。私、洋服でもいいよ？」

「それは駄目だな。【刻狼亭】は着物も売りだからな。着物は必須だ」

「うーん。でも、ルーファスは洋服も似合ってるからもったいないね。昨日私が着てた黒いシャツとか、凄《すご》く似合うと思う」

今日はルーファスも私に合わせて洋服姿。濃いグレーのVネックシャツに、黒いズボンを穿《は》いていて凄《すご》く似合っていた。

（何より変装用の黒メガネが胸きゅんポイント高いです）

「あの黒シャツは防御力が高いだけなんだがな。冒険者の時に着てた服だから」

「ええ!? ルーファスってば冒険者だったの？」

「十六歳で【刻狼亭】を継ぐまでは冒険者をしていた」

「凄《すご》ーい！　冒険者って私もなれる？」

「アカリは冒険者になりたいのか？」

不思議そうに見られて、私は慌てて手をブンブン横に振る。

「えと、ルーファスと一緒に冒険とか行ってみたいなって、思っただけなの」

「まぁ、冒険者試験を受ければいいだけだから、アカリでもなれるだろう」

「本当？　私、温泉大陸に来る冒険者の人を見て、少しだけ異世界――この世界を見てみたいなって思ったんだ」

「なら、アカリが冒険者になったら、一緒にどこかに行ってみよう」

「うん！　約束ね！」

私とルーファスで新しい約束をこうして増やしていって、一つずつ叶えていけたらいいな。

ルーファスと手を繋いで温泉街を歩いたあと、広場でベンチに座る。

ルーファスが飲み物を買いに行き、一人で待っている時だった。

——体が地面に吸い込まれる。

その感覚に私は覚えがあった。

「召喚……？」

自分の言葉にハッとした。とっさに伸ばした手は何も掴めず、悲鳴すら上げることができないまま、私は地面に吸い込まれていった。

†

ジュースを買って戻ると、自分の番《つがい》の姿がどこにもなかった。

今まで一緒にデートをして笑っていたのに。

目を離した時間は数分にも満たない。後ろを振り返ればお互いが見える距離にいたにもかかわらず、番《つがい》は消えていた。

匂いを辿っても広場のベンチから移動した気配はなかった。

まわりにいた住民に聞いても誰も番《つがい》の姿を見ていなかった。

すぐに港も橋の通行門も閉鎖して、番《つがい》を連れ去ろうとする人間が逃げないようにした。

しかし、番《つがい》はどこにもいなかった。

部屋に戻ると、番《つがい》の甘い香りが残っていた。ソファでは番《つがい》の可愛がっていた魔獣が呑気《のんき》に寝ている。

あれほど身につけておけと言ったのに、耳飾りが部屋に置いてあった。

オレの番《つがい》は困った子なんだ。

人の言うことをちゃんと理解せず、番《つがい》だと説明したのに恋人だと思ってしまうぐらいに。

番《つがい》がこの世界に召喚された時に感じたものと、同じような焦りが全身に走る。

あの時、森で無残な姿で倒れているのを見て、心臓が潰れるかと思った。

出逢ったばかりなのに失ってしまうのかと、絶望で震えが止まらなかった。

一命をとりとめたあとも、すぐに消えてしまうのではないかと不安で仕方がなかった。

せっかく出逢えたのにオレを一人にしないでほしい。

痩せっぽっちで小さな番《つがい》はオレが守ってやらなければ、すぐに死んでしまいそうなほどか弱い。

生命力を分けなければ体調を崩すし、体力もそんなにないから倒れてしまう。

オレも番《つがい》もお互いが唯一の家族だから、離れ離れになってはいけない。

オレが庇護《ひご》してやらなければこの世界では右も左もわからない、幼子《おさなご》のような番《つがい》なんだ。

『星降り祭り』で番《つがい》を狙う奴らは蹴散らしたと思ったのに、まだいたんだろうか？

番《つがい》を返してもらえるなら、この大陸を差し出してもいい。

けれど、番《つがい》が姿を消して数日経っても誰も交渉をしてこなかった。

番《つがい》の気配がわかるはずなのに、うるさい心臓の音と胸の痛みでその感覚がわからない。

もう一度、あの黒くてサラサラした長い髪を触りたい。
黒い瞳に見つめられて、可愛い笑い声が聞きたい。
いつもならば手を伸ばせばそこにいるのに。
番《つがい》に触れることができない。
不安だけが広がっていく。
頼むから帰ってきてくれ。
番《つがい》の温かさ、番《つがい》の大切さ、番《つがい》を愛した心、今更手放すなんてできない。
「アカリ、オレを一人にしないでくれ」

第三章

パチリと火の粉が爆《はぜ》る音が、静かな部屋に響く。

ひざかけをかけ直したティルカは、暖炉の前のウッドチェアに深く腰を下ろしていた。

窓の外は吹雪が続いている。

部屋の奥からコホコホと咳をする音がした。ティルカは立ち上がり、奥へと様子を見に行く。木造りのベッドの上には、青白い顔をして咳を繰り返す少女がいた。

「大丈夫かい？　まだ熱が高いね」

背中をさすり、おでこに手を当てると、かなり熱い。相変わらず高熱が続いているようだ。

昔、竜人の城で医師として働いていた年老いたエルフ、ティルカ・トルティー。

彼女は雪深いこの山脈に治療小屋を建てて、一人静かに余生を送っていた。

木で造られたそこは、小さな診察室と、寝室、そしてキッチンとリビングがあるだけの手狭な小屋だ。

今は少女に自分の寝室を使わせ、ティルカはもっぱら診察室の小さなベッドで寝起きしていた。

年中雪の降っているここは、ノース大陸にあるアルクリード山脈。

ノース大陸には竜人が住んでおり、ここアルクリード山脈以外の場所は濃い瘴気に包まれている。

瘴気は生物を蝕《むしば》んでいく。強靭《きょうじん》な竜人だからこそ生きていける土地なのだが、このベッドで横たわっている少女は竜人族ではなかった。

しかも少女は瘴気への耐性が非常に低い。そのため、瘴気のないこの山脈の小屋に連れてこられたのだ。だが一度少女の体を蝕《むしば》んだ瘴気は、今も彼女がベッドから出ることを許さない。

「婆様《ばばさま》、ミノンは今日も変わりがないかい？」

そう言って顔を出したのは、竜人のオーロラ・フルリュート。

青い髪に黄色の髪が二房交じっているこの若者が、少女――ミノンをこの治療小屋に連れてきた。

強靭《きょうじん》な肉体を持つ竜人にとって、治療小屋など無縁の場所なのだが、オーロラは昔から怪我をしては、ピィピィと泣きながらティルカのもとへ通ってきていたのだ。

「変わんないよ。まったく、早くこの大陸から出してやるのが一番の薬だっていうのに、何を考えているんだかね」

ティルカはミノンに布団をかけ直すと、オーロラに椅子を出し、溜め息をつく。

オーロラは小さめな椅子に苦労しながら座って、子犬のように尻尾を振る。竜人は他種族より少しばかり体が大きいので、竜人用の椅子でなければ座りづらいのだ。だが、オーロラ一人のために、椅子を新調する気なんてティルカにはさらさらない。

「婆様《ばばさま》、そうは言っても召喚しちまったんだから、責任があるし」

後ろめたそうに言うオーロラを、ティルカがギロリと睨《にら》みつける。オーロラは尻尾を揺らすのをやめて体を縮めた。

「その【召喚】が問題なんだろ！　奴隷だか番《つがい》だか知らないけど、やり方を聞いたからって実際に召喚するなんて馬鹿じゃないのかい！」

「……竜王様の番《つがい》が【異世界召喚】を人族の国でやったら失敗して、召喚した異世界人が死んだらしい。竜王様の番《つがい》は責任を取らされて、家財を没収されて奴隷に落とされたって。でも、竜王様が、番《つがい》に落ち度はなく、問題なく【異世界召喚】ができたことを証明して、名誉の回復と家財の返却をさせてやりたいって言うから……。それで聞いたのと同じ手順でやったら、ミノンが召喚されて……」

しどろもどろになりながらオーロラが言い訳じみたことを口にする。頭が痛くなる内容に、ティルカは眩暈《めまい》がする。

「それで、召喚された人間がまた死んだらどうするんだい！　しかも失敗してるじゃないか！　ミノンは異世界じゃなく、この世界の子で、今、瘴気の中で弱り果てている。名誉の回復？　ハッ、馬鹿馬鹿しい！」

ティルカが苦々しく思うのは、【異世界召喚】や【召喚】という、相手の承諾なしに一方的に呼び出せる方法があることだ。これではただの誘拐だ。

竜王の番《つがい》が家財を没収されて奴隷に落とされたのは可哀想だと思う。人族の国は魔力のない者が多く、たとえ魔力を持っていても、その量は決して多くない。おおかた【異世界召喚】する時に高価な魔力ポーションを使用したものの、結局失敗したため、ポーション代だけでも回収しようと、召喚に携《たずさ》わった人間の家財を没収したのだろう。ついでに奴隷に落としてしまえば、文句も言えやしないのだから……

「でも、確かに異世界召喚された人間っていうのは、便利な『特殊能力』があるのが普通だけど、まさかミノンの『特殊能力』が自分の体を【聖域】にすることだなんて思わなかったし……」

「だからこそ、ミノンをこの瘴気の多い大陸から出してあげるべきなんだ！　ミノンの体が瘴気や毒を取り込むと、体の中の【聖域】が汚染されて、長くは生きられない！　お前らは【異世界召喚】の失敗を認めて、ミノンを元々いた大陸に帰してやるべきなんだよ！」

「【召喚】自体は成功したのかもしれないが、ミノンはゆっくりと殺されているようなものだ。

「婆様《ばばさま》、俺達も悪気があったわけじゃ……」

「悪気？　悪気しかないね！　ミノンが召喚してくれって頼んだのかい？　違うだろ！　お前達がしたことは誘拐だよ！　ミノンはこの世界のどこかの大陸で、大事にされていた子だよ！　家族も今頃心配しているだろうさ！　お前達はその家族を前にして『悪気はなかった』なんて言えるのかい!?」

何を言ったところで、ミノンも、ミノンの家族も許してくれるとは到底思えないが、それでも頭の足りない竜人達に言わねばならない。

だが、オーロラは困ったように口を開く。

「わかってるよ。ミノンが着ていた服も上等なものだったし、何より、『魔法反射の石《マジックバリア》』を身につけていたんだから、かなり金持ちのお嬢様なんだろう。でも、竜王様の言うことは絶対だから……、竜王様の番《つがい》のアンジェが、また【召喚】をするって言ったら、俺は逆らえない。逆らえば、投獄されてしまう。近いうちにまた【異世界召喚】をするって言ってたけど……どうしようもない」

その言葉に、ティルカはまた眩暈《めまい》がした。

「まだ懲《こ》りてないのかい！　本当に頭の悪い奴らだね！」

怒りに任せてオーロラを治療小屋から追い出し、ティルカは深く溜め息をつく。

しかし怒ったところで、竜王に逆らえる竜人は少ないだろう。

番《つがい》が現れる前の竜王は賢王と言われ、民にも慕われていたが、今は人が変わったようになっている。番《つがい》のために全てを動かそうとし、逆らう者には容赦しない。竜王を諌《いさ》めた者達は投獄され、処刑されることが決まっているという。今はまだ執行されていないが、それも時間の問題かもしれない……

コホコホと、またミノンの咳が聞こえてくる。

竜王の番《つがい》のせいで、関係のない少女が巻き込まれてしまった。早く何とかしてあげなくてはと、ティルカは必死で思考を巡らせた。

†

頭も体も重くて、体の中がどろどろに溶かされて沈んでいく感じがする。

汗が出ているけれど、体は熱いのか寒いのかもわからない。

もう咳をする体力もないはずなのに、咳は一向に治まらず命を削っていく。

眠りたくても、眠ることすらできない。

咳のしすぎで喉が痛い。

ああ、もう……帰りたい。

優しいあの人のところへ帰りたい。

「……ルーファス……」

愛しい人の名前を口にすると、涙が零《こぼ》れた。

体中の痛みよりも心が痛い。

私の声はひどく掠れてしまっている。こんなんじゃ、彼に「可愛い声」とは言ってもらえないだろう。それがまた私の心を痛くする。

思い出すのは、この国に召喚された日のこと。

地面に吸い込まれ、気付けば大きな和風のお城みたいな場所にいた。

危険を感じて逃げようとしたけど、あっという間に取り囲まれる。

私を囲む人々は、温泉街でもたまに見かける竜人族だとわかった。竜人は髪の毛に、違う色の髪が束になって生えるのが特徴だ。ここにいる人達の髪はみんなそうだったし、頭には竜人特有の角が生え、竜の尻尾もあった。

「【異世界召喚】は成功ね！　やっぱりアタシはちゃんと召喚できてたのよ！」

弾んだ声で女性が言った。

その女性は竜人族ではなく、人族みたいだ。歩くジュエリーなの？　と聞きたいくらい全身にアクセサリーを身につけている。

しかも、【異世界召喚】って言っているけれど、私は既にこの世界にいたのだし、成功はしていない。それを伝えて帰らせてもらおう――そう思った時、ハガネの言葉を思い出した。

私がルーファスの番《つがい》だとバレたら、ルーファスを脅すのに使われてしまう、と。

この人達の目的が何なのかわからない以上、自分から素性をばらすのは危険かもしれない。

「さすが、私のアンジェだ！」

玉座に座っていた王様らしき一際大きい竜人がそう言い、歩くジュエリーさんを抱きしめる。

歩くジュエリーさん――アンジェさんは誇らしげに笑っていた。

「そなたの名前は？」

王様にそう言われて、私は言葉に詰まった。まわりの竜人達は、早く言えと言わんばかりに睨《にら》んでくる。

「三野み……」

フルネームを言おうとして、不安になる。『星降り祭り』でも私を人質に取ろうとした人達がいたと聞くし、私の名前は温泉大陸の【刻狼亭】の当主の番《つがい》のものとして広まっているかもしれない。

「ミノ？　でいいのか？」

「竜王様、ミノンって言ったのよ。ねっ、ミノン」

アンジェさんが勝手に改変して呼ぶが、特に他にいい案もないので頷いておく。アンジェさんは
「ほらぁ」と甘ったるい声を出した。

それにしても、不安になっているせいか、凄《すご》く体が重く感じる。

喉がジリジリと焼け付くように熱く、息を吸うたびに眩暈《めまい》に似た感覚がする。手や足から力が抜けていく気がして気持ち悪かった。

「ミノン、あなたのいた世界のことを聞きたいわ！」

弾んだアンジェさんの声がキンキンと響いて、思わず耳をふさいだ。

いつの間にか息が上がり、心臓がやけにうるさくて、地面がぐるぐると回る。あまりの気持ち悪さに私はその場に倒れた。

気付いたらベッドの上に寝かされていた。

そして、【特殊鑑定】を持っている竜人から、私が持つ能力を教えてもらった。

私の体には【聖域】という能力がついているらしい。

私の肉体は、血、肉、骨全てが『聖なるもの』。

真っ白な穢《けが》れのない肉体らしいけど、よくわからない。

【聖域】の体は、病気や毒や呪い、瘴気といったものを浄化できる反面、それらに直接触れたり、それらを取り込んだりすると体が穢《けが》れてしまう。

体の治りが遅いのも、とても脆《もろ》いのも、そのせいだと言われた。

しかも、【聖域】は自分自身には効果のない能力なのだ。自分を治すには治療薬を使うしかない。

私の血や肉や骨を使えば穢《けが》れたものを浄化したり、他人の病気を治したりできるそうだけど、結局、私自身が傷つけられてしまうので承諾できるわけもない。

（でもルーファスを毒から救うことができたのは、この能力があったからだ。それだけは良かったかな）

そして私は今、この竜人の国に満ちる瘴気で体が穢《けが》れて弱っていっている。

一応、アンジェさんのような人族もいるから、国全体に瘴気を抑える魔法がかかっているとのことだけど、【聖域】の体を持つ私は少しの瘴気だけでも蝕《むしば》まれる。

進行を遅らせるために『聖水』や『清らかな湧き水』とやらがあるところで体を休めるといいそうだけど、『清らかな湧き水』は現在、アンジェさん専用の入浴場となっているために、使用禁止だという。

アンジェさんは「他人に使わせるなんて、絶対に嫌よ！」と、取り合ってくれないらしく、他の竜人の人から謝られた。『聖水』だけでは、気休め程度にしかならないそうだ。

結局、ずっと寝込んだまま、一週間が過ぎた。さらに一週間が過ぎた時、咳と一緒に吐血した。

もう、体は限界だった。

朦朧《もうろう》とする意識の中で、私がすがったのはルーファスから最後にもらったワンピース。

ルーファスが私のために選んで、プレゼントしてくれた薄桃色の服は、東国織物という特別な布でできていて、私が異世界ではなく、この世界の別の大陸から召喚されたことを証明してくれた。

一度は調べるために取り上げられたけれど、すぐに返してもらえたのだ。ただ、クロからもらった赤い石で作ったネックレスは返してもらえなかった。

私はワンピースを抱きしめたまま、瘴気に蝕《むしば》まれ弱っていった。

そして、吐血をした日の夜、私は瘴気のない雪山の治療小屋に移されたのだ。

薄く目を開けると、少し離れたところで耳の長い老女が長い杖を振りながら、何かの薬を作っていた。

薄緑色をしたその液体が、記憶にある『エルフの回復薬』と同じものだと気付く。ほんの少し前のことなのに、やけに懐かしくて、涙が溢《あふ》れた。

「……ルーファス……」

消え入りそうな私の声が聞こえたのだろう、老女は振り向くと、透明の瓶に『エルフの回復薬』を入れてこちらにやってくる。

「気付いたみたいだね。薬を作るのに時間がかかって悪かったね。これでアンタの体も良くなるといいんだけどね」

銀匙《ぎんさじ》で口元に持ってこられた薬を、私は素直に口にした。

ルーファスが手に入れてくれた『エルフの回復薬』と同じ味に、また涙が溢《あふ》れてくる。

喉の奥がぽかぽかして、少しだけ体の痛みが薄れた。老女を見ると、彼女は優しく微笑む。

「ミノン、なるべく早く、この国から出してあげるからね。今は体を治すことに専念しな」

「……私、帰れる、の？」

「ああ、帰してあげるよ。この国の竜人達にミノンを任せておけないからね」

「――帰りたい」

あの優しい腕の中に帰れる？　信じても大丈夫だろうか？　この老女に私を助けて得することがあるだろうか？　疑心暗鬼《ぎしんあんき》が心の中で騒ぎ出す。

「あなたは……？」

「アタシはティルカ・トルティー。エルフの婆《ばば》さ。竜人の国で医者をしている」

ティルカさんは私を起こすと、背中にクッションを入れて座らせた。そして、木のコップにどろどろに煮込んだ野菜スープを入れて渡してくれる。

「二週間ほとんど食べてないんだ。食欲はないかもしれないけど、体力を戻すためにも食べておきな」

コクリと頷いて、チビチビとコップの中身を口にする。

薄味だけど、野菜だから体に悪いものじゃないだろう。

「ミノン、この国は瘴気が酷いだろ？」

瘴気がなんなのかよくわからないけど、少しお城にいただけで倒れてしまったので頷く。ティルカさんは眉尻を下げて口を開いた。

「アタシはね、この国の瘴気をなくしたいんだよ……。強靭《きょうじん》な体を持っている竜人の男はそれほど影響を受けないけど、女や子供は年々、瘴気で体に変調をきたすようになってきている。老人なんかは、体を動かすことすら困難なほどにね。それに子供の成長が遅くなったり、出生率も低くなったりしてるんだ」

公害……のようなものなのだろうか？　元の世界でも、昔は工場から汚染された排水が川や海に流れ込んだことで、目や喉に痛みが出たり、川魚や海の魚を食べたら体が痺れて動けなくなったりしたと、社会の授業で習った気がする。

「この国の沼地に、その瘴気が発生しているところがあるんだよ」

場所がわかるのなら、何か対策を取れないのかな？　首を傾げると、ティルカさんは少し寂しそうな顔をする。

「原因は何百年と調べているんだけどね、今もよくわかっていないのさ。ただ、アンタの【聖域】の能力を借りたら、瘴気がなくなるかもしれない」

ティルカさんは真剣な目で私を見つめてくる。でも、私の【聖域】は、私の体そのものだ。もしかして、血肉を使うとか言って切り刻まれちゃったりするんだろうか？　さすがにそれは協力できない。

「ミノン、アンタの髪の毛でいいんだ。一本だけもらってもいいかい？」

それを聞いてちょっと安心した。髪の毛ぐらいなら痛くないからいいかな？　と、髪の毛を一本抜いて差し出すと、ティルカさんはそれを瓶に入れ、何かの透明な液体を注いで呪文を唱える。

すると次の瞬間、瓶の中の液体がオパール色に輝いた。

「さて、どうだろうね？　【鑑定】……うん。これならいけるね」

頷いたティルカさんは「少し出かけるから休んでおきなさい」と言って小屋を出ていった。

竜人の王様達は怖いけど、私の髪の毛でこの国の瘴気がなくなったら、すぐにでも帰してもらえるかもしれない。

恩着せがましくする気はないけど、国が困っていることを手助けする人間に対して酷いことはしないだろうし……きっと、大丈夫だよね？

木のコップをサイドテーブルに置いて、小さく息を吐く。

コホコホと咳き込むと、喉の奥から鉄の味がし、喉はヒューヒューと音を立てた。

『エルフの回復薬』でも、さすがに全快したりはしない……か。

薄桃色のワンピースをギュッと抱きしめて、少しでもルーファスの温もりを感じられるように顔を埋める。

「ルーファス、心配、してるだろうな……」

いきなりいなくなってしまった私を探しているかもしれない。

ううん。きっと探してくれてる。

でも、以前見た地図によると、竜人族の住む大陸は、温泉大陸からかなり離れているから、ルーファスにも見つけられないかもしれない。耳飾りがあれば、ルーファスが音を聞きつけて助けに来てくれたかもしれないのに、どうして部屋に置いてきてしまったんだろう。

ルーファスから引き離されて二週間……私が辛うじて生きているのは、ルーファスが分けてくれた生命力のおかげだと思う。でも、瘴気のせいで日に日に命が削られていっているのがわかる。

私の体はいつまでこの瘴気の中でもつだろうか？

体がバラバラになりそうなほど痛い。でもそれ以上に、ルーファスに会えない不安と寂しさで胸が痛かった。早く彼のもとに帰りたくて仕方がない。

私とルーファスはお互いしか家族がいないから、離れ離れになっちゃいけない。それだけは駄目だ。

帰ったら、ルーファスに抱きしめてもらって、一緒にご飯を食べて、温泉に入って、二人でまたデートの続きをしよう。海にもデートに行くし、冒険だって一緒にする。

帰ったら、約束したことを一つ一つ叶えていきたい。

だから、私は絶対にルーファスのところに帰らなきゃいけない。

ルーファスの優しい笑顔を思い出して目頭が熱くなる。

「私は、絶対にルーファスのところに帰る……」

ルーファスからもらったワンピースをグッと握りしめ、口に出して自分を勇気付けた。

その時、ガタガタと物音がした。ティルカさんが治療小屋に戻ってきたのかと顔を上げると、そこにいたのは、青い髪に黄色の髪が二房交じった竜人の青年だった。

「ミノン、竜王様がお呼びだ。一緒に来てもらう」

最初に竜王の城で見かけた青年だと気付いて、私は恐怖で頭を横に振った。だが、青年は私の腕を掴み、力ずくで担ぎあげる。

ルーファスにもらった薄桃色のワンピースがベッドから落ちて、青年に踏みつけられた。ほんの少し前まで感じていた希望が——帰れるかもしれないという気持ちが踏みにじられた気がして涙が零《こぼ》れる。

「嫌……っ、私は、帰るの」

青年に担がれながら、床に落ちたワンピースに必死に手を伸ばす。

（ルーファスのところに帰りたい。【刻狼亭】に帰りたい）

私の抵抗など何の役にも立たず、再び瘴気の渦巻く竜王の城へ連れてこられた。

そこには、竜王とアンジェさん、そして竜王の部下達が並んでいた。

ティルカさんもいて、連れてこられた私を見て驚いた顔をしている。

「アンタ達、なんてことを！　ミノンは瘴気に弱いんだ！　こんな場所に連れてきてはせっかく治りかけた体が悪化してしまう！　そんなこともわからないのかい！」

ティルカさんの言葉に、アンジェさんは竜王にしなだれかかりながら笑う。

「死んでもいいのよ。用があるのはその子の血肉なんだから」

アンジェさんが竜王を見つめると、彼は指を鳴らした。すると、竜人達が聖水の入った瓶をカートにのせて持ってくる。

「さぁ、ティルカよ。ミノンの血肉で瘴気をなくす薬を生成するのだ」

ティルカさんが杖を握りしめ、竜王を睨《にら》みつける。

「冗談じゃないよ！　血肉だって？　そんなものを使う気はないよ！　ミノンを早くアタシの治療小屋に戻すんだ！」

竜王はフンッと鼻で笑い、尻尾を床にバシバシと叩きつけてティルカさんを威嚇《いかく》した。

「お前が言ったのではないか、髪よりも血肉の方が効果が早く出ると」

「確かに言ったけれど、そうする必要はないんだよ！　髪の毛でも十分効果はある！　それをわざわざこんな場所に連れ出して血肉で薬を作れだなんて、頭がおかしいんじゃないのかい！」

（怖い……この国のために犠牲になるなんて嫌だ……）

自分がどうなるのかわからず、助けを求めるようにティルカさんを見てしまう。ティルカさんは必死で竜王を思いとどまらせようとしている。

「アハハハ。お婆さん、先代の竜王の番《つがい》でしょ？　竜王様のお母様との仲を引き裂いたのよね？子供だった竜王様がどれほど傷ついたかわからないの？　これで罪滅ぼしになるなら安いものでしょ？　それに瘴気がなくなることはお婆さんの悲願だったらしいじゃない」

「さすが、アンジェは私の心を汲み取ってくれる」

竜王はアンジェさんの額にキスをしながら抱き寄せると、私を見て「やれ」と竜人の兵士に命じる。

私は服の袖を捲《めく》り上げられ、兵士に引きずられて、腕を大きな器《うつわ》の上で固定される。そして暴れないようにか、体を押さえつけられた。

私を治療小屋から連れてきた青年が、戸惑うような顔で私を見ている。だが、その手には剣が握られていた。

私は必死で頭を振る。青年は泣きそうな顔をして、助けを求めるようにティルカさんと竜王を交互に見る。

「命令だ。ミノンの腕を切れ」

ビクッと青年の体が震えた。けれど、ゆっくりと剣を私の腕の上に置く。

「や……やめて……っ、お願……」

恐怖で泣きながら懇願する私に、青年は「すまない」と言い、剣を引いた。

あまりの痛みに暴れて抵抗するけど、押さえつけられた体は逃げることもできない。

「痛っ、いやぁぁあああ！　誰かっ！　嫌ぁあああああ！」

流れる血が器《うつわ》に広がる。私は痛さに泣き叫びながら、心の中でルーファスを呼び続けていた。私はこんなところにいたくない。帰りたい。私が何をしたっていうの？　どうして誰も私を助けてくれないの？

「……助け、て……」

叫びすぎて喉が切れ、『エルフの回復薬』で戻った声も掠れていった。

（また、ルーファスに「可愛い声」って言ってもらえなくなる……）

「さぁ、ミノンを失血死させたくないのなら、早く薬を作れ。薬が完成したら手当をしてやろう」

竜王の声にティルカさんは信じられないものを見るような目を向けたあと、私のもとへ駆け寄って回復魔法の呪文を口にする。

「ティルカ、回復魔法を使えば、またミノンの腕を切る。無駄なことをするな。早く薬を作れ」

ティルカさんが震える唇を噛みしめ、聖水の瓶を手に取った。杖を振りながら私の血を器《うつわ》から聖水の瓶に入れて、呪文を唱えていく。

聖水がオパール色に輝いた。

ティルカさんがその瓶を兵士に渡すと、竜王にそれが手渡される。

「おお、素晴らしいな」

竜王の満足げな声に、ティルカさんはやりきれなさそうな顔をした。

「さぁ、今ある聖水全てを使い切れ。使い切ったら回復魔法でも何でも好きにするといい」

ティルカさんは黙々と、しかし手早くオパール色の液体を作っていく。

全ての聖水がオパール色になると、ティルカさんは私に回復魔法をかけた。傷はふさがったけれど、腕には赤黒いミミズ腫《ば》れのような痕《あと》が残っている。

その時点で、私はまた血を吐いて意識を失った。

再び目を覚ましたのは、それから三日後のことだった。

私の血で作られた薬は『聖域の雫』と命名されて、竜人の国の瘴気を消すために使われているという。

私が監禁されている王城の一室にも『聖域の雫』が使われたため、この部屋から瘴気はなくなった。ただ、一度体に取り込んだ瘴気は時間をかけて取り除くしかない。私は『エルフの回復薬』を飲んで体を治していくことになった。私の【聖域】で作られた『聖域の雫』は、私自身に何の効果もないのだ。

竜王の城ではもう一度【異世界召喚】をすることになったらしく、厳重な警備態勢が敷かれていた。

私にできることはベッドの上でシーツを裂き、ロープを作って、逃げる準備を整えておくことだけだ。

(私は、絶対にここから逃げて、温泉大陸に帰る)

体中痛くて、常に泣き出したい気持ちでいっぱいだったけれど、このままここにいたら瘴気で死ぬか、血を抜き取られて殺されるかのどちらかでしかない。

もう療養などしている場合ではなかった。ただ逃げ出したい、それだけだ。

コンコンと、部屋の扉がノックされた。作ったロープを枕の下に隠すと、私は急いで寝たふりをする。

「ミノン……寝ているみたいだね」

声はティルカさんのものだった。そして足音がもう一つ。

「婆様《ばばさま》、俺はもう竜王様にどう接していいのかわからない」

「今更自分達のしてきたことを後悔してんのかい？　遅すぎるね」

「竜王様に番《つがい》が見つかった時、いいことだって思った。でも、竜王様はあの番《つがい》のせいで狂い出している。竜王様はもう俺が忠誠を誓った竜王様じゃない。俺はこれ以上、人に剣を向けるなんてできないっ！」

私の腕を切った青年の声だった。とはいえ、何故そんな話し合いを私の部屋でしているの？　と、いう感じでもある。

「番《つがい》で狂った奴らはごまんといるよ。そうそう出会えるものじゃない分、お互いの存在に気が付くと、もうまわりなんか見えない。番《つがい》と自分だけの世界で満足しちまう。アタシもそれで今の竜王の母君を自決に追いやってしまったからね……失われてから、自分達のしてきたことを後悔しても遅いのさ」

何やら込み入った話だけど……夫婦関係にあった人との仲を引き裂いておいて、何を言っているんだろう？

私はルーファスと一緒だと楽しくて、幸せで、ずっと一緒にいたいと思うけど、【刻狼亭】のみんなの笑顔の中にいるルーファスが好きだから、二人きりの世界を望んだりはしない。

「贖罪《しょくざい》のつもりで先代の竜王様が亡くなってからもここに居続け、今の竜王を陰で支えてきたけど、もう限界だね。今のこの国で、少しでも竜王の番《つがい》の意に沿わないことをすれば、投獄されてしまう。いつか国民の怒りが爆発するだろう。見限るしかないね」

恐怖政治みたいな感じになっているのだろうか？　この国がきな臭くなる前に、私は逃げ出せるだろうか……？

「オーロラ、アンタはまだ若い。やり直しもきくだろう。だから、冒険者ギルドに依頼を出しておいで。『聖域の雫』と『エルフの回復薬』を報酬に出せば、ミノンをこの国から逃がしてくれる冒険者が見つかるはずだよ。特に『エルフの回復薬』を欲しがるのはSランク以上の冒険者が多いから、腕は確かだろうしね」

この人達は私を逃がしてくれる気でいるんだろうか？　でも、もう誰を信じていいのか、わからない。

「わかった。婆様《ばばさま》、俺はミノンにしてしまったことの償《つぐな》いに、絶対に彼女を助けてくれる冒険者を見つけてみせる」
青年――オーロラさんはそう言って部屋から出ていく。しばらくして、ティルカさんも出ていった。

その夜、竜王の城に竜王の番《つがい》アンジェさんのヒステリックな声が響いた。

【異世界召喚】が失敗したのである。

荒れるアンジェさんに竜王は色々な提案をしていた。その提案により、竜王とアンジェさんは四人の臣下を引き連れて、竜人の国を旅立った。

「何でも、あの奴隷の女と一緒に人族の国で【異世界召喚】をした召喚士を見つけ出して、その時と同じメンバーで再度【異世界召喚】をするんだとさ」

「あんな奴隷が番《つがい》なんて竜王様も気の毒にな」

そんな会話が城のあちらこちらから聞こえてきた。

竜王も側近の人達も不在のため、城内はどことなく緩い雰囲気になっており、竜人達は言いたい放題という感じだ。

私もこのチャンスを逃がしたくなかったけれど、誰かしらが私の世話をしていて、逃げられなかった。

ティルカさんもオーロラさんも何度も謝罪をしてきたけれど、このチャンスに逃がしてくれない時点で、敵みたいなものだった。

その日、私はティルカさんに連れられて、アンジェさん専用の『清らかな湧き水』が満ちた入浴場へ来ていた。私はもはや自分でうまく体を支えられない。今も服を脱がされ、竜人の女性二人にガッチリ腕を掴まれて、湧き水に浸けられていた。

ティルカさんが杖を振り、湧き水がオパール色に輝くと、私は引き上げられて再び服を着せられる。

「おかげで大量の『聖域の雫』ができたよ。竜人の国の瘴気もこれで消えるはずさ。ミノン、アンタには悪いけど、死んでもらうことになる」

ティルカさんの言葉に、心臓がすくみあがる。なんとか逃げ出そうとしたけど、足がもつれて床に倒れ込む。

その間にも、兵士が入浴場へ樽を持ち込み、次々と湧き水を入れては運び出していた。

私は竜人の女性二人に捕まったまま、それを眺めることしかできない。

こんな場所で死にたくない……私は、温泉大陸に、ルーファスのところに帰りたい。

今回作った『聖域の雫』で瘴気が消えるなら、私はもう用済みだ。それなら逃がしてくれてもいいのに、どうして殺されないといけないの？　ティルカさん、逃がしてくれるって言っていたのに……

目の前が真っ暗になって、意識が遠のく。

――せめて、最後に一目だけでいいからルーファスに会いたい。

それだけを思いながら、私は意識を失った。

†

『ルーファス、おかえりなさい』

『お仕事、お疲れさまです』

『疲れたの？　大丈夫？　早く寝よう』

くるくると表情を変えながら、小さな番《つがい》は喋《しゃべ》る。

黒く長い髪がサラサラとなびいて、美しい。黒い瞳に吸い寄せられる。

そっと頬に手を当ててキスをする。

——目を開けると、そこには何もない。

「アカリ……」

宙に伸ばした手が何も掴んでいないことに、静かに心が凍り付いていく。

泣きながら目を覚ますのは何度目だろうか？

頭を振って髪を掻き上げ、自分を叱咤《しった》する。

おそらくアカリは危ない目にあっている。それだけはわかるのに居場所が掴めない。

【刻狼亭】を信用のおける者達に任せ、アカリを探すために飛び出したルーファスは、今、冒険者として動き回っている。

ルーファスが着ているシャツは、あの『星降り祭り』の日、アカリに着せたものだ。アカリが似合うと言ってくれた黒いシャツ。

今のルーファスにとって、アカリとの思い出だけが、おかしくなりそうな精神を踏みとどまらせてくれる。

ベッドから身を起こすと、隣のベッドにいた人物から声をかけられた。

「若旦那、焦るのはわかるが、寝てからまだ三十分も経ってねぇぜ？」

ハガネの言葉に、ルーファスは小さく舌打ちする。ハガネの横ではメビナが欠伸《あくび》をしていた。

【刻狼亭】を出た時、何故かハガネとメビナがついてきた。ありがたい反面、どこへ向かうともわからない旅に同行する二人に申し訳なさも感じている。

今現在、三人がいるのはイルブールの街。

温泉大陸の港から船で出発し、北北東に進んだところにある島。世界の中心と言われているそこに、この街はある。

ルーファス達がここに来たのは、アカリの情報を手に入れるためだ。

アカリがこの世界のどこかにいるのはわかる。しかし、アカリと繋がっている線のようなものが、今にも千切れそうで、ルーファスはひどい焦燥感に襲われていた。

「休むべき時に休まねぇと、アカリのところに辿り着く前に若旦那が倒れるぜ？」

ハガネの言うことが正しいと頭では理解しているが、余裕がないせいでどうしても苛立ってしまう。

「わかっている。お前こそ寝ろ」

自分でもひどい態度だと思いながら、ルーファスはシーツを被りハガネに背を向けた。

背中越しにハガネの溜め息が聞こえるが、気持ちを立て直すことができない。

夢の中で会えても目が覚めた時にアカリが腕の中にいないのなら、いっそ何の夢も見たくない。

アカリに会いたいはずなのに、姿だけでも見たいはずなのに、なんて滑稽《こっけい》なんだと自嘲的な笑いが出る。

願わくは、アカリには幸せな夢を見ていてほしかった。


「ルーファス、起きてー!」

気が付くと、既に旅支度を終えたメビナがルーファスを揺さぶり起こしていた。

「ああ、もう朝か……」

「ううん。もうお昼だよ!」

メビナの声にルーファスはすぐさま起き上がる。

「寝すぎた。頼むから起こしてくれ」

「最近よく寝てなかったでしょ? 寝ないと頭働かないよ?」

メビナは腰に手を当てて、ルーファスを叱りつける。

朝食兼昼食を食べると、三人は宿屋をチェックアウトして街に出た。

街は一つの巨大なドームの中に、宿屋、武器屋、防具屋にアイテム屋と、様々な施設が軒《のき》を連ねている。街を歩く人も様々で、獣人や亜人、魔族など、多種多様な種族が行き交っていた。

何よりも、この街には冒険者ギルドの本部がある。冒険者は依頼を受けるために、商人達は依頼を持ち込むために、そしてより珍しいアイテムを手に入れるために冒険者ギルドに集まる。そうして多くの人が集まるここは、同時に情報の集まる場所でもある。そのためイルブールの街には世界中から情報が集まってくると言われていた。そして、それらの情報を取り扱っているのが『情報屋』だ。

情報屋は、情報だけに固執した種族――魔人族の『小鬼』が営んでいる。小鬼は、一人が見たものを種族全員で情報として共有できるという、珍しい能力を持っているのだ。

ルーファス達が情報屋のカウンターに行くと、小さな小屋に案内される。

待つこと、三分。小さなコウモリ羽の生えた魔人族の若者が入ってきた。尖った耳に、頭にはクルッとした黒い角。小柄で二頭身ほどしかない。

「今回はどんな情報が知りたいのですか？　僕ら小鬼はどんな情報も取り扱っていますよ！」

営業スマイルを向けつつも、親指と人差し指で丸を作り『お金次第』と暗に示している。彼ら小鬼は『情報』も好物なら『お金』も好きな種族なのだ。

「そうだな。ここ最近、【異世界召喚】が行われたかを知りたい」

ルーファスはそう言って、金貨の詰まった革袋をテーブルの上に置く。

小鬼は少し目を上に向けて「ふんふん」と言い、革袋から金貨を一枚取り出した。

「南西のタンシムという人族の国で【異世界召喚】が一度あったようです。ただ、何でも失敗したとか。そのため召喚士達は責任を取らされて、家財を没収され、奴隷にされたらしいです。【異世界召喚】は、人族の魔力では百年に一回しかできない、賭けみたいなものですからね。それに、召喚士達は成功すると見込んでかなり国費を使い込んでいたそうです。そういったこともあって、屋敷や家財を没収して奴隷落ちさせたらしいですよ？」

その【異世界召喚】が、アカリがこの世界に召喚された時のことだと、ルーファスにはすぐにわかった。

「その召喚については知っている。それ以降でないか？」

小鬼は金貨を手でくるくると回しながら「そうですねーそうですねー」と目を上に向ける。

「この話の続きで良ければあります。少し不明瞭なところもありますけど、いいですか？」

「いや、召喚された少女が生きていたという情報なら知っているからいい」

ルーファスがそう言うと、小鬼は素早いスピードでルーファスに顔を近付けて、ニンマリ笑う。

「お客さん！　その情報買いましょう！　まさか生きていたなんて！」

小鬼が舌なめずりしながら揉み手をする。

「……いや、この情報は売るつもりはない。が、オレの知っている情報とは違うことを知っているらしいな」

小鬼は少し口を尖らせると、眉間にしわを寄せつつルーファスを見つめる。

「そうですね。まぁ、この話の続きを聞いて価値ありと思ったら、お代のかわりにそちらの情報を教えてくれると僕ら小鬼は大喜びします。秘密厳守であればそうしますし！　ま、金貨を積まれたらわかりませんが」

最後の一言に「秘密厳守とは何か……」と、ルーファス達三人は半目になる。

「奴隷に落とされた召喚士の一人が、どうやら竜人の国の王、竜王の番《つがい》だと判明したのです。で、話はここからです。どうやらその番《つがい》は【異世界召喚】の方法を竜人に喋《しゃべ》ったみたいです。人族では魔力が足りずに百年に一回ですが、竜人は魔力が多いですからね。まぁ、彼ら竜人は召喚に頼らずとも強靭《きょうじん》な体で何でもできますから、意味のない話でしょうけど」

どうです？　と、小鬼が目で訴えてくるが、ルーファスは金貨を一枚出しただけだった。

「残念ながら、オレの知りたい情報かはわからんな。次の情報が知りたい。高品質の『魔法反射《マジックバリア》の石』のネックレス——金の透かし彫りで猫のモチーフが描かれた蓋がついているものが、ここ最近で市場やオークションに流れたりはしてないか？　もしくはそのネックレスを持った少女がどこにいる、といったような情報がないだろうか」

小鬼は「カーバンクルの石ですよね……ふんふん」と言いながら目を上に泳がせている。

どうやらこの目を動かす動作は、小鬼達が情報を探っている時のしぐさのようだ。

「あーっ！　ちょっと、今面白い情報が仲間から入りました！　情報共有で詳しく聞きますね！」

小鬼は目を白黒させながら忙しく動かす。

「はい。情報共有完了です。お客さんの知りたい情報、どうやら一つに繋がるかもしれませんよ？　どうです？　さっきの情報と交換では？」

小鬼が不敵な笑みを浮かべると、ルーファスは小さく溜め息をつく。

「あまり詳しく喋《しゃべ》るつもりはないが、それでいいなら話そう」

「厳しいなぁ、お客さん。――そうですね、異世界召喚された人物の性別もわかっていなかったのですが、女性なのですね。召喚された人物は召喚の失敗により体がねじ切れていたと聞きましたが、どうなんです？」

小鬼がうんうんと頷きながら、ルーファスに問う。

「体がねじ切れてはいない。骨が折れて、手足があらぬ方向へ曲がってはいたがな」

「うわぁ。ではでは、その後はどうなりました？」

「なんとか持ち直して回復ポーションを使えるまでは回復した」

「おお、素晴らしいですね。ではその召喚された女性は今も生きている……と、いうことでいいのでしょうか？」

小鬼の質問にルーファスは間をおいて「そうだな……」と答える。

「その後の女性の行方については？」

「つい一ヶ月前までは南南西あたりで楽しそうに暮らしていた。オレに言えるのはそこまでだ」

ルーファスは、それ以上はこちらが知りたいのだという言葉を呑み込む。

「なるほど、なるほど。南南西……温泉大陸あたりですかね？　あそこにある【刻狼亭】の温泉宿はいいですよ。なんせ冒険者がリラックスして情報をポロッと零《こぼ》しますからね！」

ハガネとメビナが、小鬼の情報狂ぶりに「うわぁー……」と顔を引き攣《つ》らせる。

「まぁ、あとで情報を精査してまとめますね。では『魔法反射の石《マジックバリア》』のネックレスの情報ですが、竜王の番《つがい》がどうやらお客さんの言う、金の透かし彫りで猫のモチーフが描かれた蓋をしたネックレスを持っていたそうです。そして、このイルブールの街で【女帝《エンプレス》】ビビアット・キルティに賭け事で負けて巻き上げられたらしいですよ。お客さん、いい情報では？」

小鬼はニッコリと微笑む。ルーファスは目を見開いた。

「情報屋、それはいつの話だ！」

ルーファスが問うと、小鬼は指で『お金次第』と輪っかを作る。

金貨の入った革袋を指で小鬼の前に押しやると、小鬼はそこから金貨を二枚取り、笑顔を向けた。

「二週間くらい前の話です。ちなみに竜王の番《つがい》はもうここにはいません。竜人の国へ帰ったのかどうかは不明です。【女帝《エンプレス》】ビビアット・キルティも数日前に旅立ちました。この街の冒険者ギルドで依頼を受けていたので、依頼内容に関してはお調べすればすぐにわかると思いますよ」

ルーファスは金貨を五枚差し出す。

「【女帝《エンプレス》】の依頼内容を調べてくれ。あと、竜人の国で、ここ最近何か変わったことがあったかどうかも」

小鬼は金貨でジャグリングをしながら楽しそうにしている。

「では、他の小鬼にも情報共有で聞いてみますね」

小鬼が目をクリクリと左右に動かし、仲間の小鬼と情報交換をし合う。

「はい。情報共有完了です。面白いことになっていますよ。ああ、これは是非とも情報が欲しい!!

と、失礼。【女帝《エンプレス》】が今回受けたのは、竜人の国にいるエルフの医師からの『荷運び』の依頼です。冒険者ランクはS以上。報酬は『エルフの回復薬』と『聖域の雫』です。この『聖域の雫』は新薬のようでして、詳細は僕ら小鬼の情報にもありません。依頼書に書かれた説明では呪いや毒など、様々なものを浄化、それに病気も治せるみたいですね！　体力回復がない以外は『エルフの回復薬』より優秀ですね」

　小鬼は興奮気味に説明する。小鬼にとって未知の情報は何よりもご馳走なのだ。

「それにしても、全ての情報に竜人が関わっているな……」

　三人は視線を交わして頷く。

「竜人の国で最近起こったことといえば、竜王の番《つがい》関係が多いですね。アンジェという名の女性なのですが、召喚士から奴隷に落ちて、次に竜王の番《つがい》となってと、人生の上がり下がりが激しかった反動なのか、あるいは元々の性格なのか、竜人の国で好き放題しているようです。竜王も番《つがい》の言いなりで、愚王に成り下がっています。……っと、面白い情報が追加されましたよ」

　小鬼が目をくるくる回しながら、情報を仕入れていく。

「竜人の国の瘴気がなくなるかもしれないようです。なんでも瘴気を発生させている土地を浄化できるアイテムが手に入ったのだとか。これ、『聖域の雫』っぽくないですか？　ああ、このアイテムの情報、すっごく欲しいですね！　誰かこの情報、持ってこないかな！　僕ら気になります！」

　小鬼は「情報が欲しい欲しい」と騒ぎながら、ルーファス達の前をウロウロする。

「情報屋、『竜殺しの武器《ドラゴンキラー》』を取り扱っている武器屋はこの街にあるか？」

ルーファスの言葉に小鬼は目を細めて「いいですね！　いいですね！」と口元を両手で隠しながら笑う。

「ギルドに身を置く者としては、竜人と一戦交えようなんて無茶だと警告すべきところですが、是非是非、竜人の国で派手に暴れて、竜人達の口を軽くしてください！　パニックになればなるほど、人は口が軽くなるんです！　『竜殺しの武器《ドラゴンキラー》』ですが——僕らが言ったとは言わないでくださいね？　これはサービスです！　お客さんを信用していますから、お客さんも『竜殺しの武器《ドラゴンキラー》』の情報の出所は他言無用ですよ？　そいつは、ギルド本部にあります。しかも、入り口の天井——梁《はり》の上にホコリを被ってね！　誰が持っていっても特に問題はないのですが、物が物なので取り扱いには気を付けてください。使い終わったら、また元の場所に戻してほしいですが、難しい場合はコッソリ僕らが回収して、戻しておきますので！」

小鬼にとっては争いごとも面白おかしい情報の種でしかないようだ。小鬼は揉み手をしながら「情報が生まれる場所への投資は惜しみませんよ？」と笑顔で言う。

「期待に沿えるかわからんが、オレ達は竜人の国へ行かなくてはならないようだな。情報屋、色々助かった」

三人が背を向けると、小鬼は「いえいえ、またのお越しを」と笑顔で手を振った。

小屋を出るなり、ハガネが口を開く。

「若旦那、ここから竜人の国へ行くならこのまま北東だ。二人は竜人の国へ向かう船があるか調べてくれ。俺は『竜殺しの武器《ドラゴンキラー》』をギルド本部から拝借してから合流する」

ハガネは白い歯を見せて笑い、ルーファスの肩を叩くと、メビナに「若旦那を頼んだぞ」と言って人混みに消えていく。

「ルーファス、アカリは竜人の国にいるかな？」

「それはわからない。ただ、できればいないでほしいが……」

メビナは困惑した顔でルーファスを見上げる。

「ルーファスはアカリに会いたくないの？」

「いや、会いたいさ。ただ、竜人の国は瘴気が濃いからな。体が弱いアカリには相当つらいはずだ。それを思うと竜人の国にはいてほしくはないな」

「なるほど！」

ルーファスは港から海を見つめ、ざわつく胸を押さえた。

†

ワインレッドの髪が潮風に揺れ、形のいい唇が弧を描いた。

茶色の目は妖艶に相手を魅了する。たわわな胸を主張する赤いピッタリとした服。スリットから覗く足はむっちりとしていて、男性の目を奪うだろう。

……が、残念ながら今は海の上。そしてこの船には女性しか乗っていないため、魅了する相手はいない。

そんな状況でも、トレジャーハンター【女帝《エンプレス》】ビビアット・キルティは上機嫌だった。

数ケ月前に【刻狼亭】で大きな商談をしたが、その時に手に入れた『魔法反射《マジックバリア》の石』二つで充分潤《うるお》った懐《ふところ》に、三つ目の『魔法反射《マジックバリア》の石』が飛び込んできたのである。

「はぁ～ん。もう私、絶好調じゃない？」

ビビアットは、手に入れたばかりの『魔法反射《マジックバリア》の石』を見せびらかすようにかざす。

「よかったですね、ビビアット様」

メンバーの亜人女性がビビアットに向かって笑いかけた。

竜王の番《つがい》が持っていたこれに目をつけて、言葉巧みに賭けで巻き上げた。頭が弱い女で助かったわーと、ビビアットは笑いが止まらない。

一見、カーバンクルの石とはわからないように、石の上に金細工の蓋がしてある。だが、仮に蓋がなくとも、こんなに大きな『魔法反射《マジックバリア》の石』はそうそうないので、紛《まが》い物と思われて終わりだろう。

しかし、ビビアットにはそれが確かに『魔法反射《マジックバリア》の石』だとわかった。同じようなものを二つ見たばかりだからこそ見分けることができたのだ。

「【刻狼亭】の若様には感謝しなくっちゃ！」

鼻歌まじりにビビアットは金細工の蓋を弄《いじ》る。

蓋を飾る透かし彫りの猫の形がなんともカーバンクルです、と主張しているではないか。さらに蓋の金細工も、とても素晴らしい。

「……ん？　あら……？」

ビビアットは金の蓋を光にかざし、甲板《かんぱん》に映し出された影を見る。

蓋の猫を囲むように施された細工が、太陽の光を受けて影を作り出す。よく見るとその影は、『刻狼』という文字を映し出していた。

ビビアットは眉間に指を置き、一呼吸おく。

「また【刻狼亭】の石だっていうの……？」

二つの石を持っているだけでも一体どれだけ宝を隠し持っているのかと思ったが……まさかの三つ目。

「まぁ決まったわけじゃないし……ね！」

誰に言うでもなく呟くと、ビビアットは乾いた笑い声を上げる。

現在、ビビアットは『エルフの回復薬』が手に入るクエストを受けたところだ。しかも『聖域の雫』という新薬のオマケ付き。

『エルフの回復薬』は滅多に出回らないので、冒険者ギルドや情報屋にそれが手に入るクエストがあれば回してほしい、と伝えておいたのがよかった。

自分は今、絶好調……のはず。だからこの『魔法反射の石《マジックバリア》』の出所がどこかなんて、余計なことを考えてはいけない。

ビビアットは軽く頭を振り、地図で航路を確認しながらコンパスを見る。

「竜人の国のあるノース大陸は、このまま北東であってるわね」

ビビアットは望遠鏡を取り出し、海を眺めた。クエストを受けてイルブールを出航して三日。順調に行けば二日後には竜人の国のあるノース大陸に到着できるはずである。

「ビビアット姉さん！　イルブールから伝言通信が入ってます！」

操舵室から副操縦士のパーティメンバーが顔を出す。

嫌な予感を覚えながら、ビビアットは操舵室に入り伝言通信用の水晶を覗き込んだ。

『【女帝《エンプレス》】ビビアット・キルティ、久しいな』

水晶に映り出された黒髪の狼獣人――ルーファスに、ビビアットは心の中で舌打ちをする。

「お久しぶりね、【刻狼亭】の若様」

ニッコリと魅惑的に笑ってみせるが、この男にビビアットの魅力が通じないのはわかっている。

『ビビアット、君は『魔法反射の石《マジックバリア》』のネックレスを手に入れていないか？　透かし彫りの細工がされた金の蓋がしてあるものなんだが』

やはり来たかとビビアットは笑顔のまま内心で溜め息をつく。

「ええ、持っているわよ？　私が、竜王の番《つがい》から、正式に譲ってもらった、私のものよ。それが何か？」

所有権を主張するように、区切りながら言った。

『申し訳ないが、見せてはもらえないか？』

ビビアットは水晶にネックレスを近付ける。

ルーファスはホッとしたような表情をして、目を閉じ、一呼吸おいて金色の目を静かに開く。

『そのネックレスを売らずに取っておいてくれ。買取か交換で交渉をしたい』

ビビアットは笑顔のまま頭の中をフル回転させる。

【刻狼】という文字が入った金細工なのに、自分のものだと主張しないのは何の意図があるのだろうか？

下手なことを言ってやぶ蛇になりたくない。

「何を交換するかによるかしらね？　これは最高級品だし、お高いわよ？」

『ああ、知っている。それはオレの番《つがい》の持ち物だからな』

ビビアットは言葉に詰まる。余計なことを口にしてしまったようだ。

『別に返せなどと言わない。ちゃんと交渉をしようと言っているんだ。そんなに警戒するな』

ルーファスが宥めるように言う。対してビビアットは疑心暗鬼《ぎしんあんき》なものの、前回の交渉は自分に有利なものだったこともあり、話に乗るべきか悩んでいる。

『そうだな……物々交換でいいなら、同等の『魔法反射の石《マジックバリア》』を提供しよう。金がいいなら少し時間がかかるな』

ビビアットは伝言通信用の水晶をガッと掴み、顔を近付ける。

「まさか、四つ目の石を持っているって言うの!?　やっぱりこの間のカーバンクルは特殊な個体だったのね!?」

『前回も言ったが、アレは普通の魔獣だ。【刻狼亭】の倉庫に死蔵品が眠っているだけだ。それに最後の一個だから、もう出せと言われてもないいな、おそらく』

「まぁ、同等のものを用意してもらえるならそれでいいわ。でも若様の番様《つがい》も貴重なものをなくすなんてドジね」

ビビアットの言葉に、ルーファスは拳を握りしめる。

『そのネックレスを持っていた相手は竜王の番《つがい》と聞いたが、そいつはどうやってそれを入手したか、言っていたか？』

「さぁ？　そこまでは聞いてないけど、でも悪趣味な女だったわね。全身アクセサリーって感じでダサいったらありゃしなかったわ」

ビビアットは竜王の番《つがい》の悪趣味コーディネートを思い出し、肩を震わせて笑う。

『そうか……その竜王の番《つがい》はこれからどこへ行くとか、何か聞いていないか？』

「そうねぇ、確か奴隷を買いに行くとか言ってたわね。どこへ買いに行くかは聞かなかったけど……ああ、何でも【異世界召喚】を成功させるのよーとか騒いでいたわ」

ルーファスの耳がピクリと動く。

『【異世界召喚】だと……っ。やはり、竜人の国か……』

ギリッと歯ぎしりのような音が水晶を通じて聞こえてくる。

「まぁ、私は今からクエストだから、交渉までしばらく日をもらうわ」

『オレも今から竜人の国へ向かう。オレが行くまでに、もし、そこに黒髪、黒目の小柄な少女で「アカリ」という者が捕らわれていたら、安全を確保してやってくれないか？　礼ならいくらでも支払う』

ルーファスの表情にビビアットは事情を把握した。

「いいわよ。私は二日後には竜人の国へ着いているわ。クエスト内容にもよるけど、暇があれば若様の『お宝』を盗み出しておいてあげる。このトレジャーハンター【女帝《エンプレス》】の名にかけてね」

ビビアットはそう言って、形のいい唇で弧を描いたのだった。

†

竜王の城に、未だ竜王とその番《つがい》は戻ってきていない。

私は一応、まだ生かされている。理由はわからない。与えられた部屋で監視をされているような状態だ。

私は、隙を見てはシーツでロープを作り、枕の下に隠している。

私のお世話をしてくれている竜人の女性が部屋から出たのを見計らい、枕の下からロープを取り出す。

もうそろそろ竜王とアンジェさんが帰ってくるらしく、城の中は慌ただしくなっている。そんな中、私を早く殺さなくては……と、ティルカさんが他の竜人と話しているのを聞いた。

『死体を、瘴気の沼に捨てるのはどうですか？』

『ああ、それはいいね。死体が見つかることもないし、ミノンの【聖域】で瘴気がなくなるしね』

もう本当に時間はなかった。

ロープをベッドの脚に括《くく》り付けて、窓を開ける。そこはビルの二階ほどの高さがあり、高所恐怖症の私はお腹の下がズンッとした。

でも、今はそんな恐怖と向き合っている時間もない。

ここで逃げ出さなかったら殺されてしまうのだから、やるしかないのだ。

窓からロープを投げ、窓枠に乗り上げようとするも、瘴気で弱った体では足すらまともに上げられない。何より、竜人の体に合わせて造られている部屋なのですべてが大きく、窓の位置も高い。

部屋にあった椅子を引きずって窓際に持ってくると、それだけで息が上がった。

「ハァー……ふぅ。椅子、大きすぎ……疲れた……」

手も痛い。斬り付けられた腕は皮膚が引き攣《つ》れて、力もまともに入らなくなっている。私の体は本当にボロボロなのだと実感した。

少し床に座って休んでから、椅子の上にのぼって窓の外を見る。

ああ、膝が笑っちゃう……でも、やらなきゃいけない。

廊下が騒がしくなってきた。急がなければ。今捕まればもうチャンスはないかもしれない。

「……よしっ！」

ロープを掴み、窓の外にゆっくりと足を出す。

背中がゾワゾワして怖い……頑張れ、頑張れ私！

足を壁にかけた途端、踏ん張ることができずに、ズルっと下がる。

「ひうっ！」

ロープをギュッと握って耐える。心臓が耳元で騒いでいる感じがする。

腕が、痛い……でも、手を離したら死んじゃう。

シーツで作ったロープは風が吹くとクルクル回ってしまう。上にも下にも行けないまま、私の体は固まっていた。

この脱出方法、漫画やテレビでは簡単そうに見えたのに、実際やってみると体力が凄《すご》くいる。

「ちょっと、アレ何よ?」

室内でバタバタと音がしたかと思うと、窓からワインレッド色の髪をした美女が顔を出した。

ヤバいと思った瞬間、ロープを手放してしまう。「きゃっ」と悲鳴を上げるのと同時に、片手を美女に掴まれ、持ち上げられた。

何この人……竜人じゃないのに、凄《すご》く力が強い。

そのまま部屋に戻される。ちょうどティルカさんも部屋に戻ってきた。

(ルーファス、ごめんなさい……もう、あなたに会えない)

私の脱走は失敗したのだ。

死ぬ前にもう一度ルーファスに抱き上げられたかった。【刻狼亭】の従業員さん達と笑い合いたかったなぁ。

私は目を閉じて「ごめんなさい」と呟いた。

†

城の兵士達が、馬車に『聖域の雫』の入った樽を積み、瘴気の沼へ向かう。

「竜王様がいない間に、こんなことをしていいのでしょうか？」

不安そうにする兵士達に、ティルカは活を入れる。

「この土地から瘴気をなくすことが、竜人達の願いだっただろ！　早くしないと竜王の番《つがい》が帰ってくる。あの女が『聖域の雫』を正しく使うと思うのかい？　もし悪用されてごらん、竜人の土地はずっとこのままだよ！　それでもいいのかい！」

「でもアンジェ様もこの土地で暮らすのですから、瘴気を取り除きたいと思うのでは？」

「いや、あの女はきっと『聖域の雫』を金持ちに売りつけて、この土地の浄化なんてしないね。金のある竜人だけが空気のいい場所を提供されるのを見たいのかい？　子供の成長が遅くなったり、出生率が低かったりするのも瘴気のせいなのに、このままでいいのかい？」

竜人の兵士達は「あの女ならやりかねない」と口々に言い、頷いた。

やがて沼地に着くと、樽の蓋を開けていく。ティルカは杖を構え、祈るように魔法を口にした。

「風の精霊、森のエルフが願います。樽の中身を風に乗せて霧のように四散させ瘴気を消し去れ」

樽に入っていた『聖域の雫』が空中に巻き上げられ、オパール色の霧となって広がる。

霧が晴れた時には、赤錆《あかさ》びた大地が浄化され、瘴気に穢《けが》される前の姿に戻っていた。

「まだ瘴気の酷い場所があるなら、『聖域の雫』で浄化するよ！」

ティルカの声に兵士達は竜化すると、空から沼地を見渡し、瘴気の濃い場所を探す。

そうして、一日かけて瘴気の沼をただの沼に変えていった。

——瘴気が竜人の国からなくなった日、竜人達は口々に噂した。

『瘴気の沼地は一人の少女の犠牲によって浄化され、竜人の国から瘴気が消えた』

†

イルブールから出航して船に揺られること、三日。

ルーファス達一行の船は、ノース大陸が目視できる距離までやってきていた。大金を積んで最新型の魔導式高速船を貸し切り、日数の短縮を図った結果である。

「若旦那、大丈夫か？」

ノース大陸が見え始めた頃から、ルーファスは腰を下ろし、胸を押さえて船のマストに寄りかかっていた。

「……アカリのニオイが充満しすぎて、気持ちが、悪い……」

フンフンとハガネは鼻を鳴らすが、悲しいかな、ハガネは獣人といっても鼻が利く種族ではない。

「俺にはわかんねぇな。でもアカリのニオイがしてるなら、当たりだろ？」

「いや……充満しすぎているんだ。普通ならこんな距離で、ここまで匂うわけがない」

顔に手を当てて項垂《うなだ》れるルーファスに、ハガネは困った顔をした。

「きっとアカリを想いすぎて、鼻が利きすぎてんだろ」

気にしすぎだと言ってルーファスの肩を叩く。

ルーファスは言いようのない不安を払拭することができないまま、浅い息を繰り返す。吸う空気すらも番《つがい》の甘さに満ちており、まるでアカリに齧《かじ》りついて肉を噛み切っているかのようだった。

「ルーファス、飴あげる」

メビナがミントの飴をルーファスに差し出す。

「いや、いい……」

「舐めると鼻にミントのニオイがいくから、少しはマシになるよ」

無理やり飴を握らされ、仕方なく口に放り込んだ。

「メビナ、お前はアカリのニオイを嗅ぎとったか？」

「うん。狐族は嗅覚《きゅうかく》に優れてるからね。微量だけど、竜人の国が近付くにつれて強くなる」

メビナはミントの飴を口で転がしながら、「これはキツイね」と言って自分の着物の裾を握りしめる。

竜人の国の港に入る頃になると、ようやくハガネにも嗅ぎ分けられるようになった。

「ああ、これはおかしいな」

「ハガネは気付くの遅すぎ。この国全体がアカリみたいになってる。これじゃアカリのことをニオイで追えない」

ハガネに蹴りを入れながら、メビナは鎖鎌《くさりがま》を背から手に持ち直す。

「それにしても、瘴気がない……情報屋の言っていたアイテムのせいか」

ルーファスは立ち上がると、船を下りる支度を始めた。

ギルド本部から拝借した『竜殺しの武器《ドラゴンキラー》』に布を巻き付け、中身が見えないようにしたうえで、持つ。

ルーファスの背丈より長いその武器はとても軽い。本当に『竜殺しの武器《ドラゴンキラー》』なのかと疑いたくなるほどだ。

「それにしても、高速船、早かったな」

ハガネが首をゴキゴキと鳴らしながら伸びをして、荷物を背負い直す。

ビビアットは前日に上陸しているので、連絡が取れ次第、合流する予定だ。

連絡は、ビビアットの船の伝言通信用の水晶で【刻狼亭】に連絡してもらい、タマホメ経由でメビナが伝言を受け取る手筈になっている。メビナはタマホメと双子独自の通信魔法が使えるのだ。

上陸すると、三人は情報収集のために港の近くにある酒場に足を踏み入れる。昼間ということもあってか、酒場は閑散としていた。

カウンターに腰をかけ、ハガネが店主を呼び寄せる。

「オヤジさん、強めの酒一つと果実水二つ頼めるか？」

「一番強いのでいいのか？」

「ああ、一番強いのだ」

不愛想な店主がハガネの前に酒を、ルーファスとメビナの前に果実水を置く。

ハガネはゴソゴソと懐《ふところ》を漁り、白い歯を見せて笑うとコップを両手で持って一気に飲み干した。

コップに残った酒の雫をペロリと舐め取り、「ぉぉお」と声を出している。

「オヤジ、聞きたいんだけどさ。竜人の国には瘴気があるって話じゃねぇか。なのに、なんで瘴気がないんだ？」

店主はハガネを面倒くさそうに見ながら、手にした酒瓶を振ってお代わりがいるか尋ねる。ハガネは手を振って、断った。

「噂でしか知らないが、何でも竜王様の番《つがい》様が召喚した少女に【聖域】の力があったとかで、瘴気の沼を浄化したんだと。そのおかげか二週間ほど前から瘴気が出なくなった」

三人は顔を見合わせ、再び店主を見つめる。

「その噂を詳しく聞けるところはないか？」

店主は顎《あご》をしゃくり、竜王の城の方を見る。

「城の兵士達が噂の元だ」

ハガネが多めに金を置き、三人は席を立つ。

「結局、どこで聞いても竜王と番《つがい》に繋がるな」

そう言ってルーファスは武器を強く握りしめ、竜王の城を静かに見上げた。


「ミノン……？」

ルーファス達一行は、城の見張りをしていた兵士を取り囲んでいた。

壁際に追い込まれた小柄な竜人の兵士は、自分の顔のすぐ横にめり込んだ鎖鎌《くさりがま》を見て、震え上がる。

「そうだよ！　ミノンって名前の少女だ！」

聞き覚えのない名前に安堵しつつ、三人は噂を知る兵士に詰め寄る。

だが、その後、話を聞くにつれ三人は真っ青になった。

「召喚された少女の血肉が【聖域】だから、瘴気を払うために沼に死体を沈めたって…… お前らは血も涙もないのかよ……っ」

ハガネが兵士の胸倉を掴み上げ、揺さぶる。

「そんなことを言っても、僕らだって選択を迫られたんだ！　遺体が朽ちる前に有効活用するには、ああするしかなかった！　一人の人族の遺体で竜人の国の数多くの人々が救われるなら、そうするしかないだろ！」

兵士が胸倉から引き離そうとハガネの手首に手を伸ばすが、ルーファスがそれを撥《は》ね退けた。

「ハガネ、竜人は力が強い。掴まれるな」

「悪《わ》りぃ、若旦那」

ガコッ……ジャラリと、音を立てて壁から鎖鎌《くさりがま》を引き抜いたメビナが、今度は兵士の首めがけて鎖鎌《くさりがま》を叩きつける。

壁と鎌の刃とに首を挟まれ、兵士は身動きが取れなくなった。

「動いたら、首に怪我するよ？　お話だけをすればいいんだよ」

メビナは口角を上げげて笑って見せる。

「ヒイッ！」

兵士が震え上がると、ハガネは「武闘派はこえぇな」と呟き、メビナに蹴りを食らった。

ルーファスはそんな二人に小さく溜め息をつき、兵士の目を見ながら問いかける。

「ミノンという少女以外、召喚された人物はいないのか？」

「多分、いない」

ルーファスは、一瞬躊躇《ちゅうちょ》したあと、一つの質問をした。

「……ミノンという少女の特徴を知っているか？」

知りたいという気持ちと、聞きたくないという気持ちがルーファスの中でせめぎ合う。

「竜王の城に連れてこられた時に、少しだけ見た。僕ら竜人からすると、凄《すご》く小さい子だった」

少女というからには幼いのだろう。だからアカリなわけはない。

そう思うのに、ルーファスの鼓動はドクドクとうるさく響き渡る。

「髪の色や目の色はわかるか？」

「確か、黒髪で結構長かったよ。目の色は遠すぎてわからない」

黒髪だって、この世界にいることはいるのだ。目の色がわからないのは朗報なのか？　ルーファスの思考は否定を求める。

「ミノンという少女だけが瘴気を浄化するのに携《たずさ》わっていたのか？」

「それこそ、僕みたいな下っ端にはわからない。いい加減、噂を聞きたいなら僕以外に聞いた方が早いと思うけど」

確かにこれ以上は無駄なようだ。

メビナは鎖鎌《くさりがま》を引き抜くと地面を蹴り、兵士の腹に蹴りを入れた。

「さて、下っ端じゃない奴を探すしかねぇな」

兵士を物陰に隠したハガネが、パンパンと手を叩きながらルーファスの顔を覗き込む。

心配そうにメビナもルーファスを見上げた。

「ルーファス、大丈夫？　まだハッキリしたこと、わかんないんだから、行こ？」

「ああ、そうだな」

キリキリと痛む胸を押さえながらルーファスはその場をあとにする。

次に三人が目をつけたのは城内の兵士達だった。

城の中庭に侵入し、廊下の警備をする兵士の姿が見える場所まで移動すると、ハガネは懐《ふところ》から小さな壺を取り出す。

「まさか痺れ薬か？」

「いいや、これはさっきの酒場で飲むふりして壺に入れた酒だよ。キツイやつ」

ハガネは白い歯を見せて笑うと、壺に魔法をかける。

「【幻惑《イリュージョン》・風《ウインド》】」

しばらくすると、警備の兵士が床にずるずると座り込む。

「酒は口を軽くする薬……ってな」

ハガネは兵士に近付き、術のかかりを確かめてからルーファス達を手招きする。

そして「成功成功」と口笛を吹き、兵士に声をかけた。

「さて、お前さんの知ってる【聖域】の少女について教えてくれ」

酩酊《めいてい》状態になった兵士はハガネの顔を見ながら頷き、口を開く。

【聖域】の体を持つ少女は、ミノンという名です」

「それは知ってる。他に髪とか目とか、どんな子かわかるか？」

「黒髪は腰まであり、黒目で小柄。瘴気で体が蝕《むしば》まれ、昏睡《こんすい》状態が続いたためか、痩せています」

「他は何かないか？」

「【異世界召喚】をしたはずなのですが、この世界に元々いたようで、服がこの世界で作られたものでした」

ルーファスが息を呑む。

「金細工が施されている『魔法反射《マジックバリア》の石』のネックレスをしていました」

「……嘘だ」

ルーファスの呟きが耳に入り、メビナはすぐさま兵士を突き飛ばす。

ルーファスが兵士を殺すよりも、ハガネがルーファスの腕を掴む方が早かった。

「若旦那、駄目だ！　まだミノンがアカリだと決まったわけじゃない！」

「なら、この国の空気がアカリのニオイなのはどうしてだ！」

ルーファスは心の中で何度も繰り返していた問いを口にする。

口に出したことで、ルーファスの心は静かに絶望に染まっていった。

——空気がアカリのニオイを漂わせていることから、薄々気付いていたじゃないか。

それに、ミノンという名前を聞いた時、引っかかった。

アカリのファミリーネームはミノミヤだ。おそらく、ミノンはミノミヤからきているのだろう。

瘴気で昏睡《こんすい》状態——体の弱いアカリだから、そうなるのではないかと心配していた。

『聖域の雫』にしても、アカリの特殊能力と似ていることからある程度察していた。

こんな見も知らぬ場所にたった一人でつらかっただろう。

遺体すら、沼に捨てられた。

オレは連れて帰ってやることもできない。

ルーファスは自分の番《つがい》がもういないと気付いてしまった。

「う……っ、なんだ、お前達は……！」

「ヤバい。術が解けた！　逃げるぞ！」

ハガネはルーファスの腕を掴み、中庭を跳躍して城壁を上る。メビナがそれに続いた。

三人は必死で竜王の城から離れ、街中《まちなか》の路地裏で座り込む。

「あいつら、飛んで探しに来るとか卑怯者かよ」

「ハガネ、竜人なら空から捜索、当たり前」

ハガネとメビナは息を切らしながら、悪態をつきあう。

ルーファスは自分の手を見つめ、小さく息を吐いた。

「若旦那、まだ諦めるのは早い……そうだろ？」

「そうだよ、ルーファス。結論は急がない方がいい」

ハガネとメビナが気遣うように声をかける。ルーファスはそんな二人に薄く笑った。

「二人とも、もう帰れ。ここまで付き合わせて悪かったな」

二人は弾かれたように顔を上げ、ルーファスを見る。

「オレの番《つがい》がこんな場所で一人で眠っているなら、オレはそれを守らないとな」

アカリと一緒にいると約束をしたのだから、それぐらいは守ってやらなくてはと思った。

ルーファスは悲しげに笑ったあとに、手に持った『竜殺《ドラゴンキラー》しの武器』を布から出し、空に向けて投げつける。

「うわぁあああ！！！」

悲鳴を上げながら竜人の兵士が落下し、地面に打ち付けられた。ルーファスは竜人の脇腹に刺さった『竜殺《ドラゴンキラー》しの武器』を無造作に引き抜いて言う。

「お前達はこの騒ぎに乗じて帰れ！」

ルーファスの言葉に二人は顔を見合わせ、「冗談」と声を揃えた。

「重傷十五名、軽傷三十名弱です」

報告を受けて、竜人オーロラ・フルリュートは頭を抱えた。オーロラの横で、エルフの婆《ばば》ティルカも溜め息をつく。

「まぁ、こうなったら仕方がないね」

「婆様《ばばさま》、仕方ないで済むか？」

オーロラの情けない声に、ティルカは彼の肩をバシバシと叩いて激励する。

「婆様《ばばさま》、どうすればいい？」

「とりあえず、『荷運び』の冒険者がうまく交渉してくれることを祈るだけさ」

二人は竜王不在の王の間で深い溜め息をついた。


竜王の城、地下の牢獄。

コッコッコッと軽快なヒールの音を立て、【女帝《エンプレス》】ビビアット・キルティは進む。後ろにはパーティメンバーを連れていた。

そして、一つの牢の前で足を止める。

「はぁい。若様、随分と派手に暴れたらしいわね？」

ビビアットは楽しそうに笑って、投獄された三人を見た。

「まだ暴れ足りないぐらいだが？」

「ヒナもまだやれた！」

ルーファスとメビナは強がりでも何でもなく、力が余っている状態でビビアットを見る。

ルーファスは多少、怪我をしているものの、それほどのダメージはないし、メビナも小さな体は的《まと》にしづらかったのか擦り傷程度で済んでいた。

問題はハガネだった。

ハガネは【幻惑《イリュージョン》】使い。魔法使いなので肉弾戦でそれほど戦えるわけではない。

相手が竜人なのもあり、一人ボロ雑巾《ぞうきん》状態にされてしまった。ルーファスとメビナもハガネの状態から降参せざるを得なかったのだ。

「俺は無理……」

床に寝そべり、ハガネはヨロヨロと片手を上げる。さすがのメビナも「そうでしょうね」とは言わなかった。

「それで【女帝《エンプレス》】、何か用か？　悪いがこっちは捕らえられた身だからな、しかも、交渉しても意味がない状況だ。この間の交渉はキャンセルさせてもらう。悪いな」

ルーファスが自嘲気味に笑うと、ビビアットは面白そうな顔をした。

「あのネックレスなら、もう私の手にはないわ」

ルーファスは一瞬目を見開き、何かを言おうと口を開きかけたが——すぐに閉じる。

取り戻してももう意味のないものだと思い直したからだ。

「若様の『お宝』が大事に首から下げてるわよ」

その言葉に、今度こそルーファスは声を上げた。

「どういうことだ！」

ビビアットは赤い唇をニンマリと吊り上げてみせる。

「【女帝《エンプレス》】の名にかけて、若様の『お宝』を盗み出してあげると言ったでしょう？」

ビビアットは人差し指を曲げ、パーティメンバーの一人に近付くようにジェスチャーで伝える。

大柄なその女性は、フード付きのマントですっぽりと全身を覆《おお》っていた。女性がマントを開く。女性の腕の中にアカリが抱き上げられていた。首にはルーファスが贈った金の蓋が付いているネックレスを下げている。

「アカリ！　本当にアカリなのか！」

「アカリだ！」

ルーファスとメビナが鉄格子を掴み、アカリを見つめる。

アカリは女性に抱えられたまま、ルーファスに手を伸ばす。

ルーファスが急いでその手を取ると、アカリは目に溜めた涙をポロポロと零《こぼ》し始めた。

「ルーファス、ルーファス……ふぇっ、ぐすっ」

「アカリ、会いたかった……遅くなって、すまない」

ルーファスの目からも涙が流れる。

「さあさあ、そこまでよ。ここからは交渉よ！」

パンパンと手を叩き、ビビアットはアカリを抱えているパーティメンバーを下がらせた。

アカリは泣きじゃくりながらルーファスを見つめる。

ルーファスはアカリに向かって頷き、己の涙を腕で拭き去ると、ビビアットに向き合った。

「交渉内容はなんだ？」

ビビアットは牢獄の鍵を手で弄《もてあそ》びながら唇で弧を描く。

「竜人国のクーデターの助太刀《すけだち》ってところかしら？」

「――何故オレがこんな国のクーデターなんぞに手を貸すと思うんだ」

ふざけるなと言わんばかりに、ルーファスは鼻で笑う。

「本当は竜王不在の今のうちにクーデターを進めるはずだったのに、若様が捕まる時に暴れて、戦力となるべき兵士に大なり小なり怪我をさせたからよ！」

「そんな大事がある時に侵入者に戦力を投じる方が悪い」

ルーファスは揚げ足取りのように言って交渉に応じない。正直なところ、アカリをこのような目にあわせた竜人になど、かけらも力を貸したくなかった。

「あら？　じゃあ、可愛い番《つがい》様は若様と鉄格子越しでしか会えないわね」

ビビアットはアカリの方を向き、薄く笑う。

アカリがビクッと体を震わせると、ルーファスが溜め息をついた。

「ハァ……わかった。交渉成立で良い。早く鍵を開けろ」

「若様の番《つがい》命なところ、好感が持てるわ」

ビビアットが鍵を開けると、ルーファスはすぐさまアカリを抱き上げる。

ようやく手に抱いたアカリは体重が軽く、ルーファスには壊れ物のように思えた。

アカリはルーファスの肩に顔を埋め、嗚咽《おえつ》を漏らす。

「アカリ、つらかったな。すぐに片付けて一緒に【刻狼亭】へ帰ろう」

「……うん。帰る、帰りたい」

アカリの頭のてっぺんにキスをして、ルーファスはビビアットに向き合う。

「交渉相手は、君ではないのだろう？」

「ええ。若様の怒りをまずは鎮めてもらわないと始まらないから、話ができる段階までもっていく――この交渉はそういったものよ」

ビビアットのパーティメンバーがハガネに回復魔法をかける。

「若様、申し訳ないんだけど、番様《つがいさま》はうちのメンバーに預からせてもらえないかしら？」

「冗談だろ？　却下だ」

ルーファスは間髪を容《い》れずに断る。

「その番様《つがいさま》はこの国では死んだことになっているから、バレるとまずいのよ」

「どういうことだ。そもそも、噂では死体を沼に捨てたと聞かされたが？」

ビビアットは困り顔で肩をすくめた。

「番様《つがいさま》は噂どおり、【聖域】持ちなのよ。竜王とその番《つがい》に悪用されるところだったから、それを防ぐために死んだことにしたの。ちょうど、竜王と番《つがい》が不在だったしね」

アカリがギュッとルーファスのシャツを握りしめてくる。ルーファスはアカリに「もう大丈夫だ」と囁《ささや》き、彼女の背を撫でた。

「それに、番様《つがいさま》はまだ自分で歩けるほど体力が戻っていないから、私の船で治療を受けさせて、クーデターが終わるまで匿《かくま》っておいた方がいいわ」

ルーファスが見下ろすと、アカリは困った顔をしてスカートの裾を弄《いじ》って足を隠した。

「――オレは誰を殺せばいい？　皆殺しか？」

「若様、お願いだからクーデターが終わるまで怒りは取っておいて。元凶は不在なのだから。まぁ、でも番様《つがい》のことを思えば、わからなくもないわ。さぁ、そろそろ交渉しに行かないといけないから、番様《つがい》をこちらに」

先程アカリを抱えていた女性に手を差し出され、ルーファスは渋々ながらアカリを任せる。

「アカリ、交渉が終わったら会いに行くから待っていろ」

「待ってる。早く、来てね？」

またポロポロと涙を零《こぼ》し出したアカリを、ルーファスは愛おしげに見つめ、頬にキスをした。

「アカリの涙はやはり甘い」

この土地に充満する空気の甘ったるさも、アカリの涙を口に含んだことで、ようやく嫌な甘さではなくなった。

女性がマントの中にアカリを隠し、ビビアットとルーファス達一行は牢獄をあとにした。

竜王の城。そこは赤い柱が無数に並んでおり、柱と柱の間にかかる梁《はり》はまるで巨大な竜のようでもある。

その城にある一室に、ルーファス達はいた。

そこには竜人の体に合わせた大きい長机と椅子が並び、黒い屏風《びょうぶ》に囲まれている。

長机には巻物や書簡が散乱しており、ティルカとルーファス、ビビアットの部下の一人が目を通しては放り投げることを繰り返していた。

「ねぇ。投獄されていた人達は無事に救い出したけど、そっちはまだなの？」

部屋を訪れたビビアットに尋ねられ、部下が顔を上げる。

「ビビアット姐《ねえ》さん、まだ見つかっていません」

ティルカとルーファスは顔も上げずに、探し物を続けている。

「ん〜っ、私なら大事な魔法付きの書類は……自分の近くに置くわね」

「なら、竜王の寝室か私室というところか？」

ルーファスが答えると、ビビアットが「いいわね！　私室を探しましょ！」と声を弾ませ、コツコツとヒールの音を立てて部屋を出ていった。

ルーファスは片眉を上げながらそれを見送り、小さく溜め息をつく。

「お手を煩《わずら》わせて済まないね」

ティルカは申し訳なさそうに言いつつも、手と目を止めることはない。

「……馴《な》れ合う気はない。この件が終わったら、二度とオレの番《つがい》に関わるな」

アカリをこのような目にあわせた竜人達に力など貸したくないが、彼女と一緒に【刻狼亭】に帰るためには承諾するしかなかった。

なんでもこの国には、王位を破棄するための魔法の書類があり、その書類に竜王が血の一滴を垂らすだけで破棄は成立するらしい。

元々、竜人らしい力業《ちからわざ》で無理やり竜王から血を奪うつもりだったらしいが、それなりに力がある竜人は、竜王が番《つがい》の言いなりになった時に王に諫言《かんげん》して投獄されてしまった。今回牢から出したものの、想像以上に体が弱っているために戦力外。ようやく集めた新しい戦力もルーファスとメビナが怪我を負わせてしまったため、竜王から血を奪うのはルーファス達の仕事になった。

が、肝心の王位を破棄させる書類が見つからず、こうして探している状況だ。

その書類が見つからなければ、まさに力ずくで王座から引きずり下ろすしかない。

王を引きずり下ろしたあとは、竜人の中から新しい王を立てるというが、ルーファスとしては好きにしろ、としか言えなかった。

「ミノンにも、アナタにも本当に迷惑をかけた。ミノンのおかげでこの竜人の国の瘴気がなくなったことに関しても、感謝してもしきれない」

その言葉を聞いて、ルーファスは鼻で笑う。

「エルフ、瘴気がなくなったように見えているなら、無駄な年の取り方をしたな。アレは一時的に消えているだけだ」

ティルカが弾かれたように顔を上げる。ルーファスは一枚の巻物を見つめて眉間にしわを寄せていた。

「瘴気について、アナタは何か知っているのですか？」

「そんなことより、この巻物に【鑑定】をかけられるか？」

ルーファスが差し出したのは、まっ白な巻物だった。だが、ティルカが鑑定をかけると、文字が浮かび上がり、魔法の契約書が現れる。

「王位継承の破棄契約書……これです！」

ビビアットの部下が頷き、ルーファスも頷く。

「これであとは竜王が帰ってきたら捕まえればいい。それで終わりだな」

立ち上がったルーファスに、ティルカが焦ったように声をかける。

「お待ちください！　どこへ？」

「用は済んだ。オレは番《つがい》のところへ戻る」

「その前に、先程の瘴気のことを……」

ルーファスは片眉を上げてティルカを睨《にら》みつけると、失笑を零《こぼ》した。

「そんなことも知らずにオレの番《つがい》を利用したのか？　ほとほと呆れる。瘴気は沼に沈んでいる竜人の死骸が原因だ。今は沼の表面の瘴気が消えただけだ。底に沈んでいる死骸の瘴気はいずれまた噴き出す」

ルーファスの言葉に、ティルカは長年の努力が無意味だったことを知った。

竜人は気性が荒く、軽い喧嘩から仲間を殺してしまうこともある。そんな時、ひっそりと死体を始末するために沼地に沈めると聞いたことがあった。また、囚人の処刑がされた時も、遺体は沼地に沈められる。

大昔から瘴気を発生させていた沼地なので、ごみ捨て場のような扱いとなっているのだ。

瘴気がなくならない理由がわかり、ティルカは言葉をなくす。

そんなティルカを置いてルーファスが部屋を出ると、廊下ではハガネが手をヒラヒラとさせて彼を迎えた。

「若旦那、お疲れさん。王位破棄の書類は見つかったみてぇだな」

「ああ。あとは竜王がいつ帰るかだな。お前にはアカリについておけと言ったはずだが？」

「追い出された。【女帝《エンプレス》】の船は男子禁制なんだってよ。だからメビナがアカリと一緒にいる」

二人は話しながら、ビビアットの船に向かう。船は、竜人の国の港から少し離れた、目立たない場所に、ルーファス達の船と共に停めてある。

停泊場所に近付くと、ビビアットの船から跳ねるようにメビナが出てきた。手には食事のトレイを持っている。

「メビナ、どうした？」

「あっ、ルーファスおかえりー！　アカリとご飯だよー！」

「アカリはオレ達の船に移動しているのか？」

「うん。ルーファスが【女帝《エンプレス》】の船に入れないから」

ハガネがうんうんと頷く。三人が自分達の高速船に入ると、床にアカリが倒れていた。

「アカリ!?　大丈夫か！」

ルーファスが急いでアカリを抱き上げる。

「平気。足がもつれてコケただけなの」

アカリが眉尻を下げて照れたように笑い、ルーファス達はホッと息を吐いた。

「まったく、アカリはドジだなー」

「アカリ、食事持ってきたよ！　食べよ！」

ハガネがメビナからトレイを受け取って机に置き、椅子を引く。

ルーファスはアカリを抱き上げると、椅子に座らせてスカートを膝まで捲《めく》り上げた。

「わっ！　ル、ルーファス！」

アカリがスカートを押さえて顔を真っ赤にする。だが、ルーファスはそれには反応せず、ハガネにカバンを持ってくるように言った。ハガネとメビナがカバンを取りに部屋を出ていく。

元々細いアカリの足は、しばらく見ないうちにさらに細くなっていた。そのうえ、膝に無数の小さな傷があり、血が滲《にじ》んでいる。

「アカリ……」

「あのね、大丈夫だよ？　コケたの、自分のせいだから！　聞いて、私ね、シーツをロープにして窓から脱出しようとしたんだよ！」

無理に明るくふるまうアカリを、ルーファスは泣きたい気持ちで抱きしめる。

「もう、大丈夫だ。アカリ……無理しなくていい」

「……っ、だいじょ、ぶ。私、本当に……」

小さく震える頭に頬を擦り寄せると、アカリはルーファスのシャツを握って泣き始めた。

「っ、置いて、帰らないで……っ、私、大丈夫だから、ぐすっ」

「アカリを迎えに来たのに、置いて帰るわけがない」

「私、足手まといにならないから、ぐすっ、うーっ……」

何故置いていかれるという発想に至ったのだろうか。

自分の番《つがい》はよく誤解をするが、今回もそれだろうか？　手で涙を拭《ぬぐ》っても、アカリは次から次に涙を溢《あふ》れさせる。せっかく再会できたのだから笑顔を見せてほしい――そう思いながら、頭を撫でて落ち着かせていると、アカリが小さく鼻をすすった。

「アカリ、一緒に帰ろうな。この国の面倒ごとを片付けたらすぐに【刻狼亭】に帰ろう」

「……んっ、絶対、連れて帰ってくれる？」

「ああ。アカリを置いて帰るぐらいなら一緒に残るさ。どうしてそう思うんだ？」

片手で涙を拭きながら、アカリが小指を立てて「約束」と差し出してくる。

小指と小指を絡ませると、「ゆびきりげんまん、嘘ついたら針千本飲ます」とアカリが小さく歌うように指切りをする。

異世界の約束事のまじないだと以前教えてもらったが、約束を破ったら針を飲まされるとは異世界の発想は怖い。

「あのね、凄《すご》く、不安なの……。エルフのティルカさんも、最初は私を帰してくれるって言ったのに、ずっと帰れなくて、腕切られたり、死んでもらうって言われたり……もう、誰を信じていいのか、わかんなくて……」

「な、んだ、それは……っ！　アカリ……腕を切られたのか!?」

迸《ほとばし》る殺気に、ハガネとメビナが慌てて戻ってくる。

「どうした！　若旦那！」

「ルーファス、平気か!?」

二人が目にしたのは、獣化して毛を逆立てたルーファスと、泣きながら止めているアカリの姿だった。

「ルーファス！　私はもう大丈夫だから、お願いだから、行かないで！」

「あいつら！　オレの番《つがい》にっ！　皆殺しだ！」

唸り声を上げて今にも飛び出そうとしているルーファスを、ハガネとメビナも止めにかかる。

「若旦那、落ち着けって！」

「ルーファス！　アカリが怪我する！　落ち着くといいの！」

メビナの言葉にルーファスの耳がビクッと動く。そして、自分にしがみついているアカリを見て、諦めたように体の姿勢を低くした。

自分が暴れれば、この小さな番《つがい》は怪我をしかねない。

アカリの頬を舐めながら自分にそう言い聞かせていく。

「私、帰れたら、それでいいから……皆殺しとか、しないで」

「……アカリ、しかしそれでは……」

ルーファスの毛皮に顔を埋め、アカリが首を左右に振る。

「家族を殺された時、犯人も、犯人の家族も憎くて……でも、私が犯人の家族を手にかければ、別の誰かに恨みをかうでしょ？　それじゃ憎しみは終わらない。だから、恨みを温泉大陸に持ち帰らないようにしましょう？」

そう言ってルーファスを迎え入れるように両手を広げたアカリの片腕には、赤黒いミミズ腫《ば》れがあった。

それにさらに憎しみを募らせながらも獣化を解くと、ルーファスはアカリを抱きしめた。

「……わかった」

自分の番《つがい》が何故こんな酷い目にあわなければいけないのかという腹立たしさはあるが、この先、アカリを余計なことに巻き込まないためにも、このごたごたを完全に片付けなければならない。

「……すぐに片付けて、アカリの腕を治してやるからな」

「帰れるだけで、充分だよ」

アカリが頭を擦り寄せて、目を閉じる。

「ほれほれ、とりあえずアカリの治療だろ？」

ハガネがカバンを差し出した。ルーファスはカバンから傷薬を出して、アカリの両膝に塗り付けていく。

「ひぅっ、染みる」

「少しの我慢だ。染みるが、効き目はいいからな」

そう言いながら、クセの強い製薬部隊の面々を思い出す。

「アカリ、無茶しすぎだかんな？　こんな細っこい足で歩き回るからコケるんだよ。まずは体力を戻せ」

「そうだよ！　アカリは細くなりすぎ！　いっぱい食べてお肉増やせ！」

手当てを終えると食堂に移動して、メビナがビビアットの船から持ってきた料理と、この船で準備した料理をテーブルに並べる。

「あのね、ルーファスと一緒に食事するの、凄《すご》く楽しみにしてたんだよ」

「オレもアカリと食事するのを楽しみにしてた」

アカリがルーファスを見上げて笑うと、キスが上から降り注ぐ。

ハガネとメビナは半目になり、食事を持って席を移動した。

「別にいいけどよ。まぁ、若旦那が元気になって良かったよ」

「ヒナも別に文句ないけどね」

元に戻ったというべきか、前より人目をはばからなくなったというべきか——二人はやれやれと肩をすくめる。

四人が食事を食べ始めると、ビビアットが船に乗り込んできた。

「はぁい。若様に番様《つがい》。お食事中に失礼するわね」

全員がビビアットに目を向けると、彼女は腰に手を当てて、テーブルの上にオパール色の液体が入った瓶を置く。

「交渉をお願いしたいの」

「却下だ」

ビビアットがにっこりと笑い、豊満な体を見せつけるようにする。ルーファスとメビナは胡散臭《うさんくさ》いものを見る目を向け、ハガネは「おおっ」と声を上げ、アカリは顔を赤くした。

「番様《つがい》にお願いがあるのよ」

「却下だ」

「若様には頼んでないわよ？」

「その液体――『聖域の雫』を出した時点で何を言うか見当はついている。許可しない。オレの番《つがい》の髪の毛一本たりとも渡す気はない」

ヴヴヴ……と、ルーファスが唸りながら、ビビアットを睨《にら》みつける。

「番《つがい》様はお金、稼ぎたくないですか？　髪の毛一本で金貨ザクザクですよ」

「ザクザク……ですか？」

アカリは首を傾げてから、許可を求めるようにルーファスを見上げる。ルーファスは即座に首を横に振った。

「【女帝《エンプレス》】、何のためにあいつらがミノンの死を偽装した？　こうして利用されるような事態を防ぐためだったはずだ。今自分が手元に持っている『聖域の雫』だけで我慢するんだな」

「でもね若様、これは冒険者にとっても、凄《すご》くありがたい薬になると思うのよ。対価はキチンと支払うんだし、悪い話じゃないと思うけど」

「却下だ。そんなに万能薬が欲しければ、あの老エルフにでももらっておけ。きっと『エルフの回復薬』くらいは作れるだろ」

「それも魅力的だけど、私はこの国の貿易関係で見返りをもらうつもりなのよね。瘴気がなくなったから、他国からの流通も盛んになるでしょうし」

ルーファスはハァと溜め息をつき、可哀想なものを見る目でビビアットを見つめる。

「瘴気はなくなっていない。今は『聖域の雫』で表面に噴き出ていたものが浄化されているが、いずれまた噴き出す。それでも貿易で見返りをもらうのなら止めはしないが」

驚いた顔で固まったビビアットに、メビナがシッシッと手で追い出す仕草をする。それによって我に返ったビビアットは怒りを露《あら》わにした。

「冗談じゃない！　条件を変えてくるわ！」

ビビアットが踵《きびす》を返し船から出ていく。おそらくビビアットは貿易で優遇してもらい、この国で金になるような商売をしようと企《たくら》んでいたのだろう。

アカリが心配そうにこちらを見る。

「ルーファス、この国の瘴気はなくなってないの？」

「まぁな。だが、アカリが気に病むことはない。瘴気が何故作られるのか竜人達が理解すれば、いずれ消える問題だ」

アカリの能力をビビアットに知られたのはまずかったかもしれない。早急に手を打つべきだろう。

ビビアットの忘れていった『聖域の雫』を手にし、ルーファスは小さく溜め息をついた。

翌日、船の甲板《かんぱん》でメビナが朝の運動と称してハガネに飛びかかっていると、竜人の兵士が駆け込んできた。

「竜王様が戻られます！　すぐに配置についてほしいとのことです！」

アカリが怯えたように小さく震える。

怖がっている番《つがい》と離れたくない。それに、番《つがい》を害した竜人や老エルフに協力などしたくない。だが、アカリが怯える存在――竜王とその番《つがい》を放置しておくこともまたできない。そう考え、ルーファスは渋々重い腰を上げる。

「……ルーファス」

「心配するな。【刻狼亭】で荒事《あらごと》には慣れている」

「絶対、一緒に帰ろうね……怪我、しないで」

「ああ。すぐに戻ってくるから、いい子にしていてくれ」

ルーファスのシャツを握って、心配そうに瞳を揺らすアカリの額にキスを落とす。そして、ハガネにアカリを守るように言いつけると、メビナを連れて船をあとにした。

巨大な寺院のような造りの城は、今は静寂に包まれていた。

城から門扉《もんぴ》まで続く石段には、武装した竜人の兵士達が、中央をあけるようにして配置されている。

ルーファスとメビナは、弓兵と共に屋根の上で待機していた。

「あっ、来た！」

メビナが空を指さすと、まわりにいた兵士達が弓を構える。

空を飛んで移動する竜王と部下四人が視界に入る。竜王は腕に小さな籠《かご》を抱えていた。あそこに竜王の番《つがい》――アンジェとやらが入っているのだろう。

近付いてくる竜王一行に、兵士達は動揺を隠しきれない。

竜王達の表情は見えないが、既にあちらもこの大陸に瘴気がないこと、城の兵士達が武器を手に待ち構えていることに気付いていているだろう。

竜王達が動きを止める。しばらく睨《にら》み合うかのようにお互い動かなかった。

先に動いたのは竜王達だった。竜王は腕の中の籠《かご》を部下に渡すと、一気に降下してくる。

ズシーンと地響きを立てて降り立った竜王は、周囲にいる兵士達を尻尾で薙《な》ぎ払い、竜化した。

その姿は全身に鱗《うろこ》にまとった、巨大な羽の生えたトカゲのようでもある。

一説ではドラゴンの子孫と言われ、それゆえに竜人と呼ばれているものの、実際の竜人は亜人族の一種である。

様々な亜人種をかけ合わせることで強靭《きょうじん》な肉体を得ているが、その中でも竜王は、最高峰の亜人の血を受け継いできた一族だ。そのため、竜王は通常の竜人よりも強大な力を持っている。

「貴様ら、私のいない間に謀反《むほん》を起こしたか！　自分達が血祭りにあげられるのはもちろん、家族から親戚に至るまで牢獄送りになる覚悟があるのだろうな！」

竜王の怒り狂う声に空気がビリビリと揺れる。兵士達の間に恐れが広がり始めた。

そこにルーファスの指示が飛ぶ。

「メビナ、お前はあの部下の持っている籠《かご》を狙え！　弓兵、援護しろ！」

「了解！　ヒナ頑張るっ！」

メビナは鎖鎌《くさりがま》を振り回しながら屋根の端まで一旦移動し、助走をつけると大きく空にジャンプした。そして、氷を自分の足元に出して踏み台にし、空を飛び跳ねるように移動していく。

弓兵が一斉に弓を放った。空中にいる竜王の部下がそれを避けた瞬間、メビナが襲いかかる。

鎖鎌《くさりがま》を振るい、三人の竜人の羽を次々と切り落とし、足蹴《あしげ》にする。空中には籠《かご》を持った竜人だけが残された。

「ねぇ、その中身は何？」

メビナは鎖鎌《くさりがま》の鎖を籠《かご》を持った竜人の首に巻き付け、ニコッと笑う。

「ちょっと！　何をしているのよ！　早くどうにかしなさいよ！」

籠《かご》の中からキンキンと響く女性の声に、メビナは満足げに笑い、竜人の首を絞め上げた。

見た目からは想像もできない力に、竜人が籠《かご》から手を離してもがく。その瞬間、メビナは竜人の顔を蹴り飛ばし、落下する籠《かご》に鎖鎌《くさりがま》の鎖を巻き付けた。

「この中身、ヒナがもらうね」

鎌で籠《かご》を切り裂くと、中にいたアンジェに鎖を巻き付ける。そして、足元に氷を出しながら今度は下へと降りていった。

「いやあああ！　放して、おろしてぇ！」

「うるさいの！　ヒナはお耳がとってもいいの！　うるさいのは嫌いなの！」

騒ぐアンジェの頭を殴って黙らせると、メビナは石段の一番上に降り立った。そこにはティルカとオーロラが立っている。

「あとは任せたの！　ヒナのお仕事はここまで！」

メビナがルーファスに両手を振って、アンジェを手に入れたことを伝える。ルーファスは黙って頷いた。

兵士達は竜王を相手に奮闘しているが、竜化して鱗《うろこ》があるせいでダメージを与え切れていない。

ただし、先程落下した竜王の部下の方は捕縛できたようだ。

「貴様ら！　私のアンジェに傷一つ付けてみろ、タダではおかんぞ！」

アンジェが囚われたことに気が付いた竜王が怒りの声を上げ、石段の上を目指して兵士達を薙《な》ぎ払いながら移動していく。

「その言葉、オレもお前に返すぞ！」

屋根からルーファスが飛び降り、『竜殺しの武器《ドラゴンキラー》』を手に竜王の前に飛び出した。

「どけ、貴様！　捻り潰すぞ！」

「その言葉もお前に返そう」

猛突進してくる竜王に『竜殺しの武器《ドラゴンキラー》』を投げつけると、竜王は巨大な体を素早く動かしてよけた。脇にいた兵士達が押し潰されて悲鳴を上げる。

「なっ、何だ、その武器は……」

「チッ、危機回避能力が高いようだな。コレはお前達竜人を殺すためだけに造られた武器だ」

竜王がジリッと後ろに下がった瞬間、アンジェの甲高い声が響いた。

「竜王様、早く助けてぇ！」

「――っ、アンジェ！　すぐに助けてやるからな！」

竜王がルーファスに飛びかかると、体で押し潰すように上にのって暴れる。すると、ブツンと何かが切れるような音がした。

「うお？」

竜王が間の抜けた声を出した直後、竜王の巨大な体が持ち上がる。黒い大きな狼――ルーファスが竜王の喉に食いつき、その体を押し上げていた。

竜王はルーファスを払いのけようとするが、腕に力が入らない。見ると、腕は力なくぶらさがっていた。先程の何かが切れるような音は自分の腕から出ていたのか、と焦る。

なんとか自由になろうと暴れるが、ルーファスは竜王の喉に噛みついたまま離れなかった。

「放せ！　貴様！　この獣人風情《ふぜい》が！」

竜王がなおも暴れ、まわりの兵士達は巻き添えを食わないよう慌てて逃げる。

ギリギリと喉に食い込むルーファスの牙に竜王が恐怖を覚えた時、何者かの悲痛な叫びが響き渡った。

「ルーファス！　駄目ッ！　お願いだから、殺したりしないで！」

ルーファスが驚いたように、顔を上げる。見ると、ハガネに支えられ、布を被った小柄な人物が必死に声を上げていた。顔は見えないが、ルーファスが間違えるわけがない。

「アカリ……ッ、なんでここに来た！」

ルーファスが急いで駆け寄ると、アカリは狼となったルーファスの首元に抱きついてくる。

「心配、だったの！　ルーファスが怪我したら……嫌なの。私のせいでルーファスが誰かを傷つけるのも、嫌なの……怖かったけど、私は生きてるよ。だから、もう、いいの……」

「……わかった、アカリがそう言うなら」

獣化を解いて元の姿に戻ると、アカリを抱き上げた。そして我を忘れて喉元を食い破ろうとしたことを反省する。

「チッ、お前なんぞ噛み殺してやりたいが、オレの番《つがい》がそれを望まん以上は、このへんにしておいてやる」

竜化を解いて喉元を押さえている竜王を睨《にら》みつけ、ルーファスはアカリを連れてティルカ達のもとへ向かった。ハガネは地面に落ちていた『竜殺しの武器《ドラゴンキラー》』を拾い上げる。

「おっと、手が滑った」

そして、わざとらしく竜王の尻尾に『竜殺しの武器《ドラゴンキラー》』を突き刺す。「悪《わ》りぃ」と悪びれもしない顔で笑いながら、ハガネはルーファス達のあとを追った。

「ぐぁぁぁ！」

血が溢《あふ》れる尻尾を手に持ち、竜王が苦痛に喘《あえ》ぐ。それを竜人の兵士達が武器を構えて取り囲んだ。

その後、竜王は鎖で縛られ、部下四人と共にティルカ達のもとへ連れてこられた。

「竜王、アンタはもう王を降りるべき時だ」

ティルカが王位継承の破棄契約書を竜王の前に出す。

「ふざけるな！　私は正統な王位継承者なのだぞ！　私以外の誰が竜王の血を継いでいると思う!?　他には誰もいない！」

「竜王、アンタは番《つがい》で狂っちまったんだよ。先代の竜王様と同じように……このままでは国は荒れてしまう。それなら、民のことを考えられる優しい王に王座を譲るべきなんだ」

諭すようにティルカが言うが、竜王は憎しみに満ちたまなざしを向けた。

「ふざけるな！　貴様が私の母を殺し、父を堕落させたのではないか！　さては、貴様が次の王に成り代わろうとはじめから目論《もくろ》んでいたのだな！」

「いいや。これが終わったら、アタシはこの国を去るつもりだよ。アンタには母親を失わせて申し訳なかった。謝っても謝り切れない。だからこそ、アンタが賢王だと国民がまだ信じているうちに王座を降りて、番《つがい》と二人静かに暮らしてほしいのさ」

ティルカは深々と頭を下げて肩を震わせていた。

竜王は次第に怒りを薄れさせ、やがて静かなまなざしでティルカを見る。長いこと、竜人の国に仕えてきた老エルフに、竜王とて憎しみだけがあるわけではなかった。

「……私も、父と同じように堕落していたか……」

竜王が力なく項垂《うなだ》れる。だが、そこでアンジェが首を横に振った。

「嫌よ！　嫌、絶対に嫌！　せっかくの王宮暮らしを捨てろって言うの？　冗談でしょ！　それに、まだ召喚士としてタンシム国の奴らを見返していないわ！　あいつらに奪われたものを取り戻してもいないのに、嫌よ！」

泣き叫びながら掴みかかってくるアンジェに、竜王はつらそうな顔をする。

だが、クーデターを起こされた以上、自分の番《つがい》を守るにはもう王位を退《しりぞ》くしかないという結論が竜王の中では出ていた。

「アンジェ、すまない。アンジェを失いたくないんだ。二人でどこか静かな場所で暮らそう」

「嫌よ！　惨めな暮らしをするくらいなら、死んだ方がマシよ！」

その時、パシンと小さく乾いた音が響いた。

頬をぶたれたアンジェが、頭から布を被っている人物――アカリを見る。アカリは己の震える手を、ぎゅっと握りしめていた。

「死んだ方がマシなんて、気軽に言わないで！　私は、あなたのことが嫌いです！　でも、死んでほしいとは思わない。あなたは色んな人を不幸にしたんだから、その分生きて償《つぐな》うべきなんです」

「何するのよ！　痛いじゃない！　アタシはこんなところで終わるわけにはいかないのよ！　アタシは【異世界召喚】を成功させて名を残すの！」

髪を振り乱して喚くアンジェはどこか狂気じみている。アカリはたじろぐが、背中を支えるルーファスの手に勇気をもらい、アンジェにしっかり向き合った。

「あなたは【異世界召喚】を成功させていたんですよ……一番はじめにタンシム国でした時に」

「それでもアレは失敗！　生きてなきゃ意味がないのよ！」

「異世界人が死んだのを確認しましたか？　してないですよね？　ただ森にゴミのように捨てただけ」

アンジェが眉をひそめて、布の中から覗くアカリの顔を見る。

「あんた……ミノン……？」

「そうだけど、違います。私はミノンじゃなくて朱里。あなたにタンシム国で異世界召喚されて、捨てられた異世界人です」

アンジェは目を見開き、ポカンと口を開けた。無意識のうちにアカリに手を伸ばしたが、ルーファスに払い除けられ、触れることはできない。

「……そんな、嘘……じゃあ、アタシは、なんのために奴隷にまで、落とされたの……？　本来なら、アタシ達、召喚士は後世に名を残せたのに……どうして……」

呆然とした表情で膝をついたアンジェに、アカリは唇を噛みしめる。

「アカリ、おいで」

ルーファスが屈《かが》んで腕を広げると、アカリは振り返り、その中に飛び込んだ。ルーファスの肩に顔を埋め、涙を零《こぼ》す。名声などのために召喚されたことへの悔しさなのか、それとも違う理由なのか、アカリにもよくわからない。ただ、涙が出て止まらなかった。

「竜王、王位継承の破棄契約書に血を」

ティルカが差し出すと、竜王は頷く。だが、兵士が鎖を解いた瞬間、竜王の四人の部下達が立ち上がり、兵士を突き飛ばした。

「竜王様！　お逃げください！　契約書に血さえつかなければ、貴方は竜王のままだ！」

「我々の王は貴方だけだ！」

「早く、逃げて復讐の時を待つべきです！」

「我らのことは捨ておいて、逃げてください！」

騒ぎ立てる部下達に竜王が身じろぐ。その時「ほいよ」とマイペースな声がした。途端、王位継承の破棄契約書から魔法が溢《あふ》れて竜王を取り囲んだかと思うと、竜王の城から一筋の光が天に昇っていく。

「……王座が、空いた……」

ポツリと誰かがそう言う。みんなが王位継承の破棄契約書を持っている背の高い男に視線をやる。背の高い男――ハガネは、『竜殺しの武器《ドラゴンキラー》』についた竜王の血を、王位継承の破棄契約書で拭き取り、ニッと笑った。

「念には念を入れろってな」

メビナがハガネの足に蹴りを入れ、「サッサとやれ！　バカ狸《だぬき》！」と小さく頬を膨《ふく》らませる。

「やれやれだな。これで王座は空いた。オレ達の契約もココまでだ。あとはお前達の好きにしろ」

ポカンとする竜人達とティルカを残し、ルーファス達は階段を下りていく。

ティルカが我に返り呼び止めるが、ルーファスは振り返らなかった。代わりにメビナが「べぇー」と舌を出す。

四人が船着き場に行くと、ビビアットが腰に手を当てて待ち構えていた。

「若様、その様子なら万事うまくいったみたいね」

「さぁな。オレ達は、竜王の血を契約書につける、という契約だったからな。あとはどうなろうと知ったことではない。それよりそっちは報酬をもらえたのか？」

ビビアットはニィーと唇の端を上げると、黄金でできた趣味の悪い扇子《せんす》を出してヲホホホと高らかに笑った。

「竜王の私室にあった宝石、まぁ、あの番《つがい》のものでしょうけど、あれを全部いただいてきたわ。それと、あの老エルフ――ティルカももらってきたの！　これで『エルフの回復薬』で大儲けよ！」

「なるほど、お前はティルカ待ちというところか」

「ええ。そうよ。若様はもう帰るの？」

「ああ。もうこんなところに用はないからな。まぁ、イルブールの街に立ち寄りはするが」

ビビアットが布に包まれたまま抱き上げられているアカリを見て、少し考えるそぶりを見せる。

そして手をヒラヒラとさせた。

「それじゃ若様、こっちもすぐにイルブールに行くから、そこでお話ししましょ」

「まぁ、こっちも話があるからちょうどいい。ではな」

ビビアットに見送られ、ルーファス達は竜人の国をあとにした。


その後、竜人の国は王座が空いたせいで、少しばかり混乱した。だが、竜人にしては気が弱く、怪我もしやすいが、誰よりもこの国を立て直そうと必死になった青年、オーロラ・フルリュートが新しい王に就いた。

元竜王は王を退《しりぞ》いたあと、二度と【異世界召喚】や【召喚】ができないよう、アンジェが竜人の国に伝えた全てを破棄した。そして、心が少し壊れてしまったアンジェを看病しながら、ひっそりと修道院で暮らしていくことになる。

†

高速船の中でルーファスに抱きしめてもらって、私はようやく安心して眠ることができた。

目を覚ますと横にルーファスがいて、目を合わせて笑ってくれる。

それだけで私は泣きそうになる。涙を誤魔化すために、ぎゅっとルーファスの胸に顔を押し付けた。

（ああ、やっとルーファスの腕の中に帰ってこられた）

ルーファスが私の頭を撫で、時々髪の毛を一房持ってはキスを落とす。

「アカリ、体の具合はどうだ？」

「大分いいよ。歩くのもね、疲れるけどちゃんと自分の足で歩けるよ」

「無理はするなよ？　病み上がりなんだからな」

瘴気のない場所に来たおかげで、血の味が込み上げることもなくなった。体の中に残っている瘴気のせいで全身チクチクと針で刺されるように痛いけれど、もう慣れてしまったので眠れないほどでもない。

ベッドの上でルーファスを背もたれにして座っていると、後ろから右腕を撫でられた。

「帰ったら腕の瘴気を抜いて、傷痕を治してやるからな」

「傷口に瘴気が入ってるの？」

「ああ、本来、瘴気のある場所で傷を治す場合は、聖水と回復ポーションで洗い流しながら回復魔法をかけるんだが、それがされてない。だからこんな傷痕になっているし、瘴気も入り込んでる」

ルーファスがカバンから聖水を取り出して私の腕の傷痕に流すと、ほんの少し痛みが消えた。

ほっとしていると、ルーファスが心配そうに頬を擦り寄せてくる。

「大丈夫だよルーファス」

「こんな大きな傷痕だ。アカリがどれだけ痛かったかと思うと、今も竜人を噛み殺してやりたい」

実際、竜王の首に噛みついてたので、ちょっと冗談に聞こえない。

でも、私のために怒って、心配してくれる、とても優しい私の家族。

ルーファスの頬にキスをすると、彼は目を細めて笑い、お返しのように唇にキスを返してくれた。

そして、私の全てを奪うように舐めて吸って、息が上がる頃にようやく解放される。

「はふ……、はぁ、はぁ、もぅ駄目……はぁ」

「ククク、オレの番《つがい》は可愛いな。鼻で息をすればいいだろう？」

「してる、けど……はぁ、激しいんだもの、ふぅ」

酸素不足でぐったりしてルーファスにもたれかかると、首筋を舐められ、吸われた。

「数日後にはイルブールに着く。メビナに【刻狼亭】からテンを呼び寄せてもらっているから、一緒にアカリの着物も届くはずだ。アカリの首筋は着物が似合うからな」

首筋を吸われながら言われても、素直に喜べないけど、ずっと病人が着るようなワンピースを着せられていたから、着物が着れるのはちょっと嬉しい。

「イルブールの街って、どんなところか凄《すご》くドキドキする」

温泉大陸以外で私が知っているのは、初めて召喚された時にいた国と竜人の国だけだ。だけど、そのどちらの国でも半分死にかけていたので、街の様子なんかはわからないままだった。初めて見る街がどんな場所か、ワクワクする。

「おそらくイルブールで【女帝《エンプレス》】が色々言ってくるだろうが、無視するんだぞ」

「【聖域】持ちの少女は、死んで沼に沈められたんだよ。この世にはいないんだから、私に何か言われても知らないよ」

ルーファスは少し笑いながら「ああ、そうだな」と言って私を抱きしめた。

高速船で三日間揺られてイルブールの街へ到着すると、街の中では大騒ぎが起きていた。

「「悪魔ぁぁあああああ!!」」

二頭身のコウモリ羽が生えた小鬼達が、泣きながら一斉に非難の声を上げている。見ると、小鬼達の視線の先には、薄い黄色の髪に水色の瞳をした、温和そうな青年がいた。

青年は笑みを浮かべたまま片手で金貨を弾き、もう片方の手で小鬼から革袋を取り上げようとしている。どうやらその革袋の中には、金貨が詰まっているようだ。

涙目で革袋にしがみつく小鬼を、青年は笑顔で摘まみ上げる。

「往生際が悪いですねぇ～」

「「やめてぇぇぇぇぇぇぇー!!」」

小鬼達が、青年にポイッポイッとお手玉にされて弄《もてあそ》ばれる。

「テン……お前、何をしているんだ？」

ルーファスが呆れた顔で声をかけた。

そう、私達が人だかりをかき分けて目にした光景の中心にいたのは、【刻狼亭】の従業員テン・サマードだった。

「若、お早いお着きですねぇ～。まぁ、見てのとおりですよ～」

テンはのんびりとした口調で言いつつ、小鬼を摘まんでプランと下げる。

「あっ、お客さん！　この悪魔からお助けくださいっ！」

一匹の小鬼がルーファスの足にしがみつき、テンを指さして泣き声を上げた。

ルーファスが溜め息をつきながらテンを胡乱《うろん》な目で見つめる。

「テン、大体察しはつくが、あまり虐めてやるな」

ルーファスがそう言うと、テンは小鬼を地面に置き、手をヒラヒラさせた。

「仕方がないですねぇ～これくらいにしてあげますよ～」

小鬼達は抱き合いながら「「「金貨返してぇぇぇー!?」」」と叫び、テンに「え、それは無理～」と笑顔で言われて撃沈した。

そして、テンは改めてルーファス達に向き直り、笑顔を向ける。

「皆さん、おかえりなさい。若もアカリさんもご無事の帰還、なによりですねぇ～」

ルーファスと私は少し見つめ合ってから、笑顔でテンに「ただいま」を言った。

「テン、忙しいのに出向いてもらって悪かったな」

「いえいえ～、一日休暇もいただきましたし、小鬼とも遊べましたし、楽しい限りですよ～」

足元では小鬼達が「「悪魔!?」」と騒いでいる。

「本当に何をしたんだか……」

「ちょっとした賭けですよ～。お金を払わずに情報を聞き出せるかっていう、情報屋に有利な賭けをしただけです～。すぐに喋《しゃべ》るなんて情報屋に向いてないんじゃないですかねぇ～？」

笑顔で言うテンに、小鬼達はブルブルと震えて涙目で抱き合っている。

「まぁ、それはともかく、情報屋、『聖域の雫』の情報を買うか？」

ルーファスがそう言うと、小鬼達は一斉に「「僕がお聞きしましょう!!」」と騒ぎ立てる。

「お客さんは僕が担当したので、僕が聞きます！」

ドヤ顔で一匹の小鬼が前に出るが、どの小鬼も同じ顔をしているので見分けがつかない。

案内されて、ルーファスに抱き上げられたままこぢんまりとした小屋に入る。

そして小鬼と向かい合って座ると、ルーファスはオパール色の液体が入った小瓶をテーブルの上に置いた。

「お客さん、【鑑定】してもよろしいですか？」

「ああ、好きにしてくれ」

小鬼はモノクルを取り出して小瓶を見つめ、「おおお」と声を上げる。

「『聖域の雫』、素晴らしい効果ですね！　『エルフの回復薬』よりも効能が多いなんて！　情報に登録しましたよ！」

小鬼は興奮し、嬉しそうに目をクルクルさせている。効能は、病気・呪い・毒・瘴気や有害な空気の浄化といったもので、これに回復効果のある薬草を混ぜると、さらに効果が上がるらしい。

「その『聖域の雫』だが、もう世に出回る数は数本だけになると思う」

「ええ！　何でですか？　僕らに詳しく情報を!!」

小鬼がテーブルをバンバン叩く。

「理由は、その『聖域の雫』を作れる少女が竜人に殺されたからだ」

ルーファスが沈痛な面持ちで語る。私は肩を震わせ、ルーファスの胸に顔を埋めた。

「その情報をお聞きしても？」

申し訳なさそうに聞く小鬼に、ルーファスが私の頭を撫でながら口を開く。

「竜王の番《つがい》が【召喚】で誘拐した少女、名前はミノン。この少女ミノンが、【聖域】という浄化作用のある肉体を持っていたらしい。その血肉は『聖域の雫』の効果そのものだと言っていい」

「それは素晴らしいですね」

「そうでもない。少女自身には効果がなく、逆に竜人の国の瘴気で体が蝕《むしば》まれ衰弱していったそうだからな。しかも、竜人達は自分の国の瘴気を払おうと少女の血肉を無理やり奪い取り、挙句、殺してしまった」

「なんてひどいことを！　外道《げどう》の所業ですね！」

興奮する小鬼に、ルーファスは「まったくだ」と同意する。

「そして、少女ミノンの遺体を瘴気の沼に沈め、瘴気を竜人の国から払ったという」

ルーファスは小瓶を手に取ると、「可哀想に……」と呟き、小鬼に目を向ける。

「本当に悲惨な話ですね。この情報は共有しても大丈夫ですか？」

「ああ、構わない。この情報は【女帝《エンプレス》】ビビアット・キルティも持っているし、『聖域の雫』の残りの数本も彼女が持っている」

小鬼は「【女帝《エンプレス》】とは、また価格を吊り上げそうな人のところに」と言いながら、小鬼仲間と情報を共有している。

「しかし、そうなると、竜人の国にはもう瘴気はないのですね？」

「いや、沼に竜人達の死骸がある以上は、そのうちまた噴き出すだろう。だが、竜人達も沼地の遺体が原因だとわかったようだからな。それをどうしていくかは、これからの竜人達次第だ」

ルーファスは肩をすくめてみせる。

「それはそれは」

小鬼はニコリと笑った。

「しかし、お客さん。瘴気の仕組みを知っている方だったんですね」

「あんなことは常識だろ？」

「いえいえ、結構お高い情報ですよ。その情報を知りたがる竜人の冒険者から、僕らは金貨のプールができるほど、稼がせてもらいましたからね。まだ支払いが終わっていませんが、竜人の国にその情報が流れた以上は、さっさと情報を渡すことにしましょう。もう情報はいらないから金を返せなんて言われたら大変ですしね」

「まぁ、知ったところで、あの瘴気をなくすのは骨が折れるだろうな。過去何百年の間に沈められた竜人の死骸全てをあの沼の底から引き上げるのには膨大な時間がかかる。竜人は頑丈な分、骨も何百年と残るからな」

「そうですねぇ。上辺だけ綺麗に浄化しても、底に溜まったものはいつか噴き出しますからね」

【聖域】を持つ少女――ミノンの遺体は、竜人より早く消えてしまうだろうしな」

小鬼は金貨の詰まった革袋を取り出し、ルーファスの前に置く。

「お客さんにはいい情報をもらいました。【女帝《エンプレス》】に情報をもらう前で助かりましたよ。【女帝《エンプレス》】から情報を買っていたらどれだけ金貨を取られたか……」

小鬼は両手を胸の前で組んで首をフルフルさせ、「【女帝《エンプレス》】は敵です」と呟く。

「できれば金貨より情報が欲しいのだが」

ルーファスがそう言うと、小鬼はいい笑顔で揉み手をした。

「なんなりと！　僕らの持っている情報で良ければ！」

「うちの仲間が竜人の国で少し瘴気を浴びてしまってな、体の中に入り込んだ瘴気を取り除きたい。いい医者の情報があれば教えてくれないか？」

ルーファスがそう言うと、小鬼は目を輝かせる。

「この街にちょうどいい医者……というか生物がいるのですよ。そこで取り除くといいですよ。パンフレットがあるのでお渡ししますね」

小鬼はそのパンフレットに加え、食事処やおすすめスポットのパンフレットまで渡してくる。

「うーん、でもお客さん、こんな情報だけだと釣り合いがとれません。他に何か聞きたいことはありませんか？」

小鬼が金貨の袋をジャカジャカ振りながら聞いてくる。

「なら竜王の番《つがい》が探していた元召喚士達の行方はわかるだろうか？」

小鬼は目線を上げクルクルと目を動かしたかと思うと、うんうんと声を上げる。

「その召喚士達は殺されています。犯人は竜人らしいですよ。三日前の事件ですが、犯人は逃走中とのことです。うーん……もしかしたら【異世界召喚】の情報が流出しないように誰かが手を打ったのかもしれませんね」

ルーファスは「そうか」と言って目を伏せると、私の頭に口づけて小さく息を吐く。

「情報屋、もうオレの知りたいことはない。世話になったな」

「いえいえ、こちらこそ。あっ、そういえばお客さん、【刻狼亭】の若旦那さんなんですよね⁉ 今度また社員旅行でそちらにお宿を取らせていただきますから」

小鬼が笑顔で頭を下げると、ルーファスは苦笑いする。

「ああ、その時はおもてなしさせてもらうよ」

そう言うと、私を抱え直して小屋を出た。

「アカリ、笑いは収まったか？」

「はい……ごめんなさい」

ルーファスに呆れられながらも、私は口元を押さえて笑い続ける。

「まったく、何がツボにはまったのか」

「だって、ルーファスがいきなり切なげに語るから……」

「まぁ、いい感じに誤解してもらえたが」

ルーファスは「困った番《つがい》だ」と言ってキスをし、笑った。


小鬼に教えてもらった瘴気を取り除ける場所――『タンタン』という店に私達は来た。

一見、ただの四角い部屋が建ち並ぶ、漫画喫茶を彷彿《ほうふつ》とさせる造りだ。だけど、部屋の半分を占める巨大な浴槽があり、その中に丸太が置いてあった。

「丸太に頭をのせて、体は浴槽に入れればいいらしい」

ルーファスがパンフレットを見ながら部屋のドアを閉める。

「この浴槽に浸かれば、瘴気とか体に溜まった毒素とかが抜けるの？」

床に座り、髪を三つ編みにしてルーファスを見上げると、彼は熱心にパンフレットを読みながら答える。

「パンフレットには『タンタン』が毒素を吸い取る、とあるな」

「タンタンってなんだろうね？」

浴槽に手を入れると、何かツンツンした、くすぐったいものを感じる。

目を凝《こ》らすと、爪の先程の小さな生き物が大量に浴槽の中を泳いでいた。半透明のフグのような魚。ツンツンした感触は、この子達が突《つつ》いていたせいのようだ。

「これがタンタンみたいだな」

「わぁ。ドクター・フィッシュだね、これ。くすぐったい」

笑っていると、ルーファスが私をジッと見つめてきた。首を傾げると、「アカリはくすぐりに弱いタイプか」と言って、尻尾で私の顔をファサリとくすぐってくる。

「もぉー、ルーファス、くすぐったい。それよりも、ルーファスも入れてみなよ」

ルーファスも手を入れてみるが、魚が寄り付かない。

「どうやらオレは毒素がないらしい。まぁアカリの体液を舐めてるから、【聖域】の力が働いてるのかもしれないが」

「体液？」

ルーファスは片膝をついて、私の顎《あご》をクイッと指で上に向かせ、唇を重ねる。下唇を軽く吸われ、少し口を開けると、すかさず舌を口腔内に入れて私の舌に絡ませてきた。

「んっ、んっ……」

息苦しさに目を潤《うる》ませると、仕上げとばかりに唾液を吸われる。

最後に、ルーファスがペロリと私の唇を舐めた。

「こういうことだ」

ニヤリと笑い、自分の唇を親指で拭《ぬぐ》う。そして息切れしている私の服に手をかけ、上着を脱がしていった。

ワンピースのボタンを外したところでルーファスの手が止まる。

「っと。これ以上はオレの理性が持たないから駄目だ」

「ルーファス……」

見上げると困ったような顔で笑って、「昼飯をどうするか考えておくから、着替えて浴槽に入っておけ」と言い、小鬼にもらったパンフレットを広げ、丸太に腰を下ろす。

私、別に襲ってくれてもいいんだけどな……と思いながらも、口に出すのは恥ずかしい。

大人しく服を脱いで、用意された薄い布を巻き付け、浴槽に足を入れた。タンタンに吸いつかれまくるせいで、くすぐったく、なかなか全身を入れることができない。そんな様子を見て、ルーファスは苦笑いしていた。

遊びじゃなくて、コレは治療だ！　気合で入らなきゃと、思い切って肩まで浸かって丸太に頭をのせる。すると、やはり右腕が集中的に狙われてしまった。あまりのくすぐったさに何度か浴槽から出ようとしたけれど、ルーファスに引き戻され、笑い死に寸前までいかされてしまった。

「ハァー、ハァー、笑い死ぬかと思った……」

浴槽から上がってぐったりしていると、ルーファスが【乾燥《ドライ》】をかけてくれた。

その後、着替えながら、見てはいけないものを見てしまった……。タンタン達がパンパンに膨《ふく》らんだお腹を上にして浮いているのだ。

「ひぇぇぇ……気持ち悪〜」

タンタンのお腹は真っ黒で、溺死寸前にも見える。

「魚が腹を上にして泳ぎ始めたら満腹の合図らしいぞ。うちの温泉でも足湯にこの魚を導入するか悩んでいたんだが、アカリが気持ち悪がるならやめておくか」

是非やめてください！　と私は勢いよく頭を縦に振る。

気持ち悪いものは持ち込んじゃいけない。

「腕の傷はどうだ？　瘴気は取れた感じがするか？」

「うん。今まで全身チクチク痛かったのも、怠《だる》いのもなくなったよ」

「――アカリ！　なんで痛かったことを言わなかった⁉　我慢していたのか⁉」

突然、ルーファスに怒鳴られ、思わず固まった。次の瞬間、涙がポロッと零《こぼ》れる。

「ごめ……なさい……」

ルーファスに怒られてしまった。胸がギュッと痛くて、うつむいてしまう。

「痛い時は痛いと、頼むから言ってくれ。手遅れになってからじゃ遅いんだ」

「ごめん、なさい……ひっく」

ルーファスは私を抱きしめ、頬をそっと手で包み込む。

「泣くな。オレはアカリが心配なだけだ。怒鳴って悪かった」

泣いている私を抱き上げ、ルーファスは宿屋まで連れていってくれた。

けれど、その日からルーファスの態度はどこかよそよそしくなってしまったのだった。

†

「若旦那、アンタ何やってんだよ！」

ハガネが詰め寄るが、ルーファスは不機嫌な眼差しで一瞥《いちべつ》すると、すぐに書類に目を戻す。

アカリを泣かせた日から一週間。その間、ルーファス達はイルブールの街に滞在し続けていた。

ルーファスは常に動き回り、夜になって宿屋に戻っても書類を抱えて忙しくしている。

アカリのことはメビナとハガネに任せっきりだった。

「いい加減アカリに会いに行ってやれ！」

ハガネがルーファスに食ってかかる。

「うるさい！　オレにだってわかっている！」

「だったらなんで一緒にいてやらないんだよ！　番《つがい》だろ⁉」

ルーファスは机に拳を叩きつけた。

「今は忙しい！　出ていけ！」

部屋を追い出されたハガネは、奥歯をギリッと噛みしめる。

「何なんだよ……わけわからねぇ」

愚痴《ぐち》っていると、テンが歩いてきた。

「ハガネ、若の邪魔しないようにね～」

「テン、お前なんか知ってんのか？」

テンはいつもどおりの穏やかな笑顔で小さく肩をすくめると、何も言わずにルーファスの部屋にノックして入った。

「若、頼まれてた仕事はしときましたよぉ〜」

テンが書類を出すと、ルーファスはすぐさまそれに目を通す。

「ああ、すまなかったな。ビビアットはどうなった？」

「【恐怖《ホラー》】の魔法で少し脅したら、ちゃんとわかってくれたみたいですよ〜。アカリさんのことと【聖域】を結び付けて考えたら酷い目にあうって。こっちの条件も呑んでくれるみたいです〜」

テンの【恐怖《ホラー》】は人が恐ろしいと思うものを見せるもので、【幻惑《イリュージョン》】のように好きなものを自在に見せられるわけではないが、人の魂を抉る恐怖体験をさせて、逆らえないようにすることができる。

ビビアットには可哀想だが、アカリを思い出せば恐ろしい目にあうと覚え込ませたうえで、謝礼金だけ受け取らせて黙らせた。

書類にサインをして、ルーファスは眉間を押さえながら息を吐く。

「小鬼達の書類は見てのとおりですし、大体片付いたと思いますよ〜？」

今回、小鬼を一人【刻狼亭】に契約社員として雇い入れることにした。小鬼は、全員が思考を共有している。今回知ったことについて余計なお喋《しゃべ》りをしないように監視するためにも、そして小鬼達の得た情報をいち早く知るためにも確保しておきたかったのである。条件については魔法契約を交わした。

「そうか。あと竜人達の口封じはどうなっている？」

「そちらも順調に噂を事実として塗り替えてますからぁ〜、安全かと〜」

竜人の国の民達に『ミノン』という少女の犠牲があったこと、【聖域】という特殊能力持ちはもういないこと、【召喚】で人を呼び出せば瘴気ですぐに死んでしまううえに、【召喚】すればするだけ瘴気は濃くなると嘘を真実のように塗り固めて広げていっている。

これに懲《こ》りて【召喚】をしなくなれば、今回のようなことこともなくなるはずだ。

「なら問題はないな」

テンが部屋から出ていくと、ルーファスは机に突っ伏して目を閉じた。

「いい加減、アカリに会いに行かないとな……」

翌日の昼、腹をくくったルーファスがアカリの部屋を訪れると、彼女はベッドの上で身を丸めて眠っていた。

自分の番《つがい》は竜人に捕らえられてから、また少し小さくなってしまった気がする。

本人は普段どおりに動いているつもりみたいだが歩き方はぎこちなく、ちょっと歩いては休む状態だ。細い体は抱きしめたら折れてしまいそうなほど……だからこそ、手を出さないように距離をとって自分を忙しい状態に追い込んだ。

ただ、追い込みすぎて余裕がなくなり、アカリを放置している状態になってしまったのは誤算だった。

「アカリ、すまないな」

アカリを抱き寄せてベッドに横になると、ルーファスは彼女の額に手を当てる。

「熱もないか……血色もよくなったな」

お節介なハガネとメビナによくしてもらっているのだろう。

小さな頭に顔を埋めてニオイを嗅ぐと、アカリの甘い香りと、リンゴと、焼きたてのパンのようなニオイがする。

おそらく昼ご飯を、焼きたてのパンかアップルパイを作っている店で食べたのだろう。

「しっかり飯も食べてるようだな。良かった」

一人で食べることを寂しがるアカリが、誰かと食事を共にするのはルーファスとしても嬉しい。

とはいえ、多少の嫉妬もあるのだが……

「あと少しで全部片付く。それまで我慢してくれ」

目を閉じると、ルーファスはそのまま眠りにつく。ここ最近、まともに眠らずに書類仕事をしていたので、さすがに体が睡眠を要求していた。

†

ルーファスの寝息が聞こえ始めると、私は目をパチリと開けた。

ルーファスとどんな顔をして会っていいのかわからず、とっさに狸《たぬき》寝入りを決め込んでしまったのだ。

「ごめんね、ルーファス」

竜人達に囚われていた約一ヶ月、ずっと痛みや怠《だる》さを感じていたため、私は自分の体の不調に鈍感になっていた。魚に毒素を吸い取られたあと、あまりにも体が楽になり、これが普通だったのかと驚いたくらいだった。

「熱もないし、ご飯もちゃんと食べてるよ」

瘴気の抜けた体は健康だ。衰えた体力のせいで疲れやすいだけなので、今はきちんとご飯を食べて体重を戻し、体力をつけて、ルーファスに心配をかけないことが自分にできる唯一のことだと思っている。

「あまり無理しないでね？　ルーファスこそ、ちゃんとご飯食べて、ちゃんと寝てね」

ルーファスの心音を聞きながら目を閉じ、そのまま眠りに入る。

再び目を覚ました時にはもうルーファスはいなかったけれど、口の中に広がる甘さに少し笑ってしまった。きっと私が寝ている時にキスしたんだろうな。

次の日もルーファスは部屋を訪れ、寝たふりをしている私に色々話しかけてから眠った。私もルーファスの寝息が聞こえてくるとそっと目を開け、彼に話しかけ、キスをしてから眠りにつく。

次の日も、またその次の日も。

そしてその翌日、ルーファスは何も言わずに私のことを見つめ続けた。

もしかしたら狸《たぬき》寝入りだとバレてしまっているのだろうか。

目を開けようか、このまま寝たふりを続けようか思案する。しばらくしてそっと瞼《まぶた》をあげると、ルーファスとバッチリ目が合った。

笑いかけられ、顔が熱くなる。

「アカリ、ここ最近忙しくしていて、すまなかった」

「……お疲れさまです……」

「今日は何を食べに行ったんだ？」

「……小鬼さんおススメの爆弾ってお店。お肉が丸いの」

「今日の体調は？」

「……健康そのものです」

「オレのことは好きか？」

「ふぇっ⁉　……好き、です」

予想外の質問に顔を上げると、ルーファスが笑って私のこめかみを優しく撫でつける。

「アカリからオレに質問は？」

「……えと、どうしよう……」

急に言われて、言葉に詰まってしまう。

「……この間は怒らせてごめんね？　嫌いになった？」

「怒ってない。嫌いになるわけがない。声を荒らげたのは、すまなかった。自分が不甲斐ないのと、アカリをこれ以上危険な目にあわせたくなくて焦っていた。それで色々奔走してたら、こんなにすれ違いになってしまった。すまなかった」

「うん。忙しくしてるの、知ってる。私のためにごめんね」

見つめ合ったあと、啄《ついば》むようなキスを交わす。

「もう痛くないから安心してね？　あの時は自分でもね、痛みがあるのが普通で、ちょっと感覚が麻痺してたの」

「心配はいつでもする。これからは少しでも不調を感じたら絶対に言え」

「はい。ごめんなさい。――ルーファス、ちゃんとご飯食べてる？」

「テンが適当に口に何か突っ込んでくるから食べてはいる」

「またご飯、一緒に食べよ？」

「ああ、忙しいのもそろそろケリがつくからそのつもりだ」

「私のこと、好き？」

「アカリが好きだ」

お互いに自然と目を閉じて口づけを交わすと、口の中がいつもの甘い味で一杯になった。

「ルーファスが好き」

笑いかけると、ルーファスも笑って手を絡め合わせてくる。

「これ、もしかして初めての夫婦喧嘩になるのかな？」

そう言ったらルーファスが苦笑いした。

「オレが悪かったよ」

「私もごめんなさい」

次の日、二人で仲良く一緒に出かける姿を見て、ハガネだけが「わけわかんねぇ」と叫んでいた。

イルブールで過ごすこと、約二週間。

私達はようやく温泉大陸行きの船に足を踏み入れた。温泉大陸までは四日間の旅になる。高速船が出払っていたために普通の船旅だ。

イルブールで色々と動き回っていたルーファスは、情報屋の小鬼を一人【刻狼亭】の契約社員として連れて帰ることにしたみたいだ。

二頭身の小鬼は小さなトランクを持ち、さっそく船内を情報収集のために走り回っている。

「船の中は一期一会《いちごいちえ》で、意外とポロッといい情報が拾えるんですよ！」と嬉しそうだ。

この小鬼は、イルブールでルーファスと情報交換をしていた小鬼だ。テンに「あなたに決めましたぁ～」と指で摘まみ上げられ、「キャー！　悪魔ぁ！」と叫んでいた。半ば強引に連れてこられたものの、温泉大陸の冒険者や観光客から情報収集ができるチャンスだとすぐさま気持ちを切り替え、今やルンルンとスキップをしている。

とはいえ、【刻狼亭】の情報が筒抜けになってしまうとまずいので、色々と条件をつけて雇い入れたらしい。一方、こちらは情報屋システムそのままに、お金さえ払えば他の小鬼からも情報を引き出せるとのこと。まさに情報を手中に収めた状態になったわけだ。

「やれやれ、元気ですねぇ～」

テンが小鬼のあとをゆっくりと追いかけていく。一応【刻狼亭】の従業員となるので、他の乗客の迷惑にならないように見張っているらしい。

ハガネは乗船してすぐに船内のバーカウンターに行き、酒とツマミを楽しんでいる。

今回の件でルーファスから特別手当が出たそうだが、この分だと酒代に消えてしまいそうだ。

ハガネ曰《いわ》く、「温泉大陸に戻ったらコキ使われるんだから、今のうちに羽を伸ばすんだよ」とのこと。借金を返そうという意識は欠片《かけら》もないらしい。

ルーファスも別に借金のことは気にしていないようだ。そもそもハガネは主君を失ってからずっと自らの居場所を探し続け、今も孤独と闘っているようなものだから、理由をつけて目の届く範囲に置いておく方が、何かあった時に手を差し伸べて寄り添ってやれるだろうということらしい。

【刻狼亭】の従業員は何かしら古傷を持っている人が多く、お互いに支え合いながら家族のように過ごしている。ハガネにもそうした環境が必要なんだと言っていた。

だからこそ、従業員達のハガネに対する態度も温かみがあったのだろう。

ちなみにメビナは今、デッキに座り込み、潮風に尻尾を揺らしている。

本人曰《いわ》く、瞑想中らしい。

たまに海獣が現れると嬉々として退治し、船員達にご褒美のお菓子をもらって子供らしく笑っている。

しかし、メビナは実際は子供ではないらしい。

タマホメとメビナの双子の姉妹は、実のところ私と大差ない年齢なのだが、七歳くらいから外見も性格も成長しないままなのだとか。

一方、兄のシュテンは銀狐で、一族の中で毛色の違う忌《い》み子として半ば爪弾きにされて生きてきた。腹違いの妹であるタマホメとメビナが成長しない出来損ないだと捨てられたため、シュテンは妹達を引き連れて故郷を離れ、温泉大陸に流れ着いてルーファスに拾われたらしい。

そのせいか、シュテンも、タマホメとメビナも、ルーファスに絶対の信頼を置いているし、主従契約も結んでいる。

そして、そのルーファスはといえば、ベッドの上で私を抱き枕にして横になっている最中。

ウォーターベッドのぷるぷるとした感覚に私が微睡《まどろ》んでいたら抱き枕にされてしまったのだ。

「このベッド、気持ちいいね」

ベッドをポンポンと叩きながらふにゃっとした笑顔で言うと、ルーファスは「ふむ」と考え込む。

「【刻狼亭】の寝室に、同じベッドを置くか？」

「うーん。多分、このサラサラとしたマットだと私、絶対足滑らして転ぶと思う」

「ああ、感触が伝わるようにシーツが絹だから、余計にそう思うんだろうな」

すべすべとしたシーツ越しに、指でマットをぷにぷに突《つつ》いてみる。

このとろんとした何とも言えない感触は、とても気持ちがいい。

大きなスライムとかがいたらこんな感じだろうか？　と思って、ハッとした。まさか本当にスライムですよ、とか言わないよね？

「これ、中身は水だよね……？」

「ああ。普通の水というわけではないが。それと『火』と『水』の魔石がベッドに埋め込まれている。冬は暖かく夏は涼しくという魔道具だな」

良かった、スライムはいなかった。いたらきっと眠れなくなってしまう。

「魔石なんてものがあるの？」

「ああ、魔獣を倒すと魔石という核が採れる。その中でも属性の強い魔石を加工したものは、生活用品として使われる。あのランプの中で光っているのも魔石だ。魔石の効果が小さくなると、魔法を流して魔石に魔力を貯めさせ、再度使えるようにする」

おお！　まさに買い替えいらずの一生もの……便利そう。

体を乗り出しランプを触っていると、ルーファスにベッドに引き戻された。そのまま彼は私の手を取って口元に運び、軽く歯を立てる。

「ひゃっ」

「触るならオレにすればいいだろ？」

思わず逃げようとした私をさらに引き寄せて、首筋にも歯を立ててくる。

「にゃあっ！」

「アカリは猫みたいだな」

ルーファスはクスリと笑って、首筋に吸い付いた。彼の生暖かい口に引き上げられるように、私の体温も上昇していく。

「んっ……」

身をよじると、唇を移動させ、少し下にまた吸い付く。

下腹部がきゅんとした。今日こそは抱いてもらえるだろうか、と期待してしまう。

「アカリの首がドクドクいって凄《すご》いな」

「首すじ、熱い……」

「アカリの首が脈打つたびに甘い香りが広がってヤバい」

「ヤバいの？」

ルーファスが首筋から顔を離す。そして私の頭を撫でると、そのまま何もせずに横になった。

「ルーファス……もしかして、これ以上はしたく、ないの？」

おずおずと聞くと、ルーファスは困った顔をする。

「したくないわけないだろ？　でも今は駄目だ」

「どうして、駄目なの……？　したい、な」

大胆なことを言ってしまった気もするけど、助け出されてからキス以上はしてもらえてなくて、少し寂しい。

するとルーファスは大きく息を吐いた。

「そんな可愛いことを言われるとオレの理性がもたない」

私は少し俯《うつむ》いてルーファスの手を取ると、口元に運びカプリと噛みつく。

「駄目？」

上目遣いで首を傾げる。ルーファスの耳は垂れたり立ったりと忙しそうに動いて、彼が葛藤《かっとう》していることを教えてくれる。

「アカリの体力が戻ってからだ。今、無理をさせるとまた体調を崩す」

ルーファスは苦渋の決断とばかりに、でもキッパリと断言した。でも耳は忙しなく動いているし、尻尾もしょんぼりしているから、したくないわけじゃないようだ。そこでルーファスの指をチュウッと吸い、甘噛みして、私なりにお誘いをしてみる。

「痛かったら、言えって、ルーファスが言ったのに……」

私の言葉にルーファスは怪訝《けげん》な顔をする。

「痛い？　どこか痛いのか？」

「……ルーファスに触られると、胸がドキドキして痛いの」

ルーファスの指を口から離して、自分の胸に押し付けてみる。

「痛いの、治してくれないの？」

自分でも大胆すぎて心臓がバクバクいっている。ルーファスに引かれたらどうしよう、と思わず俯《うつむ》いたその時、ルーファスが起き上がって私をベッドに押し倒した。

「オレだって我慢の限界はとっくに超えてる」

眉間にしわを寄せたまま荒々しいキスをすると、私の服を剥《は》ぎ取るように脱がせていく。

裸になると一気に羞恥心《しゅうちしん》が蘇《よみがえ》ったけど、そんなものに構っている暇もなかった。

ルーファスが、まるで自分のものだというように私の体にキスマークを付けてくれることが嬉しい。

「はぁ……んっ」

乳房を揉まれ乳首を口に含まれると、甘く上ずった声が出た。腰がうずうずしてもどかしさを覚える。

舌で乳首を下から上に舐め上げられ、ピクンと体が反応する。

そして、チュウッと音を立てて吸われ、胸の先端が熱くなるほど何度も舌で転がされたり歯を立てられたりした。

胸の奥がきゅうっとして切なくなる。お腹の奥も熱が溜まってドロドロになっていった。

足のつけ根がむずむずして思わず足をこすり合わせると、ルーファスの手が間に入り込み、秘裂を割って奥に隠された粒を撫で上げた。

「はぅっ、きゃふっ、それ、だめぇ」

一番敏感な部分を指で弄《いじ》られながら、胸の頂《いただき》を舌で転がされる。二ヶ所同時に攻められ、強すぎる刺激に身悶《みもだ》えしてしまう。

「んっ、んーっ、はぁ……ひぅっ、おかしくなるぅ」

カリッと乳首に歯を立てられ、下腹部に伸ばされた手でクイッと花芯を押される。軽くイキそうになった私は、シーツを掴んで快感を逃そうと必死になる。

だけど、噛まれた乳首の先を舌で舐め回された瞬間、下腹部がギュッと収縮して我慢できずに達してしまった。

「きゃうぅぅぅっ」

快感がお腹の中でふわっと広がり、体が小刻みに震える。ルーファスはそんな私の太腿の間に顔を埋めると、太腿の内側にキスをして、秘所に手をかけた。そのまま指で左右に割られ、普段秘められている場所を開かれる。ルーファスはそこに顔を近付け、舌を蜜口に押し込んだ。

「あっ、やあっ、んくぅ」

イった時に蜜が溢《あふ》れ出たせいか、ルーファスが舐めているせいなのか、ぴちゃぴちゃという音がいつもより大きく聞こえる。いやいやと頭を振ったのに、いつの間にか指も中に入って私の弱い場所を探して動き回っていた。

指が浅い部分をなぞると、ギュウッと内側が締まってルーファスの指と舌に絡みつく。

「やだぁ、そこ、やぁ、あっ、きゃあああん」

「ここがイイ場所なんだな」

指を増やして同じ場所を擦り上げられ、仰《の》け反ってまたイってしまった。

ぐったりしていると、ルーファスがベッドから下りてカバンの中を漁り出した。そして何かを取り出し、私の足を左右に開いて、体を入れる。彼の手には楕円形の小さな缶がのっていた。

ルーファスは缶の蓋を開けて中身を掬《すく》い取ると、私の蜜口、そして内部にそれを塗り込めていく。

「やぁ、それ、なに?」

「傷薬入りの軟膏だ。薬草と聖水を練ったものだから悪いものではない。今のアカリの体に負担はかけられないからな」

ぬちぬちと音を立てて軟膏が塗られていく。蜜口から愛液とも軟膏ともわからない温かいものがとろとろと流れていくのが、凄《すご》く恥ずかしい。

「ひぅ、ん……、ルーファス、はぁ、ふぅ、もぅ、いいからぁ……あっ」

泣きながら私がそう訴えると、ようやくルーファスの指が蜜壷から抜き去られた。

「アカリ、そろそろいいか？」

コクリと頷く。視界の隅で反り立っていた剛直に、心拍が上がっていく。

入り口に先端が押し当てられた。ゆっくりと進んでくるそれに、キツさと痛さを感じるけれど、やっと一つになれるという喜びの方が大きかった。軟膏と愛液に助けられ、剛直が狭い膣道を通って根元まで押し込まれる。

「はぁ、ん。ルーファス、あふっ、いっぱい入ってる」

肉壁にみっちりとルーファスを感じる。お腹の奥がきゅうきゅうしてヒクついてるのが自分でもわかった。

ルーファスと指を絡ませ合い、お互いを見つめる。

「さすがに久々でキツイな」

「んっ、でも、やっと一緒だよ……はぁ、んっ」

「ああ。アカリの中に包まれて、やっと安心できた」

なんだか泣きそうな顔のルーファス。多分、私も同じ顔をしていると思う。

私もルーファスに抱かれてようやく安心できた。

竜人の国にいた約一ヶ月は本当に怖くて心細くて、ルーファスのところに帰りたくて泣いてばかりだった。

ようやく帰ってこれた嬉しさで涙が溢《あふ》れる。しゃくりあげると、ルーファスが涙を唇で吸い取ってくれた。

「アカリ、オレの可愛いアカリ」

ルーファスの優しい声に膣内がきゅうっとする。ルーファスの熱い剛直がビクンと脈動した。

「あんっ、ルーファス」

「くっ、アカリ、締めすぎだ。アカリの中がオレに馴染むまで待て」

「んっ、くぅ、いいの、いいから、あっ、お願い……」

眉間にしわを寄せて歯を食いしばるルーファスに、必死で笑顔を見せて大丈夫だと訴える。

ルーファスで私の中を満たしてほしい。

ぐすっとしゃくりあげると、ルーファスが「うぐっ」と呻いてゆっくり腰を引いた。

「悪い、アカリ。我慢できない」

ズンッと奥まで穿《うが》たれて、衝撃でウォーターベッドに包み込まれるみたいになる。

「きゃうっ、あぁぁ」

ルーファスが腰を突き上げるたびに、ウォーターベッドとルーファスの両方に揺さぶられ、気持ち良さが倍増した。

「アカリ、アカリ、オレの番《つがい》、愛してる」

「あっ、んっ、ルーファス、好きぃ、ああっ、あんっ」

奥を突かれれば突かれるほどにルーファスと離れていた時間を取り戻せている気がして、「もっと」と訴え、嬌声《きょうせい》を上げる。

「アカリ、愛してる。もう二度とオレから離れるな」

そう言ってルーファスが最奥を突き上げ白濁を放つと、私の胎《なか》は熱い飛沫でいっぱいになった。

心も体も満たされて、お互いに抱き合いながらベッドの上で微笑み合う。

「ルーファス、ワガママ言ってごめんね」

「いや、オレも我慢できずに抱いてすまなかった」

「ううん。してほしかったの。ルーファスに抱いてもらわないと、帰ってきたって安心できなかったから」

ようやく本当の意味でルーファスの腕の中に帰ってきた気がする。

ルーファスが私の頭を撫で、おでこや瞼《まぶた》の上にキスを落として頬を擦り寄せる。

「体は大丈夫か？」

「うん。お腹がまだきゅうきゅうして敏感だけど、大丈夫だよ」

ルーファスが私のお腹に触れて優しく撫でる。少し気恥ずかしくて、ルーファスの胸に頭を擦り付けた。

「早く冬になるといいな」

「冬に何かあるの？」

ルーファスがニッと笑って、私の下腹部を触りながらおでこにキスをする。

「冬場は『蜜籠《みつごも》り』のシーズンだからな」

「蜜籠《みつごも》りって何なの？」

「獣人には子作りの時期があってな。それを『蜜籠り《みつごも》』というんだ。オレ達狼族は秋の終わりから冬にかけて子作りをする。他の季節は子供はほぼできない。稀《まれ》にできることもあるが、体の弱い子になるから基本的に性欲は抑えられているんだ。オレも今は、アカリに生命力を受け渡すために魔力を混ぜているから、多分子種になっていない感じだな」

それは俗にいう発情期……のようなものだろうか？

ボンッと頭がショートすると、ルーファスにククッと笑われた。

「絶対に子供が欲しいわけではないが、『蜜籠り《みつごも》』の時期は一日十回はやるからな」

「ふぁっ⁉　い、一日十回⁉」

(え？　何その絶倫⁉　怖い！)

「オレ達狼族はそんなものだが、虎族は二日で百回はするそうだぞ？」

「ひゃっ、百回⁉　死んじゃう！」

そんな恐ろしい回数を二日間でするというのも驚きだけど、赤ちゃんを特定の季節に作るというのもビックリかも。

正直、これまで避妊しないまま中で出されてるけど大丈夫かな？　と少し心配してたんだけど、同時に、ルーファスとの赤ちゃんならいいかな？　とも思ってた。でも、魔力を混ぜると避妊ができるんだ。さすが異世界、色々なことができるようです。

ルーファスの顔を見上げると、肉食獣のような目をしていて思わずビクッと肩を震わせる。すると優しい声で囁《ささや》かれた。

「早く体を治して、たくさんできるように体力をつけないとな」

ゾクゾクと背筋に何かが走った。首筋をチュッと音を立てて吸われ、子宮の奥がきゅんとしたのは何かの間違いだと思いたい。

冬場の私、頑張って……としか言えなかった。


イルブールを出発した船は四日目の夕方、温泉大陸に到着した。

忘れ物がないか確認したあと、ハガネは船室を出て甲板《かんぱん》で待っている私達のもとへ駆けてくる。

「ハガネ遅いの！　急いで！」

メビナが両手を上げてハガネを急かす。

「仕方ねぇだろ。旅の道具全部、俺が運んでんだぞ？」

ハガネは見てみろ！　と、背中のバックパックと両手に持ったカバンを見せる。

「ハガネが役に立てるのは、荷物持ちの時だけなの！」

メビナにそう言われ、ハガネは「他にもあるだろ⁉」と騒ぐ。

「やれやれ、元気ですねぇ～」

両手に書類の箱を抱え、さらにその上に小鬼をのせたテンが、二人を見ながら呆れたように言った。

「僕もまだ元気です！　情報を集めるために、早く温泉巡りをしたいですね！」

小鬼が箱の上で嬉しそうにタップを踏むと、テンは「あなたも元気ですねぇ～」とさらに呆れ顔をする。

「困ったやつらだな」

騒がしく元気な従業員達にルーファスが口元を緩めながら、温泉大陸の港に下り立つ。

「ふふっ、楽しい船旅も終わっちゃったね」

「そうだな。あとはオレ達の【刻狼亭】に帰るだけだな」

「うん！」

ルーファスと手を繋ぎ、温泉街を歩き出す。

カラコロと鳴り響く、行き交う人の下駄《げた》の音。

久しぶりに見る着物姿の人々。

温泉饅頭《まんじゅう》の蒸される匂い。

土産物屋《みやげものや》の呼び込みの声。

変わらない温泉街の日常がそこにはあった。

「若旦那、そんな格好してるから誰かと思ったよ」

「あっ、若様。久しぶりだねぇ」

「【刻狼亭】の旦那じゃないですか。最近忙しかったのかい？」

そんな声があちこちからルーファスにかけられる。

ルーファスはみんなに挨拶を返しながら、私に目線を向ける。

目が合ったので「人気者だね」と言って笑うと、繋いだ手を軽く握り直された。

私は一ヶ月以上離れていた温泉街に懐かしさを感じて目を細めた。

「アカリ、歩き疲れてないか？　抱き上げるか？」

「大丈夫だよ。少しは歩かないと体力が戻らないし」

隙あらば私を抱き上げようとするルーファスを諌《いさ》めつつ、私は自分の足で温泉街を歩く。

実際、それほど体力が戻っているわけではないので、多少の疲れはあるけれど、それでも【刻狼亭】まで自分の足で歩いて帰りたかった。

「過保護はだめだよ。ルーファス」

「まぁ、あと少しだからいいんだが……」

オレの番《つがい》は意外と頑固だなと小さな声がして、つい苦笑いする。

ルーファスの心配もわからないわけじゃない。

この世界の人達は背が高くて私はすぐに埋もれてしまうし、体格のいい冒険者の視界に入らないせいか、ぶつかりそうになったりする。そのたびにルーファスが私を引き寄せて、喉の奥から威嚇《いかく》するような声を出している。

あとは前みたいにちゃんと歩けなくて、ぎこちない分、危なっかしく見えるのかもしれない。

でも、せっかく帰ってきたのだから自分の足でこの地を踏みしめていきたい。

【刻狼亭】の暖簾《のれん》が見えてくる。

メビナが一足先に走って【刻狼亭】に入った。

すぐさま、タマホメとメビナの声が中から聞こえてきた。暖簾《のれん》を分けて銀色の狐獣人、シュテンも出てくる。

「若、おかえりなさいませ。お疲れさまです」

「シュテン、長らく留守を任せてすまなかったな。今、戻った」

綺麗なお辞儀でシュテンがルーファスに頭を下げ、私にも微笑みかけてくれる。

「無事で何よりです。おかえりアカリ」

「はい。ただいまです」

暖簾《のれん》の下からタマホメとメビナが尻尾をフリフリしつつ出てくる。

「「おかえり。アカリ」」

久々の双子の二重音声に私は笑う。

「ただいま」

私は改めて口にして、帰ってきたのだなぁと実感し、片手を胸に押し当てた。

異世界召喚されて、ルーファスにこの【刻狼亭】に連れてこられてから少ししか経っていないはずなのに、いつの間にかここが私の帰る場所になっていた。

無事に帰ってこられて良かった。

安堵からか、目からぽろぽろと涙が溢《あふ》れ出した。

「アカリ、おかえり」

ルーファスが私の頭を撫でながら優しく言う。

「ただいま。ふぇっ、帰って、きたよ……ぐすっ、ふぇぇっ」

声を上げて泣き出した私をルーファスが抱きしめてくれる。

私は、自分の居場所を手に入れたのだ。

家族を失って、叔父夫婦に騙《だま》されて独りぼっちになって、どこにも居場所がないと嘆くばかりの私に、この異世界は新しい家族と居場所をくれた。

ルーファスに手を引かれて暖簾《のれん》をくぐる。料亭内に足を踏み入れると、ロビーでは従業員のみんなが揃って帰りを待ち構えていた。

「「おかえりなさいませ！」」

口を揃えて言うと、一斉に私達に群がる。

「若、おかえりなさい！　アカリ、無事で良かった！」

「アカリ、心配したんだよ」

「若旦那、今度は俺もついていきますからね！」

「食事の用意してますから、早くゆっくりしてください」

「ナンナーウ」

みんなの中から魔獣のクロが飛び出し、ルーファスの足に擦り寄ってから、私の腕に飛びつく。

ゴロゴロと喉を鳴らして私の顔に頭を押し付け、「ナウナウ」と何かを必死に語りかけてきた。

「クロ、ただいま」

「ナウナーン」

抱きしめると、従業員のみんながクロに負けじと私に話しかけてくる。

「アカリ、心配したんだぜ？」

「あんた痩せたんじゃないの？　ちゃんとご飯食べなよ」

「クロが心配してずっと騒いでたんだぞ。クロ、アカリが帰ってきて良かったなぁ」

あまりに一斉に話しかけられたせいで目をぱちくりさせてしまう。見かねたのか、ルーファスがみんなを掻き分けて助けに来てくれた。

「お前ら、少し落ち着け！　留守にしたのは悪かったが、仕事はどうした！」

ルーファスの声に従業員達はニッと笑う。

「「本日は予約のお客様で貸し切りです！」」

シュテンが予約の紙が貼り付けられた案内看板を指さす。

【貸し切り案内】
ご予約：刻狼亭従業員一同様
本日は従業員の貸し切りのため、ご案内できません。

それを見てルーファスがこめかみを押さえる。

「全員で予約しました。若達もゆっくりしてください。まぁ支払いは若ですが」

シュテンがシレッと言い、従業員達も「さすが若、太っ腹」と勝手なことを口々に言って、いい笑顔を見せる。

「わかった。長らく留守にした詫びにそれぐらいは構わんさ」

ルーファスが仕方のない奴らだと苦笑いしつつも、嬉しそうな声で言う。

従業員のみんなは、してやったりと言わんばかりの顔で笑う。

私が声を出して笑うと、みんなは再び声を揃えた。

「「アカリ、おかえり」」

笑顔の従業員達に私も笑顔で応える。

「ただいま！」

†

冒険者の温泉療養の地として有名な温泉大陸。

その大陸にある温泉街の一角に、高級料亭と旅館を営む【刻狼亭】という店がある。

黒を基調とした建物に黒い提灯《ちょうちん》、黒い暖簾《のれん》——そこが【刻狼亭】だ。

「随分、黒尽くしで魔王の城みたいだな」

若い男がそう言うと、連れの中年男が口を開いた。

「この料亭はある意味、温泉大陸の魔王城なんだよ。くれぐれも騒ぎは起こすなよ」

赤い絨毯《じゅうたん》の敷かれたロビーでは、銀髪の狐獣人が愛想よく笑って出迎えてくれる。

「いらっしゃいませ。【刻狼亭】へようこそ。ご予約のお客様でしょうか？」

中年男が依頼主から渡された招待状を出すと、狐獣人の男は唇で弧を描く。

「依頼主様からご予約を承《うけたまわ》っております。係の者がお席までご案内します」

狐獣人がそう言うと、フロントから山吹色の狐獣人の双子が顔を出す。

「いらっしゃいませ。案内するよ」

「いらっしゃいませ。ついてきて」

双子は二人を連れて個室のドアを開く。若者と中年男が席に座ると、双子はメニューをテーブルの上に置いた。

「注文決まったら、奥にある紐引く」

「注文決まったら、紐で店員が来る」

双子は「ごゆっくり」と声を合わせると、個室のドアを閉じて去っていった。

「適当に頼んで、さっさと温泉巡りしてぇー……」

「ハァー……お前なぁ、ここを予約するの、どれだけ大変かわかってるか？」

中年男は苦虫を噛み潰したような顔をするが、若者は聞く気もない。

「こんな立派なところじゃなくて、普通のところでも良かったのに」

「あちらさんの報酬の一部が、この料亭の食事と宿だったんだから仕方がない」

二人は冒険者で、今回の依頼の成功報酬の一つに、この【刻狼亭】の宿泊と食事が含まれていたのだ。

依頼者の気遣いらしいが、自分達の身の丈に合わない雰囲気に早くも出ていきたいと思っていた。

二人は紐を引き、店員を呼ぶと適当に注文をする。

「あ、デザートは先に出してほしいな」

若者の言葉に、店員は何故か少し眉を寄せて「かしこまりました」と頷いた。

数分してから個室に再びノックの音が響く。

「失礼いたします。デザートを先にお持ちしました」

そう言って黒髪黒目の少女が入室し、テーブルにデザートを並べる。

シャリン……と小さく音がする。少女の耳元で耳飾りが揺れ、音を出していた。

赤い花の刺繍《ししゅう》が施された白い着物にエプロンをして微笑む少女に、若者は目を奪われる。

「……可愛い」

若者はそう呟くと、無意識のうちに少女に手を伸ばした。

ペシン。

少女の肩から小さな黒い魔獣がテーブルに降りて、若者の手を払いのける。

「ナーウー」

その威嚇《いかく》するような声に若者は我に返り、手を引っ込めた。

「あ……申し訳ありません！」

少女は慌てたように魔獣を両手に抱えると、謝りながら逃げていってしまう。

カラコロと小さな下駄《げた》の音が遠ざかっていった。

「何あれ？　めっちゃ可愛い!!」

興奮する若者に中年男は溜め息をつく。

「あの子は【刻狼亭】の旦那の番《つがい》だ。命が惜しいなら手ぇ出すなよ？」

「番《つがい》か……でも、話しかけるぐらい、いいんじゃ……」

「アホか！　番《つがい》に手を出したら殺されても文句言えないんだぞ⁉」

中年男が若者を窘《たしな》めるものの、若者にはあまり響いてない。

番《つがい》というもの自体、滅多に出会えることのない奇跡のような巡り合わせなのだ。噂には聞いたことがあっても、実際のところ番《つがい》同士の夫婦にはほとんどお目にかかれない。

何より番《つがい》はお互いの命のようなものなので、だいたいの者が番《つがい》を家の中で大事に囲って人前に出さないのだ。そのため、番《つがい》などただの御伽噺《おとぎばなし》ではないのか？　と言われることもある。

目の前の若者も番《つがい》など信じてはいない一人だった。

そのあと料理が運び込まれてくるが、先程の少女はもう姿を現さなかった。

「ねぇ、さっきデザート持ってきた子ってもう来ないの？」

若者の問いに店員は眉をひそめる。

「悪いこと言わないから、あの子にちょっかいかけるのはやめときな。大人しく食事して帰りなさい」

「えーっ、ならさ、さっき、あの女の子の連れてきた魔獣に攻撃されたんだよね。そのあたりについて一回会って話をしたいなって」

ヘラッと若者が言うと、店員はスッと顔から表情を消して殺気を放つ。

「バカッ！　お前やめろ！」

中年男が慌てて若者を止めるが、若者は不満げに「いいじゃんかー」などと言う。

「命が惜しいなら、その軽口を閉じなさい」

店員はそれだけ言うと、個室のドアをピシャリと閉じて出ていった。

「お前、本当にやめろよな！　ここの従業員は俺達よりも冒険者ランクが上の奴しかいないんだよ！」

「そうは言ってもさ、今はもう冒険者稼業をしてないならオレらでも勝てるだろ？」

「そんなわけないだろ！　この【刻狼亭】はヤバい奴らが多いんだよ！」

さっきの店員の殺気に気付かない時点で、この若者は未熟だと中年男は思う。

若者は相変わらず「あれはオレの運命の子だって」と騒いでいる。

中年の男は急いで食事を終わらせると、若者を引きずるようにして個室を出る。

【刻狼亭】を出る時に、黒髪金眼の狼獣人の男が、先程の少女を抱きかかえて見送りに出た。

「またのお越しを」

そう言いながらも、狼獣人の男は殺気を孕《はら》んだ目でこちらを睨《にら》みつける。男がこの【刻狼亭】の若旦那で、先程の少女の番《つがい》だというのは、すぐにわかった。

若者と中年男はその対応に身を縮めながら店をあとにした。

「なんかスゲェ睨《にら》まれた」

「睨《にら》まれるだけですんで良かったよ」

最後に若者はもう一度【刻狼亭】を振り返る。狼獣人の男と少女が唇を重ね合わせ、幸せそうに笑い合っていた。

「はぁー……温泉で失恋癒《いや》せねぇかな……」

「はいはい。ったく、めんどくさい奴だな」

若者を引きずるように中年は宿へと足を進めていった。


「アカリ、デザートの配膳も考え直そうか」

ルーファスの言葉にアカリはしゅんとする。

「お手伝いしたいの……」

口をへの字にするアカリに、ルーファスは小さく溜め息をつく。

「オレの番《つがい》が魅力的すぎる。閉じ込めて籠《かご》の鳥にしてしまいそうだ」

ルーファスの言葉にアカリは首を傾げて「籠《かご》の鳥?」と呟く。ルーファスは「なんでもない」と言ってアカリの頬にキスをすると、愛しい番《つがい》の背を押し、【刻狼亭】の暖簾《のれん》の向こうに戻っていった。

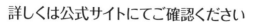

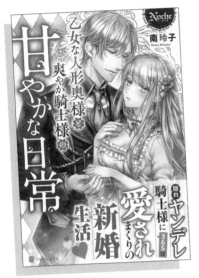

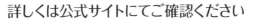

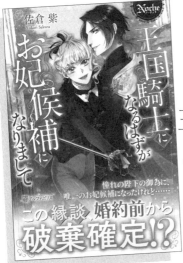

この作品に対する皆様のご意見・ご感想をお待ちしております。

おハガキ・お手紙は以下の宛先にお送りください。

【宛先】

〒150-6008 東京都渋谷区恵比寿 4-20-3 恵比寿ガーデンプレイスタワー 8F
（株）アルファポリス　書籍感想係

メールフォームでのご意見・ご感想は右のＱＲコードから、
あるいは以下のワードで検索をかけてください。

アルファポリス　書籍の感想　検索

ご感想はこちらから

本書は、「アルファポリス」（https://www.alphapolis.co.jp/）に掲載されていたものを、加筆・改稿のうえ書籍化したものです。

黒狼《こくろう》の可愛《かわい》いおヨメさま

ろいず

2020年 4月 30日初版発行

編集－渡邉和音・塙綾子
発行者－梶本雄介
発行所－株式会社アルファポリス
〒150-6008 東京都渋谷区恵比寿4-20-3 恵比寿ガーデンプレイスタワー8F
TEL 03-6277-1601（営業） 03-6277-1602（編集）
URL https://www.alphapolis.co.jp/
発売元－株式会社星雲社（共同出版社・流通責任出版社）
〒112-0005 東京都文京区水道1-3-30
TEL 03-3868-3275
装丁・本文イラスト－風街いと
装丁デザイン－AFTERGLOW
（レーベルフォーマットデザイン－ansyyqdesign）
印刷－図書印刷株式会社

価格はカバーに表示されてあります。

落丁乱丁の場合はアルファポリスまでご連絡ください。

送料は小社負担でお取り替えします。


ISBN978-4-434-27314-8 C0093